suhrkamp taschenbuch 2461

Bohumil Hrabal erinnert sich an Kindertage und Verwandte, an Wirtshäuser und Schulen, und hier vor allem an seine Nymburker Schulzeit, wo
er, voll des Schabernacks, sogar das Abitur übersteht – als einziger unter
seinen Mitschülern im Smoking – und am Ende der Abiturfeier den Smoking los wird, um, befreit von solchem Zwang, »ohne« das Leben eines
Bohemien zu beginnen.

»Bohumil Hrabal hat mit den vorliegenden Texten an seinem großen, sich
wiederholenden und abirrenden Buch über das Grauen der Einsamkeit
und das Bedürfnis nach Liebe weitergeschrieben. Ihm dabei zu folgen ist
immer wieder ein Abenteuer, denn es gilt, was Hrabal einst so formuliert
hat: Er schreibe so, ›daß der verblüffte Leser die Hände über dem Kopf
zusammenschlägt und der Redakteur zugleich weint und lacht, die Brille
verliert und mit seiner Frau Streit anfängt‹.«

Frankfurter Allgemeine Zeitung

Bohumil Hrabal wurde am 28. März 1914 in Brünn geboren. Sein Werk
erscheint im Suhrkamp Verlag und ist auf Seite 217 dieses Bandes verzeich-
net.

Bohumil Hrabal
Leben ohne Smoking

Erzählungen

Aus dem Tschechischen
von Karl-Heinz Jähn

Suhrkamp

Titel der Originalausgabe: *Život bez smokingu*
Umschlagillustration: Jutta Karow

suhrkamp taschenbuch 2461
Erste Auflage 1995
© Bohumil Hrabal, 1986
© der deutschsprachigen Ausgabe
Suhrkamp Verlag Frankfurt am Main 1993
Suhrkamp Taschenbuch Verlag
Alle Rechte vorbehalten, insbesondere das
des öffentlichen Vortrags, der Übertragung
durch Rundfunk und Fernsehen
sowie der Übersetzung, auch einzelner Teile.
Druck: Nomos Verlagsgesellschaft, Baden-Baden
Printed in Germany
Umschlag nach Entwürfen von
Willy Fleckhaus und Rolf Staudt

1 2 3 4 5 6 – ∞ 99 98 97 96 95

In König Tsching-Tschangs Wanne eingekerbt
waren die Worte:
Tag um Tag erneuere dich ganz, und so tust du
immer und immer wieder.

Chinesische Weisheit

Gotteskinder

Eigentlich ist auch Onkel Pepin, derselbe, der aus Mähren nach Nymburk angereist war, am Ende eins jener verrückten Geschöpfe geworden, die in dem Städtchen lebten, wo für sie die Zeit stehengeblieben war, einer jener spinnerten und verrückten Leute, die auf der Welt waren, um ja nicht hinter den Sinn ihrer Verrücktheit zu kommen, und die den anderen Vergnügen bereiteten, oft um den Preis ihres Lebens. Schon in seiner Kindheit gruselte Onkel Pepin sich gern. Um ins Städtchen zu gelangen, hatte er ein hübsches Stück Wegs der Brauereimauer zu folgen, hinter der die Ketten der angebundenen Pferde und Brauereiochsen rasselten, danach mußte er am Brauereigarten vorbei bis zur Elbe hinunter gehen und schließlich den Weg zwischen Holzschwemme und Feldern nehmen, bis ihm die Laterne beim ersten Gebäude den abenteuerreichen Weg erhellte. Olánek Kolářů und seine Freunde wußten, wie Onkel Pepin sich ängstigte, und legten sich in der Melde neben dem Weg auf die Lauer; die Mälzer waren auch nicht faul, und hatte Onkel Pepin, schweißnaß und froh, das Kettengerassel endlich hinter sich zu haben, an dem dunklen Abend die Ecke der Brauerei erreicht, wo der Wind, der vom Fluß heraufzog, an der Mauer pfiff und winselte, dann hißten die Mälzer mir nichts dir nichts an einer Stange flatternde Laken, worauf Pepin zum Fluß hinunter wetzte, und kaum erblickte er das erste Licht, dann fingen Olánek Kolářů und seine Freunde an, in der hohen Melde herumzukullern und zu rabascheln, und der Onkel hörte beim Näherkommen zu seinem Entsetzen menschliche Stimmen: Da kommt er... Er ist schon da... Habt ihr eure scharfen Messer dabei?... Ganz leise, nur leise... Den bringen wir um! Und Onkel Pepin raste mit schlappender Zunge, wie er immer sagte, davon und machte erst beim nächsten Licht halt, doch wann immer er aus seinen Kneipen heimkehrte, lagen Olánek und seine Freunde wieder in der Melde am Weg, und wieder brummelten und beratschlagten sie halblaut: Da

9

kommt er... Den bringen wir um! Onkel Pepin rannte zur Elbe hinab und kraxelte dann den Weg zur Brauereimauer herauf, wo sich nicht selten wieder ein am Stock wehendes Laken zu ihm herüberbeugte, wobei unmenschliche Jaultöne erschollen, was den Onkel veranlaßte, ohne Halt mit schlappender Zunge an den langen Brauereiställen entlangzurasen, wieder mit dem Gefühl, als lauerten hinter der Mauer Satanasse und rasselnde Ketten auf ihn... Und so stürzte er schweißgebadet zur Brauerei herein, und seine Rettung war die Bank vor dem Büro, wo wir mit Herrn Vaňátko und seinem getreuen Hündchen Tričko meist bis in die Nacht saßen, und hier sank Onkel Pepin nieder und wischte sich den Schweiß ab und verschnaufte und erzählte, wie leicht er hätte ums Leben kommen können... Hatte der Onkel sich erholt, dann hatte er noch die letzten hundertfünfzig Meter Wegs vom Büro zur Brauerei zurückzulegen und in die Mälzerei und dort die Wendeltreppe hinauf bis zur Gesindestube zu laufen... An der Ecke des Brauhauses wiederum, da zog es immer so stark, daß jedermann, der vorbeikam, sich vorbeugen und gegen den Wind stemmen mußte, und Onkel Pepin fürchtete nichts so sehr wie den Luftzug, denn der gab aus Niedertracht jählings nach, so daß der Onkel auf die Knie fiel und strauchelte und dann ins Dunkel stürzte und eilends die Tür zur Mälzerei aufriß, doch der Wind schlug die Tür hinter ihm so kräftig zu, daß Onkel Pepin vermeinte, man habe ihn beim Genick gepackt und in die Mälzerei geschmissen und wutentbrannt die Tür hinter ihm zugeschmettert. Und in der finsteren Mälzerei schließlich, da herrschte oben auf dem Welkboden immer ein Durchzug, der das kaputte Fensterchen mit kräftigen Hieben auf und zu schlug, es öffnete und mit Donnergepolter wieder zuwarf, worauf Onkel Pepin die Treppe zum ersten Stock hochraste, wo die Mälzer wohnten, doch die löschten manchmal, wenn sie Pepin in die Mälzerei stürzen hörten, das Licht und quiekten und pfiffen und rannten mit ihren Laken dem Onkel bis auf den dunklen Flur nach, und Onkel Pepin hastete zum zweiten

Stock hinauf und donnerte dort die Tür hinter sich zu und
schloß geschwind ab und stand dann im Dunkeln und hielt zur
Sicherheit die Klinke fest... Uns Kindern erzählte Onkel Pepin am liebsten von dem stummen Mälzer aus Konice, der hatte
mal von den Fleischern einen Pferdeschädel bekommen und
diesen Schädel hinter einem Balken in der Brauerei verstaut,
und als Pepins Vater, nachdem er mit den jungen Leuten auf
der Tenne Malz umgeschaufelt hatte, müde und abgerackert die
Treppe hinaufstieg und sich auf die Stufen setzte, da – pitsch-
pitschpitsch – tropfte ihm etwas im Finstern auf den Kopf; und
der Papa erschrak und rannte weg und besah sich im Spiegel in
der Gesindestube und war voll Blut und meinte, der Feuermann,
der Brauereignom, habe ihn mit Wasser bespritzt, und darauf
kamen die Leute mit einer Stablaterne, und als sie zum Gebälk
hochguckten, da tropfte das Blut aus dem zähnefletschenden
Pferdeschädel. Wenn Onkel Pepin uns diese Geschichte erzählte, dann gruselte es ihn jedesmal, und uns gruselte es auch,
denn seinem Papa hat nie einer ausreden können, daß hinter
dem Pferdeschädel der Feuermann gehockt habe...
Eine andere Gestalt, die in dem Städtchen gelebt hatte, war die
alte Lašmanka, die im Winter und im Herbst und im Frühjahr
stets zehn Röcke und Schals trug und die in ihren alten Schuhen, wahren Schollentretern, mit einem Blechtöpfchen durchs
Städtchen zog, das war ihr ganzer Besitz, so wie Diogenes nur
einen hölzernen Becher bei sich trug und in einer Tonne hauste,
so kriegte die Lašmanka Suppe und ein Stück Brot und Speise-
reste, spülte das Töpfchen aus und erbat sich damit einen Tee
mit Rum... Also wanderte sie herum, unter ihren Röcken und
Schals vergraben, die sie nur, wenn die Sommerhitze kam, in
einem Winkel des alten Gerichts ablegte, dann trug sie Gardinen, und wie eine Seidenraupe in ihre Gardinen verpuppt und
die Wänglein angetuscht, so wanderte sie durch die Stadt und
erwiderte mit Verbeugungen Grüße, die ihr keiner entbot, sie
aber hielt sich für eine Adelsdame und verteilte an uns Buben
und an jeden, der sie ansprach, an alle verteilte sie ihre Güter,

denn ihr unterstand eine gewaltige Herrschaft, größer als die des Fürsten Lichtenstein, und sie sagte auch, sie besitze nur neunundneunzig Höfe, denn sonst müsse sie dem Kaiser nach Wien Soldaten schicken... Und alle Jungs schrien ihr nach: Alte, hopp auf den Stier! Und sie schimpfte sie Bankerte und verteidigte so ihren Adelstitel, denn sie war eine Gräfin... In den Sommernächten schlief sie stets auf Bänken, und regnete es, dann schlief sie in der offenen Veranda vor dem Gericht oder in der Kirche, und kam der Frost, dann schlief sie im alten Gericht, unter der Bibliothek der Stadt Nymburk, da schlief sie, in ihren Lumpen vergraben, und träumte weiter davon, wie sie über ihre Höfe und Schlösser, über ihre Wälder und Fischteiche verfügen, wem sie diese schenken solle. Und eines Tages, als sie schon so alt geworden war, daß keiner mehr wußte, wieviel Jahre sie auf dem Buckel hatte, als sie durch die Gassen und über den Ringplatz ging und glücklich und geschminkt immerfort die Namen ihrer Güter murmelte, um ja kein Schloß und keinen Hof zu vergessen, da brach der Frost herein, und sie betrat die St. Ägidius-Kirche und rollte sich – glücklich, nun endlich zu wissen, was ihr in ihrem Reich alles gehörte – in der Kapelle zusammen, die niemals aufgemacht wurde und in der jetzt meistens die Weihnachtskrippen stehen, da rollte sie sich zu einem Knäuel zusammen, denn an jenem Tag herrschte strenger Frost, der Küster schloß ab, nachdem er die abgedunkelte Kirche abgegangen war, und die alte Lašmanka erfror, zu einem Knäuel zusammengeschnurrt und mit getuschten Wangen und einem glücklichen Lächeln; so fand man sie am Morgen. Die Jungfrau Maria, zu der sie in der Kirche des heiligen Ägidius immer gebetet hatte, selbige Jungfrau Maria holte sie in dieser Frostnacht zu sich heim in den Himmel, in das Reich, von dem Frau Lašmanová geträumt hatte, dort ließ sie sich im Reiche der im Geiste Armen nieder, und ich sehe sie oft vor mir, nein, nicht in ihren Röcken und Schals, sondern so, wie sie durch das Städtchen gewandert war, in die Gardinen gehüllt und mit den angetuschten Wänglein und dem Brautschleierchen, so wie die alternde Ophelia ausgesehen hätte mit ihrer zarten Schönheit von Schnee, und wie sie ihren Traum von der wehmütigen Freiheit geträumt und sich huldvoll verneigt und mit dem Händchen ihren Untertanen zugewinkt hatte ...

Und da ist auch noch der Pepa Páclík, der Anstreicher, der so unglücklich von der Eisenbahnbrücke gestürzt war, daß er sich den Kopf verletzte, und später sahen wir ihn nur noch entsetzlich abgerissen und bartstoppelig herumziehen, in nie zugeschnürten hohen Schuhen und mit einer Geige, auf der er, unablässig fiedelnd, Geld sammelte; und Pepa Páclík spielte so schauderhaft, daß die Leute ihm Geld gaben, damit er bloß nicht spielte. Pepa Páclík, der in den aufgelassenen Schlachthöfen von Drahelice schlief, Pepa Páclík, der sich für einen Virtuosen hielt, verschwand aus dem Städtchen, wo die Zeit stehengeblieben war, wenn der Sommer kam, und trat, wie er sagte, seine künstlerische Tournee nach Karlsbad an, wo er so lange fiedelte, bis ihn die städtische Polizei hoppnahm und samt Geige wieder per Schub nach Nymburk zurückexpedierte. Und so geschah es, daß Pepa Páclík, seine Geige auf dem Fahrradlenker, zu der Stadt fuhr, besser zu der Stadt fahren wollte, in der er jedes Jahr konzertierte. Doch Pepa Páclík hatte vergessen, daß Karlsbad bereits im Reich lag, und als er zur Grenze kam und Miene machte, weiterzufahren, hielt man ihn auf, und als Pepa Páclík nicht umkehren wollte, langte die Grenzpolizei nach ihren Knüppeln und verdrosch ihn dermaßen, daß er mit blauen Flecken übersät war, er jedoch bestand weiter darauf, in der Kurkolonnade zu Karlsbad zu konzertieren, und so schickte man Pepa Páclík von der Grenze heim und bezeichnete ihn als Trottel von Neuenburg. Später begrüßte Pepa Páclík die Ankunft der Roten Armee, weil er sich wieder ungehindert mit Fahrrad und Geige auf dem Lenker ins freie Karlovy Vary begeben konnte ... Er starb dann in Rožd'alovice, und so verschwand aus dem Städtchen ein weiteres Wesen, daß das Leben in der Stadt eigentümlich und bunt gemacht hatte ...

Und wo mag Kašpar abgeblieben sein, der verrückte junge Mann, der die Straßen fegte und immerfort lächelte? Hatte er ein paar Schritte getan, dann machte er einen Hüpfer, und in seinem Gang war ein Tick, er schlug mit den Hacken nach hinten aus und rief Oh-oh-oh-oh! So fegte er und erheiterte die Leute mit seinem bulligen Schädel und den schimmelweißen Haaren, mit seinem rosig-fleischigen Gesicht und den weißen Brauen und Wimpern, ja, er hatte den Ausdruck einer jener närrischen und tollen Figuren auf den Tympanons katholischer Dome... Wo ist er nur hin, dieser Kašpar mit den schönen, verwunderten Augen, deren Pupillen an das obere Lid angenäht zu sein schienen, so daß er wie ein christlicher Mystiker wirkte... Wo ist er wohl hin? Dieser Kašpar, der Herrn Marysko auflauerte, wenn er mit seinem Cello vom Bahnhof kam, um ihm das Cello bis zum Wasserturm zu tragen, wo Marysko wohnte... Wo ist er wohl hin? Wo ist er abgeblieben, der im Protektorat, wenn er den Herrn Hauptmann Oumrt erblickte, den Besen präsentierte, als erweise er dem Herrn Hauptmann die militärische Ehrenbezeugung, und den Arm hob und Heil Hitler! schrie. Und: Herr Hauptmann, geben Sie mir eine Zigarette... Der Herr Hauptmann gab ihm die Zigarette auch immer und wedelte mit dem Händchen und eilte fort in die Kommandantur... Wo ist der Kašpar nur hin? Kašpar, mit dem ich ein paarmal nach Prag fuhr, um seine Tante zu besuchen, eine reiche Dame, die sechs Zimmer bewohnte und bei der wir immer zu unpassender Zeit einfielen, da die Dame noch im Bett lag, doch sie hieß den Kašpar, der ja ihr Neffe war, willkommen und zog sich danach den Morgenrock an und bewirtete uns in dem luxuriösen Sezessionszimmer mit Kognak und bedankte sich bei mir, daß ich mit Kašpar befreundet war... Zum Wohl! Das war Kašpars Gruß, über Tag an jedermann gerichtet, der ihn anblickte, wenn er selig die Nymburker Gassen fegte, denn er taugte zu nichts anderem als zum Straßenfegen, und die Leute mochten ihn gern und schenkten ihm Zigaretten... Wo ist er nur hin?

Und wie mag wohl Mařenka gestorben sein, die kleine Mařenka, die neben ihren Eltern Tag für Tag auf dem Ringplatz
mit einem Handwagen erschien, an dessen Seitenbrett sie sich
festhielt, sie auf der einen Seite des Wägelchens und ihre Mutter
auf der anderen, und der Papa zog an der Deichsel, auf einem
Brett über dem Wagen breiteten sie dann ihre ganze Ware aus,
vielerlei Nähkram, dünne Papierröllchen, auf welche Garne aller Farben gespult waren, und manchmal boten sie auf ihrem
Handwagen auch billige Spitzen feil, und so handelten sie, und
die Leute nahmen die Ware nur, weil sie wußten, daß diese
Familie harmlos war und ihren Handel mit ungeheurer Ernst-
haftigkeit betrieb und ihr Töchterchen mitbrachte, das gleich
dem Kašpar Scharlach gehabt hatte, der ihr fast die ganzen
Haare und Brauen und Wimpern versengt hatte, Mařenka sah
aus, als habe sie eine große Feuersbrunst überstanden, auch ihr
Gesicht glich dem einer verstörten Marionette, einer Puppe,
der man das Haar ausgerissen hat... Und manchmal, wenn es
vom Wasser her wehte, kam unversehens ein Wind auf, und die
ganze Familie sammelte ihre zerstobenen Seidengarne auf dem
ganzen Platz auf, manchmal erhoben sich auch die Spitzen in
die Luft und verschwanden mit einer kräftigen Zickzackbe-
wegung jenseits der Mariensäule und kamen irgendwo auf der
anderen Seite nieder, in der Durchfahrt des Hotels Zum Für-
stenhof... Wo ist sie hin, die Mařenka, der die Jungs und ich
immer nachriefen: Máňa, was ißt du gern? Dann war es, als lege
sie ihre Starre und ihren verwunderten stieren Blick ab, und sie
rief freudig: Knödel Knödel Knödel! Und sie lächelte und
stützte sich mit beiden Händen auf das Brett, auf dem das Näh-
zubehör ausgebreitet war, und blieb wachsam; es hätte ja einer
kommen können, dem sie ihre Ware anzubieten hätte... Fand
in Nymburk der Jahrmarkt statt, sechsmal im Jahr, dann stell-
ten Mařenka und ihre Eltern hier nie ihr fahrbares Lädchen hin,
sie scheuten die gewaltige Konkurrenz, die über Nacht hun-
dertfach auf dem Platz aufgeschlagenen Leinwandbuden...
Dieser Familie waren nur jene Zeiten lieb, wenn kein anderer

hier handelte als sie allein, sie liebten den weiträumigen Platz, auf dem nur Leute, die sie kannten, herumspazierten oder einkauften; zu den Jahrmärkten hingegen strömten Menschenmassen vom Lande ins Städtchen, und das war nichts für sie... Dann wäre hier auch das Geschrei der Jungen verhallt: Máňa, was ißt du gern? Verhallt wären auch Mařenkas freudiger Schrei und ihr Ruf: Knödel Knödel Knödel!... Und am Nachmittag verstauten sie immer ihren Nähereikram im Bauch des Handwagens und zogen weiter in Richtung Wasserturm davon. Der Papa an der Deichsel, während Mařenka sich am Bug des Wägelchens festhielt, denn von allein hätte sie nicht heimgefunden, sie mußte geführt werden... Wo mögen sie sein, die Mařenka, ihre Eltern, und wo ist er hin, der alte Handwagen mit der abgegriffenen Deichsel?...

Wo ist wohl Nekola hin, der verträumte Junge, der nicht zur Schule ging, doch die Uhr zu lesen gelernt hatte, und so hockte er vor dem Haus in Zálabí und schaute auf seine Armbanduhr, angestrengt schaute er zu, wie der Sekundenzeiger hüpfte, und so hockte er und hielt mit zwei Fingern die große Armbanduhr umfaßt, damit ihm die Zeit nicht davonlief, fest hielt er die Uhr, und der Sekundenzeiger versetzte ihn jahrelang in nimmermüdes Staunen, so daß er keine Zeit fand, Gärtner zu werden, denn er konnte sich einfach nicht von dem tickenden Sekundenzeiger losreißen und setzte sich hin und sah unablässig zu, wie ihm die Zeit an seinem Arm davonlief... Und ging er, dann rempelte er die Leute an, da er auch beim Gehen auf seine Uhr gucken mußte, und so steckte man ihn schließlich in eine Anstalt, wo er mit furchtbar ernstem Gesicht den Sekundenzeiger verfolgte, so lange verfolgte, bis er in der Anstalt starb, während der Stunden- und der kleine Sekundenzeiger weiter kreisten, solange die Feder sie antrieb. Wo ist der Nekola hin, der tief ins Herz der Zeit hatte eindringen wollen?

Wo ist wohl der verrückte Gastwirt Robinson aus Skrchleby hin? Der Mann, der sich als Robin Hood, als Lederstrumpf, als Buffalo Bill zu verkleiden wußte? Wenn er mit seinem Stock durch das Städtchen wanderte, dann war das wie die Ankunft der Komödianter in der Verkauften Braut. Ein ungeheuer ernsthafter und angemalter erwachsener Mann in bunten Kleidern und Hüten samt geckenhafter Feder, oder mit einer ledernen Mütze, die hinten ein baumelnder Fuchsschwanz zierte ... Was steckte in diesem Kopf, worauf gründete sich sein Bedürfnis, in dieser Weise Aufmerksamkeit zu erregen, in dieser Weise sich selbst und den Zuschauern weiszumachen, daß er ein Meisterschütze war, der durch die Stadt spazierte, um urplötzlich den Stock zu heben, anzulegen, auf den nichtexistierenden Abzug zu drücken und den tödlichen Schuß abzufeuern? Und während seine Frau die Gastwirtschaft weiterführte – ihr Mann hätte sonst die ganze Schenke leergetrunken –, marschierte er derartig herausgeputzt auf den Landstraßen umher, nahm die Kampfposition eines Infanteristen im Straßengraben ein und beschoß ernsthaft, den Stock auf die Böschung gelegt, vorbeifahrende Radler, zufällige Fußgänger, feuerte auf vorbeifahrende Autos ... Und wie es das Schicksal wollte, fuhr der Herr Kreishauptmann eines Tages mit dem deutschen Gauleiter zum Oberlandrat nach Kolín. Robinson lag wieder einmal im Graben und beschoß mit dem Stock das vorbeifahrende Reichsauto, und der Gauleiter ließ anhalten und ging persönlich bis zu der Stelle, an der Robinson lag und immer noch mit dem Stock feuerte, und als er den Hauptmann fragte: Was ist denn das?, da sagte der Herr Hauptmann: Das ist ein Trottel von Neuenburg, und der Gauleiter stieg ein, man fuhr weiter, und in Kolín befahl der Gauleiter dem Hauptmann, über den Trottel von Neuenburg einen Bericht zu schreiben und Meldung zu machen. Wo ist er wohl hin, dieser mit Buffalo Bill und Lederstrumpf, Winnetous Vater, kombinierte Robin Hood? – Nicht anders war es Onkel Pepin ergangen. Eines Tages hatten wir ein Gläschen zu viel getrunken und zogen angeheitert durchs Städtchen, Onkel Pepin tanzte auf der Brücke herum und stürzte mit ausgebreiteten Armen den Autos entgegen und war jetzt, im Protektorat, nicht darauf gefaßt,

17

daß in der zunehmenden Dämmerung, da schon die Lichter brannten, aus einem Auto Reichssoldaten springen und ihn ein Offizier anbrüllen würde: Was ist denn hier los? Onkel Pepin war erschrocken und stotterte, und ich trat hinzu und bat um Verzeihung, Onkel Pepin habe im ersten Weltkrieg eine Kopfverletzung davongetragen... Und der Offizier sagte: Ach so, ein Trottel?, und ich wiederholte: Ein Trottel von Neuenburg..., und die Reichssoldaten sprangen in ihre Autos, und hinterher erzählte Onkel Pepin begeistert, die Reichssoldaten selber hätten ihn gestoppt und ihm die Ehrenbezeugung erwiesen und salutiert, als wäre Pepin ihr Kommandeur Aufenberg und Dankel...

Wo ist wohl Vincíček Ryk hin, die Panoptikumspuppe, der ich über ein Vierteljahrhundert auf der Elbbrücke begegnet bin, der Sohn vom reichen Herrn Ryk, dem Immobilien- und Hausbesitzer und Brauereidirektor, dem er schon so geboren wurde, wie er jetzt war. Und wie mein Herr Vater erzählte, war Vincek nur bis zur dritten Klasse mit ihnen zur Schule gegangen... Danach hatten ihn seine Amme und seine Mama und seine Tante lieber in Zálabí, in dem Schlößchen an der alten Elbe, aufgezogen... Noch in der dritten Klasse war für Vincek drei und fünf gleich zwölf, und mochte er auch noch soviel Haue mit dem Rohrstock kriegen, es war sogar so, daß sich seine Mitschüler schließlich unter großem Vergnügen im Rohrstockhauen ablösten, für Vincíček war drei und fünf gleich zwölf, unwiderruflich und bis in alle Ewigkeit... Von Zálabí kam Vincíček, mit seinem Matrosenanzug fein rausgeputzt, in die Stadt, wo er in dem Haus wohnte, in dem unten die Wirtschaft Zum Herrn Vejvoda war, der Ziegen schlachtete und zu Kuttelflecksuppe verarbeitete und auch Wurst, ja sogar Würstchen aus Ziegenfleisch feilbot... und dort, im ersten Stock, wohnte Vincíček mit seiner Mama und seiner Tante. Er war scheu und schob gern die Gardine beiseite und schaute auf die belebte Straße hinunter und war konzentriert, und nichts entging ihm, bis sich die Jungs auf dem Gehsteig gegenüber hinstellten und ihm mit der Faust drohten. Dann wich Vincíček zurück, nur die Gardine bewegte sich, und wieder schaute er auf die belebte Hauptstraße des Städtchens hinab, um nach einer Weile wieder die Gardine zu lüpfen, und gefiel es ihm draußen, dann wich er zurück und lächelte schuldbewußt und blickte wieder durch die Gardine... Und später begegnete mir der schon erwachsene Vincíček, der nie nach der letzten Mode, sondern nach der Mode des alten Österreichs gekleidet war, stets trug er eine Weste mit Uhrkettchen und ein Jackett und stets einen leicht aufgesetzten Hut, im Sommer einen Strohhut, und ging unsicher und lächelte schuldbewußt und holte sich die Národní politika, die er bei Hála bezog, und die Jungs, die ebenfalls erwachsene Leute geworden waren, standen an der Ecke des Platzes und sagten laut, damit Vincíček es hörte: Er kommt! Und kamen sie nahe an Vincíček vorbei, dann sagten sie: Wo gehst du hin? Das war der Moment, da Vincíček sich fürchtete, da er Angst hatte, seine ehemaligen Klassenkameraden könnten ihn erneut über die Bank legen und ihm eins mit dem Rohrstock überziehen und ihn wieder fragen: Wieviel ist fünf und acht? Schon wurden die Schritte des schön gekleideten Vincíček unsicher, und sein Weg, die paar Häuser bis zum Platz und auf dem Platz dann die paar Häuser weiter bis zu Herrn Hála, dieser Weg war für Vincíček das größte aller Abenteuer, und dem entsprach auch sein Gang, langsam, als eroberte er das Städtchen, an jeder Ecke blieb er stehen und reckte den Kopf, und natürlich!, da waren sie schon, seine Klassenkameraden, und gaben sich das vereinbarte Signal: Er kommt! Vincíček holte Atem und ging weiter, mit dem Gesichtsausdruck eines von großem Glück geblendeten Menschen, und gab sein Leben unerschrocken dem Nichtsein preis, denn seine einstigen Schulkameraden setzten sich in Bewegung und gingen an ihm vorbei und fragten ihn immer wieder geheimnisvoll: Wo gehst du hin? Die größten Abenteuer erlebte Vincíček jedoch immer von Frühjahr bis Herbst, wenn er in Zálabí wohnte, in der geheimnisvollen kleinen Villa, die an

Salzburg erinnerte mit ihren Türmchen und geschnitzten Balken und dekorativen Veranden... Zwei Stunden lang kleidete Vincíček sich an, und hatte er den schmalen Pfad längs der alten Elbe hinter sich gelassen und die Brücke betreten, dann wurde auch ihm, je mehr sich die Brücke vor ihm verengte, enger ums Herz, er schnaufte und hatte das Gefühl, seine Schulkameraden würden ihn, als gewöhnliche Spaziergänger verkleidet, in die Elbe werfen, würden ihn totschlagen... aber Vincíček war entschlossen, er mußte, wenn er von Herrn Hála auf dem Platz die Národní politika holen wollte, über die Brücke, auf der jedesmal seine Schulkameraden lauerten und ihn hetzten, bis er von alleine in den Fluß sprang, und im Chor geschlossen hinter ihm herriefen: Wo gehst du hin? Beim Rückweg dann stand Vincíček auf der Brücke die gleiche Qual und Angst aus, die Schulkameraden könnten ihn übers Geländer ins kalte Wasser schmeißen... Wo ist er wohl hin, der Vincíček, für den es nichts Größeres gab, als den ganzen Nachmittag und Abend lang die Národní politika zu lesen... Derselbe Vincíček, der sein armes Tantchen, nachdem ihm die Mama weggestorben war, mit dem Stock verprügelte, weil er nicht zu begreifen vermochte, daß eine neue Epoche angebrochen war, daß die Zeitung, die er so gerne las, ihr Erscheinen eingestellt hatte. Also holte er sich keine Zeitung mehr, denn mit der Národní politika verschwanden vor dem Zeitungsladen auch seine ehemaligen arbeitslosen Schulkameraden; da verwaiste Vincíček und verlor den Verstand, und man gab ihn ins Heim nach Rožďalovice, ohne seine feinen Sachen, denn da Vincíček die Národní politika nicht mehr las, hatte er auch keinen Grund mehr, sich zwei Stunden lang herauszustaffieren, und so ist er in der Anstaltskleidung von Rožďalovice gestorben... Wo ist er wohl hin, dieser lächelnde und verschüchterte Geist?

Wo ist aber auch Oskárek Rehrů hin, der mir auf der Flußbrücke nie anders als in Eile begegnet ist, immer in seinem langen Judenkaftan, immer ein wenig geifernd, immer einen Taschenspiegel in der Hand, nicht um sein blatternarbiges, wie blutig geschundenes Gesicht zu sehen, sondern um hinter sich zu blicken, ob sich nicht irgendeine Hand nach ihm ausstreckte? Und der, wenn ich ihm begegnete, zu mir wie zu jedem anderen sagte: Fünf Minuten schlau sein. Wo ist Oskárek wohl geblieben, der in einem Barockhaus wohnte, hinter dem sich eine Wiese zu den Tümpeln der alten Elbe hinabsenkte, und sich bei schönem Wetter die blankgeputzten hohen Schuhe auszog, mit aufgekrempelten Hosenbeinen im Wasser stand und, die Hände auf dem Rücken, dem Gedanken nachhing, daß man nur fünf Minuten schlau zu sein brauchte, um Millionen, Millionen, Millionen, Millionen zu scheffeln ...

Oskárek, welcher der jüdischen Familie der Rehrůs entstammte, die mit Häuten handelte und von ihrem Laden unterm Laubengang aus den Ringplatz mit dem Geruch faulender, abgezogener Häute überschwemmte, selbiger Oskárek stand zuweilen an einem Pfeiler des Laubengangs und wiederholte bei sich fingerreibend und fingerschnippend: Millionen, Millionen, Millionen ... aber: Fünf Minuten schlau sein! Es hieß von ihm, er habe einst fünf Sprachen gekonnt, er sei einst sogar in Amerika gewesen und nur deshalb verrückt geworden, weil er es nicht geschafft habe, fünf Minuten lang schlau zu sein! Für uns Jungs war er wegen seines Spiegelchens eine Attraktion, ohne den er nie die Gassen des Städtchens betrat, vor allem aber, weil er sich, wenn er mal Geld hatte, bei Herrn Vejvoda fünfzig Würstchen kaufte und den Taschenspiegel weglegte und bei dem Barockhaus mit dem schwarzen Dach, an der alten Elbe drunten, wo die riesenlange, hohe Mauer aufragte, hinter der Vincíček Ryk in der schönen Villa gewohnt hatte ..., dort also aß Oskárek Rehrů alle fünfzig Würstchen ohne Brot auf und kriegte hinterher solchen Durst, daß Křesálek das gewaltige gußeiserne Pumpenrad drehte und Oskárek sich bückte und ein Halblitermaß Wasser nach dem anderen trank, zehn Liter Wasser trank er und hatte immer noch nicht genug ... Das beeindruckte die Jungs ... Und die Deutschen, die dann kamen, denen war Oskárek Rehrů nach einiger Zeit im Wege, nicht weil er verrückt, sondern weil er Jude war, und gleich den übrigen Juden von Nymburk wurde auch Oskárek Rehrů irgendwo in Polen vergast, Oskárek Rehrů, der genau wußte, warum er den kleinen runden, den kreisrunden Spiegel bei sich trug, ja, schon damals hatte er genau gewußt, daß ihn eine Hand packen und wie ein Kaninchen schütteln würde... Als Oskárek verladen wurde, so erzählte man, blickte er im Rückspiegel nach hinten, doch sie schlugen ihm mit dem Kolben den Spiegel aus der Hand, und Oskárek wußte, daß er ohne seinen Spiegel verloren war... Wo ist Oskárek Rehrů wohl hin?

Wo mag aber auch das Riesenweib abgeblieben sein, die Frau, die wie ein verkleideter Kerl aussah und in das Städtchen kam, um zu verkünden, daß die Zeit binnen kurzem nicht nur hier stehenbleiben werde? Der Augenblick sei da, die letzten großen Gefechte würden entbrennen, und Jesus würde erscheinen und die Menschen vor dem ewigen Stuhl des alleinigen Gottes richten. Wo mag sie sein, diese Frau, die wie ein verkleideter Kerl aussah und stets mit einem großen Banner in das Städtchen einzog? Wie an der Spitze eines gewaltigen, unsichtbaren Heerhaufens schritt sie einher und schwenkte die Fahne, als verkünde sie die Dämmerung der Völker und Menschen, diese Frau, die sogar der deutschen Kommandantur Angst einflößte, welche dem Gericht gegenüber in einem Haus residierte, dessen Wandinschrift besagte: »Gesundheit trete ein durchs Fenster und guter Wille durch die Tür«, und hier in diesem dreistöckigen Haus, das voller Soldaten und deutscher Beamter war, dort stellte sich das vierschrötige Weib, das so rauh auftrat wie ein verkleideter Kerl, im Protektorat mit seiner Fahne an der langen Stange auf, und wurden die Fenster geöffnet, dann rief sie: Kommt heraus, ihr Knappen, kommt heraus, ihr Söldner, das letzte Gefecht ist entbrannt, das letzte Gefecht steht bevor... Wo ist sie hin, die Riesenfrau mit der Fahne, die, solange sie getragen wurde, flatterte, die aber ihre Gestalt völlig einhüllte, sobald sie stehen blieb, wo ist es hin, dieses Weib?

Wo mag aber Rychlík sein, der Mathematikprofessor, den die Probleme der beschleunigten Zeit so verwirrt hatten, daß er nicht nur durch die Gassen des Städtchens, wo sogar die beschleunigte Zeit stehengeblieben war, im Eiltempo und mit vorgebeugtem Oberkörper hastete? Nein, so beschleunigt stiefelte Rychlík auch auf den Landstraßen, zwischen den Dörfern und auf Waldwegen herum, klapperdürr und mit seinem Ziegenbärtchen war er auf Wanderschaft, ihm auf den Fersen, als könne sie ihn niemals einholen, nie mit ihm Schritt halten, sein Schwesterlein, auch schon verrückt, immer mit einem Regenschirm bewaffnet für den Fall, daß es goß, und immer mit einem Hütchen, auf dem sich ein Gärtlein aus Kunstblumen und Früchten befand, bei diesem Tempo verlor sie das Hütchen, konnte es sich aber gerade noch mit einem Patscher wieder aufstülpen und weitereilen, um nicht ihr Brüderchen aus den Augen zu verlieren…, und ihnen nach rannte mit hängender Zunge ein kleiner Hund, er hetzte sich ab, doch seine beiden Herrchen waren ihm stets um zwei Meter voraus, und dieser gespenstische Aufzug huschte wie gekoppelte Lokomotivenräder vorbei und verschwand gleich darauf in den Gassen und auf den Landstraßen und Waldwegen, und allen Leuten tat das Hündchen leid, das nur noch taumelte und stolperte, wenn sie von ihren täglichen fünfzehn Kilometern heimkehrten, wenngleich die wippenden Schuhsohlen vor seinen Augen ihm wieder Kraft gaben, die entweichenden Schuhchen und Stiefel seine Kraft erneuerten, um heimzufinden, um an dem Punkt anzukommen, den dieser Geleitzug von zwei Menschen und einem kleinen Tier ansteuerte, dieser Geleitzug dreier Wesen, die das Leben in dem Städtchen beschleunigten, wo sogar die gemessen beschleunigte Zeit stehengeblieben war… Wohin ist er entschwunden, dieser gespenstische Geleitzug? Ich wünschte mir sehnlich, sie wären wieder am Leben und könnten so umherziehen, wie sie umhergezogen waren, und es wäre eine große Ehre für mich, einer von ihnen zu sein…

Nie jedoch habe ich das Leben und die Arbeit von Herrn Růžička verstanden. Meine Mutter erzählte gern, daß die Lehrerin, als sie die Grundschule besuchte, in der ersten Klasse gefragt hatte, welche Berufe die Väter ihrer Schülerinnen hätten. Alle Mädelchen berichteten getreulich, und eins von ihnen sagte brav: Mein Papa ist Kackeräumer. Und das war Herr Růžička auch, sein ganzes Leben lang leerte er kübelweise die Aborte der Leute und nahm deshalb jedes Haus in Nymburk, aus dem er die Fäkalien in zwei Kübeln heraustrug, um sie in eine Tonne zu kippen, jedes dieser Häuser nahm Herr Růžička nur nach der Zahl der Fäkalienkübel wahr. Und so sah er schließlich auch den Einwohnern an, ob sie in ihren Gedärmen einen halben Kübel oder einen ganzen Kübel Kacke hatten. Die Eimer brachten Herrn Růžička zum Trinken, und so machte ihn das Kübelschleppen zum Säufer. Erst mit der Zeit wurde mir klar, daß Herr Růžička im Grunde eine Art Priester war, nicht anders als jener, der den Gläubigen und mir die Beichte abnahm, und ging ich zur Beichte und zählte meine Sünden auf, die ich mir aufschreiben mußte, wie auch meine Mama sich immer vor dem Einkaufen alles aufschreiben mußte, um nichts zu vergessen, und las ich dann meine Sünden dem lauschenden Ohr des Katecheten Nikl vor, der in einer lattenvergitterten kleinen Laube saß, trat mir jedesmal Herr Růžička vor Augen, der die Fäkalienkübel aus den Häusern trug, und so kam mir wiederum der Herr Dekan Nikl, dem ich meine kindlichen Sünden nannte, wie Herr Růžička vor... Und so war Herr Růžička von seiner gottgefälligen und notwendigen Arbeit betrunken, ja, manchmal trank er schon vor der Arbeit, und nicht selten passierte es ihm, daß er im vollen Wirken, wenn er die tyrannischen Kübel aus dem Höfchen trug, im Hausflur ausrutschte und hinfiel; er spreizte sich in dem beschmadderten Flur und lag auf dem Bauch, die Hände in der verplemperten Scheiße, und philosophierte dabei auch noch, so wie es ihm die Vorstellung von seinem fast priesterlichen Geschick eingab. So habe ich ihn vor der Kneipe Zum Jeseníky-Schulzen gesehen, Herr Růžička, der sich eben erst im Flur, in dem er hingefallen war, erhoben hatte, stand da und zeigte den Leuten seine Hände und Kleider und Knie und grübelte laut: Die Leute scheißen, und wer hat's für sie wegzuschaffen – ich... Diese Erkenntnis blendete ihn, doch die Leute begriffen nicht, was er sagte, und rissen vor ihm aus, weil er so mörderisch stank... Als Junge hatte ich immer das Gefühl, wenn ich in der Pfarrei war und wenn ich dem Herrn Dekan begegnete und wenn ich zum katholischen Religionsunterricht in die Schule ging, daß auch der Herr Dekan von all den Beichten nach Scheiße roch, denn ich sah die menschlichen Sünden als Scheiße an und machte mir vor der Beichte manchmal aus Angst in die Hosen. Aber das wäre nicht Herrn Růžičkas Leben gewesen, denn der bekam von der Trinkerei Visionen, und ging er betrunken in sein Häuschen zurück und zog sich um, dann spürte man ihm nach wie vor seine Arbeit an, und sein ganzes Haus roch. Und bat ihn seine Frau, die Fenster aufzumachen und die Federbetten an die frische Luft zu bringen, dann lud Herr Růžička, wenn seine Frau gegangen war, die Federbetten auf die Schubkarre und schaffte sie hinaus in den Regen, und wenn er die Betten karrte, wurde er immer schneller, vermochte aber seinem Gestank nicht zu entgehen, denn dieser fuhr immer mit ihm mit, mochte es auch Strippen regnen... Und beauftragte seine Frau ihn, Brot zu kaufen, dann tat es ihm leid, diese Gottesgabe in seine ewig nach der Arbeit riechenden Hände zu nehmen, und wir Jungs sahen ihn dann, wie er gleich kleinen Buben, die den Reifen treiben, den Brotlaib mit der Hand auf der Brüstung der Steinbrücke entlangrollte, und die Jungs schrien ihm nach, denn keiner wußte, warum Herr Růžička eigentlich die Federbetten mit der Schubkarre transportierte und warum er das Brot auf dem Brückengeländer rollte... Und wenn Sommer war und die Einwohner und ihre Kinder an der Schwemme badeten, dann ließ Herr Růžička seine Ziegen heraus und trieb sie zwischen die Badenden, und die Ziegen stanken, und Herr Růžička krempelte sich die Hosen hoch und schrubbte mit einem Reisigbesen die Ziegen ab, und die Haare und Kötel und der Gestank der Ziegen trieben langsam dorthin, wo abends die Leute badeten, und Herr Šuha schrie Herrn Růžička an, und Herr Růžička schrie zurück, seine Ziegen stinken nicht halb so wie die Aborte, die Herr Růžička mit diesen seinen menschlichen Händen leere. Darauf rannte Herr Šuha angekleidet ins Wasser und würgte Herrn Růžička, und beide wälzten sich in dem seichten Fluß, doch Herr Růžička siegte, denn weil er so betrunken war, hatte er eine furchtbare Kraft ... Und ein andermal, als sich die Einwohner am Ufer des Flüßchens auf der kleinen Wiese sonnten, die Herrn Růžička gehörte, trieb dieser seine Gänse auf die Weide, auf seine Wiese, und die Gänse kackten die Wiese so voll, daß kein Platz mehr zum Hinliegen und Sonnen blieb, und Herr Růžička rollte mit den Augen und verjagte alle von seiner Wiese und reckte seinen langen Hals ... Herr Růžička hatte einen Hals wie ein Truthahn, und wenn die Frauen über seine Gänse schimpften, welche die Wiese am Flußufer so verunstaltet hatten, dann schrie Herr Růžička mit schrecklicher Stimme: Wißt ihr, was ihr taugt, ihr Weiber? Und gab sich selbst mit schrecklichem Lachen die Antwort: Einen Scheißdreck! Und er wurde so fuchsteufelswild, daß alle Badenden Reißaus nahmen, nur ich blieb auf einem Fleckchen seiner Wiese liegen, da mich der Gänsedreck nicht störte, und Herr Růžička beugte sich über mich, und ich konnte vor Entsetzen nicht weglaufen, und Herr Růžička richtete seine verzweifelten und schrecklichen Augen auf mich und schrie mich an, so wie er die anderen Badenden anschrie: Hier wird nicht gelagert! Ich schloß die Augen, und Herr Růžička flüsterte mir auf einmal zärtlich zu: Aber du, Karel, du kannst hierbleiben ... Da öffnete ich die Augen, und in Herrn Růžičkas Augen standen Tränen, und er richtete sich auf und fuhr fort zu schreien: Hier wird nicht gelagert! Herr Šuha lief auf Zehenspitzen hinter ihm her, und als Herr Růžička dann langsam und völlig betrunken nach Hause wankte, da hieb Herr Šuha ihm von hinten zweimal den Stock über den Kopf, so daß der Stock zerbrach, doch Herr Růžička blieb nur stehen und steckte, als sei ihm das Ohr zugefallen, den Finger in die Ohr-muschel und bohrte darin und ging dann weiter, um sich in der Gasse vor seinem Häuschen auf das kleine Rasenstück zu le-gen, doch nicht wie ein Betrunkener lag er da, sondern wie ein Geck, er hatte ein Bein übers andere geschlagen, eine Hand hinter seinen Kopf geschoben und lag nun und lächelte zur an-deren Gassenseite hinüber, wo der ebenso betrunkene Herr Hemiš lag, und so lagen die beiden Männer da, keiner hätte gesagt, daß sie betrunken waren, allenfalls trunken von schö-nen Bildern, so wie die Hirten lagen, als ihnen der Engel er-schien und ihnen verkündigte, daß zu Bethlehem ein Gottes-kind geboren sei... Wo ist er wohl hin, dieser heilige Mann, der die Überbleibsel der menschlichen Sünden in Eimern da-vontrug und in das große Faß kippte, aus dem die Bauern ihre Äcker düngten, damit ihnen riesiger göttlicher Kohl daraus wüchse? Wo ist er wohl hin, dieser heilige Mann, der schließ-lich von seiner göttlichen Arbeit Anzeichen von Trunkenheit zeigte, obwohl er nüchtern war? Ich habe immer geglaubt, wenn Herr Růžička eines Tages stirbt, dann beugt sich die Jungfrau Maria aus den Wolken hernieder und reicht ihm die Hand und zieht Herrn Růžička stracks in das donnernde Him-melreich...

Ein Leben ohne Smoking

Ich entsinne mich der Nymburker Realschule als einer Anstalt für leicht Schwachsinnige, als einer Anstalt, in der sich Kinder binnen sieben Jahren zu jungen Männern und Fräuleins mausern. Für mich aber war das funkelnde Schloß eine ewige Klage- und Angstmauer, ein Ort, an dem ich all die Streßsituationen durchlebte, von denen ich bis heute nicht loskommen kann. Neben Gesang und Turnen hatte ich nur in Naturkunde ein Genügend, in allen übrigen Fächern schwamm ich nicht, sondern ging ich unter, da ich mich nicht aufs Lernen verstand. In dieser Zeit umschloß mich ständig die feste Glocke der Unwissenheit. Ich schämte mich, wenn ich aufgerufen wurde, errötete, stotterte nach, was mir die Mitschüler aus der ersten Reihe vorsagten..., und das erhöhte meine Verwirrung nur. Und so kam ich, voller Wut, weil ich in der Schule nichts bedeutete, auf den Gedanken, ich müßte mich irgendwie ins Bewußtsein der Professoren und Mitschüler einprägen, müßte auch etwas darstellen, müßte beim Unterricht etwas tun, wozu die anderen nicht fähig waren. Also leistete ich mir unter großer Selbstverleugnung gewisse Dreistigkeiten, ich setzte mir in den Kopf, über mich hinauszugehen, so wie das in den amerikanischen Filmgrotesken Chaplin und Frigo und Harald Lloyd taten. Diese Augenblicke belangloser Rebellionen waren für mich nicht so einfach. Ich mußte mir immer viel Mut machen, um etwas anzustellen, wofür ich dann in das Klassenbuch eingetragen wurde und eine Zwei, manchmal auch eine Drei in Betragen bekam. Und seltsam, meine Klassenkameraden mochten mich wegen meines schwarzen Humors, einige bewunderten mich sogar. Und so glich ich ihre brillanten Einser-Antworten auf die Fragen der Professoren mit meinen kleinen Frechheiten aus. Wahrscheinlich mochten mich meine Klassenkameraden, weil ich an ihrer Stelle etwas tat, wozu sie selber nie den Mut aufgebracht hätten... Meine Unfähigkeit zum Lernen, mein Unvermögen, die Lehrbücher zur Hand zu nehmen und nur darin zu blättern, meine Imbezillität, die in der Unfähigkeit bestand, dem Vortrag der Professoren zuzuhören, all das kam anscheinend daher, daß ich, wie meine Mama noch fünfzig Jahre später sagte, sehr oft verträumt, daß ich vor allem in Gedanken immer nur woanders war. Heute denke ich mir, meine Geistesabwesenheit rührte daher, daß meine Schule aller Schulen, die Universität aller Universitäten die Brauerei war und der Fluß und die Bäume und die endlosen Spaziergänge und Streifzüge. Ich entsinne mich, daß meine Gedanken nicht nur in der Schule auf Abwegen waren. Die feste Glocke der Unwissenheit umgab mich auf allen meinen Wegen durch die Stadt und durch deren Gäßchen. Hielt mich jemand an, um mich etwas zu fragen, dann errötete ich, war ich so verbiestert, daß ich wie in der Schule nur närrisches Zeug von mir gab. Dazu kamen Fehlleistungen, besonders wenn ich einem Mädchen von Angesicht zu Angesicht gegenüberstand. Stets mußte ich mich hüten, in den Bann der schönen Gesichtchen und der Locken und Schleifen zu geraten, um nicht Gefahr zu laufen, in Ohnmacht zu fallen. Und meine Beziehung zu den anderen Menschen ergab sich aus dem Empfinden, das ich bis heute habe, die anderen seien in allem weiter und verstehen alles besser als ich. Ich hatte und habe den Menschen gegenüber Komplexe, von diesen Minderwertigkeitsgefühlen kurierte ich mich als Junge wie als junger Mann immer in den Gesindestuben der Brauerei, auf den Tennen, in den Böttcherwerkstätten, wo ich den Mälzern und Böttchern, wenn sie sprachen, immer so zuhörte, wie ich den Professoren in den Klassen der Realschule hätte zuhören müssen. Noch als Student liebte ich die Einsamkeit, die Sonnenuntergänge im Fluß, die stillen Kahnfahrten, ich konnte nachts auf das Flachdach der Mälzerei springen, wo Hauswurz und Moos blühten, konnte lange auf den Sternenhimmel in der Tiefe der dahinströmenden Elbe schauen, auf die Brücke und die beleuchtete Stadt. Deshalb hatte ich, wenn ich die Treppe hinaufstieg und wenn ich durch das prächtige Portal der Nymburker Realschule schritt, das Gefühl, in eine Falle geraten, in einen Tunnel eingefahren zu sein, deshalb habe ich meinen langjährigen Aufenthalt in der Lehranstalt mit diesen kleinen Aufsässigkeiten aufgelockert, die mit einer Eintragung im Klassenbuch endeten und von den anderen Schülern als groteske Legenden weitererzählt wurden. Und keiner wußte, daß ich unter diesen Dreistigkeiten litt, daß ich mich für sie schämte, daß ich jedesmal schwer dafür büßte. Und so arbeitete ich mich von einer Klasse zur nächsten hinauf, wiederholte die Quarta und wurde voll Staunen gewahr, daß ich das Abitur abzulegen hatte. Dabei wußte ich doch, daß mich die feste Glocke der Unwissenheit hartnäckig umschloß, daß meine Kenntnisse nach wie vor ungenügend waren. Und zum Abitur ließ mir meine Mama einen Smoking nach Maß schneidern, und dann brach der Tag an, dessen ich mich ganz besonders schämte, weil ich im Smoking war, der einzige Schüler der Septima, im Smoking stand ich schließlich vor der Abiturkommission, während meine Klassenkameraden ganz gewöhnliche Sonntagsanzüge trugen. Was waren schon die schriftlichen Prüfungen – da saß ich wie alle in der Bank und bekam die Antworten von der anderen diktiert, die neben mir und hinter mir saßen, oder sie ließen sie mich von einem Schummelzettel abschreiben... Als ich aber wie ein junger Gentleman im Smoking vor der Kommission stand, war ich schweißgebadet, dampfte ich aus allen Poren, so sehr schämte ich mich, so fatal war es mir, daß ich, der an Wissen unbedarfteste Schüler, hier im Smoking stand, wogegen meine Mitschüler vielleicht deshalb so gelassen waren, weil sie ihre üblichen Sonntagsanzüge trugen. Schließlich brachte ich stotternd immer die Antwort hervor, die mir die Kameraden gestikulierend vorsagten, schließlich kriegte ich sogar etwas über das Bunsenelement zusammen. Und immerfort hatte ich bei dieser Abiturprüfung das klare Gefühl, durchgefallen zu sein, denn anders konnte es gar nicht sein. Mit gesenktem Kopf, klatschnaß, hob ich auch dann noch den Blick nicht, als der Vorsitzende der Prüfungskommission erklärte, daß ich das Abitur mit genügendem Erfolg bestanden habe. Ich nahm die Gratulationen mit einem Gefühl der Beschämung entgegen, eher wie Beileid zu einem familiären Trauerfall. Erst am Fluß blieb ich mit meinem Abiturzeugnis stehen, und je öfter ich las, daß ich die Abiturprüfung abgelegt hatte, desto weniger glaubte ich es, auch nicht, als die Eltern es mir vorlasen, auch nicht, als ich in der Nacht aufwachte und das Abiturzeugnis wieder und wieder las ... Und dann kam die Abiturfeier auf der Insel, im erleuchteten Saal und im Garten, an Tischchen mit weißen Tischdecken unter Baumkronen, Musik und Lächeln und dem hallenden Gewirr aus romantischer Plauderei und Lachen und Abiturientenjux. Und ich trug meinen Smoking und tanzte wenig und trank viel, ich schwitzte entsetzlich und schämte mich, so viele Leute sahen mich an, und ich hatte das klare Gefühl, daß alle über mich flüsterten, jeder andere wäre beim Abitur durchgefallen, ich aber hätte das Abitur nur gemacht, weil mein Papa der Brauereiverwalter war, außerdem hätten die Professoren mich die Reifeprüfung nur machen lassen, um mich loszuwerden, aus dem einzigen Grunde, weil mein Papa, als ich in der Quarta sitzenblieb und Maurer lernen wollte, also weil mein Papa darauf im Kollegium und im Direktorenzimmer erklärt hatte, ich müsse das Abitur haben, auch wenn ich jede folgende Klasse wiederholen sollte. Bei diesem Abiturfest schwitzte ich nicht nur das Hemd durch, sondern auch den Kautschukkragen und das Sakko. Deshalb ging ich immer wieder zur Toilette und warf mir mit den Händen Wasser ins Gesicht, dieweil Musik und Frohsinn im Saale tosten. Ich glaubte, Spießruten zu laufen. Und als es zu tagen begann, als bereits die Abiturienten und Eltern in aufgekratzter Stimmung heimgingen, rannten ein Klassenkamerad und ich auf die Wiese hinaus, warfen unsere Leiber in die Heuhaufen, blieben rücklings liegen und blickten zu den letzten Sternen am Himmel empor. Ich lag auf dem Rücken und hörte, wie ich mich reckte und wonnig aufheulte, wie mir die Knöpfe vom Hemd absprangen, wie auch der Knopf, der den einzwängenden Panzer meines Sakkos schloß, davonflog, ich lag rücklings im taufeuchten Heu, meine Schulkameraden und ihre Mädchen bewarfen mich mit Heu, lachten, und ihre Leiber fielen von neuem und immer wieder in die nächsten Heuhaufen. Als die Sonne aufging, lag ich allein, das Haar voller Heuhalme, ich erhob mich und zog meinen Smoking am Ärmel hinter mir her, und auf dem Heimweg, während die Leute zur Arbeit gingen, erkannte ich, daß ich auf diesem Abiturfest zum erstenmal meine Umwelt wahrgenommen hatte, und ich wurde mir klar, daß die feste Glocke der Unwissenheit auch ferner mit mir gehen würde, daß ich mir dessen aber bewußt sein müsse...

P. S.: Ich erinnere mich, daß ich in der fünften Klasse der Grundschule, als meine Eltern beschlossen hatten, mich die Mittelschule besuchen zu lassen, daß ich beim Abschluß der fünften Klasse das Abgangszeugnis mit mehreren Vierern und Dreiern in der Hand hielt, um es mir vom Direktor unterschreiben zu lassen. Ich klopfte an seinem Zimmer, die Tür ging auf, und vor mir stand der riesengroße, dicke Herr Direktor. Seine Gestalt füllte die ganze Tür aus. Er nahm das Zeugnis, unterschrieb, ich wartete im Türrahmen, der Herr Direktor erhob sich vom Tisch und reichte mir an der Tür das Abgangszeugnis und fragte, als wolle er sich noch meiner mündlichen Bestätigung versichern: So, du willst also tatsächlich studieren? Ich nickte und sagte, ja, ganz recht, ich wolle studieren. Der Flur war vom Sonnenlicht erfüllt, und der Herr Direktor Polanský verpaßte mir aus heiterem Himmel eine so schreckliche Ohrfeige, daß mir dunkel vor den Augen wurde, gab mir mit seinem Speckbauch einen leichten Schubs und pfefferte die Tür mit einem Donnerkrachen zu. Ich denke, der Herr Direktor Polanský hat meine ganzen Studien wie ein Hellseher vorausgesehen, denn gleich in der Prima des Brünner Gymnasiums fiel ich in sechs Fächern durch und hatte entsprechende Noten in Betragen, so daß mein Papa mich von der Oma in Brünn wegholte und sagte, ich könne auch daheim in Nymburk auf der schönen Realschule durchfallen...

Die Katze Autitschko

Inwieweit ist authentisch, was Sie schreiben?

Ich schreibe stets über Bemerkenswertes, das mir widerfahren ist, über Beneidenswertes, das andere erlebt haben. Das heißt, authentisch ist immer der Punkt des Ablegens vom Ufer, am Anfang steht immer ein Ereignis, ein Erlebnis. Aber das Spielerische im Menschen zwingt mich, mit einer gewissen Imagination die Folge der Ereignisse anders darzustellen, der Authentizität die Hefepilze der präzisierenden Phantasie zuzusetzen, wie Most sich in Wein verwandelt, wie Stammwürze in Bier. Diese fast chemische Reaktion nenne ich Bafeln. Erst das Bafeln bringt den Text zum Schäumen, erst diese gewisse Intuition setzt ein Gespräch in Gang, das zwischen Wirklichkeit und Unwirklichkeit schwingt, zwischen Bewußtsein und Nichtbewußtsein, zwischen Kunst und Nichtkunst, zwischen Streben und Nichtstreben. Im Sport heißt die Authentizität der Regeln: Game, das schöpferisch Spielerische: Play. Das Überschreiten der Grenzen wird jedoch immer bestraft, und so schafft dieses gewisse Unerreichbare auch im Text den melancholischen Reiz der verbotenen Frucht, dieses Unerreichbare, das aber zu Variationen und Varianten auf ein gegebenes Thema verlockt. Nun ja! Im menschlichen Leben und im Leben der Völker gibt es gewisse Realitäten, in denen die Phantasie mit der Wirklichkeit verschmolzen, das Spielerische in das Wesentliche eingeflossen, das Unglaubliche wahr geworden ist. Das sind die Mythen, die kein Schriftsteller erschaffen hat, sondern die Menschheit als Ganzes. Das ist der Höhepunkt des Schreibens, der im Nichtschreiben beruht. So wurden die Himmel geschaffen, die dem menschlichen Leben den Weg erhellen oder verdunkeln. Aus dieser Sicht ist das, was ich schreibe, Unterhaltungsliteratur, die nicht nur von der Authentizität ausgeht, sondern mit der Authentizität auch endet ... Und was sich dazwischen authentisch bewegt, ist ständiger Aufschub. So sehr ich mich auch anstrenge – ich gehe authentisch drum herum, kann aber nie ins Innere hinein. Die Mitte ist für mich unerreichbar. Meine einzige Authentizität ist: die immerwährende Unzufriedenheit mit allem, was ich geschrieben habe, was ich schreibe. Das muß wohl so sein ...

Sie haben nie Science-fiction geschrieben, versuchen Sie aber dennoch sich vorzustellen, wie die Welt nach dem Jahre 2000 aussehen könnte.

Die meisten Menschen schreckt diese Vorstellung. Sollte es aber nach diesem Jahr noch Menschen auf der Welt geben, so wie es immer war, dann wird selbst das alltäglichste Leben Science-fiction sein. Nach dem Jahre 2000 werden sich tappende Kinder auch weiterhin der Tyrannei der Kunst unterwerfen, das Gehen zu erlernen, auch nach dem Jahre 2000 werden die Abc-Schützen, wie heute, Angst vor der Schule wie vor der elterlichen oder außerschulischen Erziehung haben, auch nach dem Jahre 2000 wird ebenso wie heute, wie von jeher, die Schülerin erschüttert feststellen, daß sie zum Fräulein geworden ist, daß ein Fräulein später zur Frau und die Frau zur Mutter wird ... Die Grenzsituationen des Menschen und die Traumata der Liebe werden auch nach dem Jahre 2000 nicht anders sein, desgleichen das menschliche Glück. Was bleibt also von der Science-fiction? Mag man auch mit dem Reisebüro zum Mond fliegen, für mich bedeutet Science-fiction immer nur eins: die Verquickung der vier Jahreszeiten mit dem menschlichen Leben zu begreifen, zu verstehen, daß Flut und Ebbe des Meeres nichts anderes sind als der Zustrom der Kinder auf der ganzen Welt und der Abgang der alten Menschen, als die am Heiligabend verteilten und später in den Container geworfenen Geschenke, als die Verliebtheit und die Trennung wegen unüberwindlicher Abneigung und als das Schicksal des Planeten überhaupt, auf dem wir leben, das aus der Flut der Nebel und der Ebbe des Verbrennens besteht ... Das alles ist für mich Science-fiction, die auf der Welt seit jener Zeit besteht, da der erste Mensch sein erstes Staunen und Begreifen festhielt, und so werden, wie ich glaube, auch die Menschen nach dem Jahre 2000 solche Fragen und solche Antworten kennen, möge die Welt auch nichts als eine gigantische, schwebende Großstadt sein, möge sie sich auch von pikanten Meeresalgen ernähren. Es ist mir unangenehm, derartige Fragen gestellt zu bekommen, denn ich bin ein Anhänger der Gegenwart, auch wenn sie mir ständig entrinnt, ich fürchte die Vergangenheit, die mich entsetzt, und weil mir meine Zukunft schon lange bekannt ist und ich gern auf den Friedhof gehe, um sie zu kontrollieren, warum soll ich da für eine Vision der Welt nach dem Jahre 2000 geradestehen?

Was macht Ihnen beim Schreiben die meiste Arbeit?

Einen Grund zum Schreiben zu finden. Den Mut zu finden, nach Schlegel und Zapfhahn zu greifen und das Fäßchen anzustechen. Eins mit Wein, eins mit Bier? Und wenn mit Bier, mit zehn- oder zwölfgradigem? Und überhaupt, wird das Faß nicht halbleer sein, nur bis zur Hälfte gefüllt? Und wird der Trank nicht abgestanden, schal, krank sein? Werden die Freunde mich loben, wenn ich sie einlade zu kosten, was ich selbst gezogen oder was ich aus fremden Kellern geholt habe? Wenn ich schreibe, besteht die größte Arbeit für mich darin, das Maß der Verantwortlichkeit vor den Lesern zu finden, nachdem ich dieses Maß zuvor an mir selbst ausprobiert habe. Damit meine Leser bei den ersten Zeilen erkennen, daß der Trank aus meinem Keller kommt, daß er die erfrischende Dreistigkeit meines Milieus hat, daß ich noch nicht trübe geworden bin, daß ich sie nicht betrogen habe, daß sie ihr Geld und ihre Zeit nicht vertan haben. Was mir bei meiner Schreiberei die meiste Arbeit macht: Mit bereits vorbedachten Schnitten und dann mit der Schere am fertigen Text trachte ich, die Zeilen zu verkürzen, um das Donnern beim Zusammenprall der gegensätzlichen Bilder zu verstärken ... Aber das alles ist noch Spaß, eine einzige Schinderei ist für mich dann die regelrechte Sklavenarbeit an den Texten, wenn diese ins reine zu schreiben sind. Deshalb glaube ich, der echte Schriftsteller beginnt erst bei dieser Abschreiberei und Verknüpferei der Texteinschübe. Genau deshalb ist Tolstoi für mich ein Genie, der »Krieg und Frieden« insgesamt siebenmal, im Stehen, umschrieb und dabei noch, seinen Tagebüchern zufolge, Zeit hatte, es mit seiner Gräfin auf dem Teppich im Kämmerlein zu treiben. Hut ab, Tolstoi ist ein wahrer Schriftsteller und obendrein das Gewissen nicht nur eines Volkes, sondern der ganzen Welt! Das ist es, was mich beim Schreiben in Anspruch nimmt und mir am meisten Arbeit macht: nicht an Tolstoi zu denken, nicht an »Krieg und Frieden«, nicht an den Teppich im Kämmerlein ...

Lächeln Sie manchmal über Dinge, die Sie sich aufschreiben?

Worüber ich lächle, ist etwas, worüber ich im nachhinein erschrecke: Ob ich mit meinem Text den künftigen Leser erreicht, ihn aufgewühlt, ihn in die aufgestellten Fallen der trügerischen Zeilen gelockt habe? Ich lächle aber nur so lange, bis ich zu ahnen beginne, daß die Leser weiter sind als ich, dank ihrer Informiertheit, daß sie von mir etwas erwarten, das über ihrem Bewußtsein und Wissen liegt. Kurz, daß ich sie überrasche. Mein Lächeln heißt also, daß mir das Lachen vergeht. Doch es ist ein wissendes Lächeln, wenn ich meine schadenfrohen Leser sehe, die lächelnd meine Texte lesen, weil es nun endlich mit mir bergab geht, weil ich ein Gefangener meiner Stereotypen bin, weil ich mich bereits wiederhole, weil ich anfange, sie nicht mehr zu überraschen, weil ich also ein Langweiler bin. Kurz, weil es aus ist mit meiner Schreiberei, weil ich lächerlich bin ... Lese ich diese Zeilen, dann vergeht mir das Lachen, aber Hand aufs Herz, den Verstand zusammengerafft: Flut und Ebbe ... Ja! Und schon lächle ich wieder über das, was ich mir da aufgeschrieben habe.

Was macht Ihnen Freude?

Ich betrachte spielende Kinder und sehe klar vor mir, was sie wohl sein werden, wenn sie erwachsen sind, ich betrachte hokkende Greise und sehe genau, welche Rolle sie in der Gesellschaft gespielt haben, als sie jung waren. Ich sitze stundenlang an einem kleinen Waldbach und weiß, wie die Birken und Erlen im Herbst und im Winter aussehen werden, ich spaziere durch ein Winterwäldchen und weiß genau, wie die Birken und Erlen im Frühling und Sommer aussehen werden. Ich sehe sämtliche Phasen der Blüte und des Samenkorns bis hin zur Frucht und umgekehrt, ich sehe den Apfel in meinen Fingern und verfolge alle seine Phasen bis zu der Knospe am Apfelzweig zurück. Ich sehe unablässig rotierende, reich verzierte Rundscheiben, die einander ausweichen, sich überholen oder hintereinander zurückbleiben, wie Welle um Welle aber ihren Wendepunkt am Meeresufer erreichen und dann mit der Ebbe wieder zurückweichen, auf daß dieses ganze Spiel seinen Sinn in der Flut erhält ... Ich liebe jede Art von Regen und Blätterfall und schräg treibende Schneeflocken, an einem blauen wolkenlosen Himmel sehe ich Gewitterwolken und Blitze, Freude machen mir die Kätzchen, in denen ich die künftigen Kater und Katzen erkenne. Ich liebe die alte Katze, die in mir den jungen Mann sieht, weil wir uns gern haben, und weil Hegel lehrt: Liebende haben keine Leiber, bin ich mit dem Tier identisch. Die größte Freude aber machen mir die Kellner, die mich, kaum daß sie meiner ansichtig werden, freundschaftlich messen und mir eine Maß Pilsner bringen und sie mir vor die Finger schurren.

Was macht Ihrer Frau Freude?

Es machte ihr Freude, nach Vorlagen Bilder aus bunten Fäden zu häkeln. Sehr erfreut war sie, als ich sie heiratete, denn sie wußte, daß ihr mit dieser Heirat sehr geholfen war. Immerhin hatte sie in ein schönes Haus in Libeň eingeheiratet, das zwar nur eine Stube hatte, in die kein Sonnenstrahl drang, wofür die Toilette auf dem Hof war. Die Hauptsache aber, ich hatte Arbeit, damals war ich Packer von Makulatur und Altpapier. Den Trauring mußte sie sich kaufen, dafür hatte ich wiederum monatlich mehr Ausgaben als Einkünfte, und so schwelgten wir in Glück und Seligkeit. Im Augenblick freut sich meine Frau, daß ich sie in Sokolníky zur Jazzgymnastik angemeldet habe. Um ihr eine Freude zu bereiten, wollte ich sie außerdem in der Kirche singen, sie einen Koch- und einen Englischkurs mitmachen lassen, doch sie will nicht soviel Freude auf einmal. Große Freude macht es ihr, mich anzuschauen und zu sehen, wie ich mir überlege, was ich wohl sagen soll, um abends wegzukönnen. Am meisten freut sie sich aber, wenn man mir im Lokal ein schales Bier bringt, ohne Schaum. Deshalb mögen wir uns wohl so sehr, und deshalb werden wir dieses Jahr unsere Silberhochzeit feiern ...

Liegt Ihnen eins Ihrer Bücher besonders am Herzen?

Das »Inserat eines Hauses, in dem ich nicht mehr wohnen mag«. Ich liebe es deshalb, weil es mir ebensoviel Angst macht wie die Bücher, die kurz vor dem Erscheinen sind. Da hört der Spaß auf, ich habe das unablässige Gefühl, nur beurlaubt vom Totengräber zu sein, also schreibe ich, liefere die Texte ab, dann die Korrektur, bin ich noch auf der Welt?, die zweite Korrektur, nanu, ich bin noch nicht gestorben? Und dann, gleich den Paukenschlägen der Schicksalssinfonie, das Vorausexemplar und hinterher, wovor ich am meisten Angst hatte und habe: Das Buch erscheint, bis zum letzten Augenblick habe ich mich darauf gefreut zu versagen und gratuliere mir irgendwie dazu, daß ich meine Verantwortung für die Käuferschlange vor dem Buchladen voll übernehme, meine Verantwortung für das, was ich geschrieben und womit ich irgendwen beleidigt habe. Die Bücher, die in diesem oder nächstem Jahr erscheinen werden, die mag ich am meisten, denn zuerst jagen sie mich in den Tod, und später, wenn sie erschienen sind, dann stehe ich wieder auf von den Toten und muß brav auslöffeln, was ich mir eingebrockt habe. Mit meinen Büchern verhält es sich so wie mit einer Geburt. Es heißt sogar, und ich neige zu dieser Ansicht, ein solches Buch, ausgetragen im Bauch der Druckerei, erwecke die größten Hoffnungen und Befürchtungen zugleich. Und bei der Geburt ist es genauso. Sie ist ein Kreuzweg von Leben und Tod. Ein frisch geborenes Buch, und mag die Gebärende hinterher auch kaputt sein wie eine Ziege, die Zicklein geworfen hat, sie lächelt, wiegt als erste das Kindlein im Arm und reicht es dann an ihre Liebsten weiter. Auch ich lege jedes Buch meinen Freunden in den Arm, ohne Bettchen, ohne Windelband, nur so, damit sie es wiegen wie einen Weihnachtsstollen ...

Warum betrachten Sie die Menschen, die Welt mit so freundlichen Augen?

Aus Feigheit. Wenn einer klüger ist als ich, dann frage ich ihn freundlich nach Dingen, die ich nicht weiß. Ist jemand stärker als ich, dann preise ich, um nicht eins auf die Nase zu kriegen, seine physische Tüchtigkeit und werde sein Freund. Und ist jemand schöner als ich, und das sind zum Glück nur wenig Leute in Mitteleuropa, dann erkläre ich, er sei zwar der hübscheste Mensch in der Republik, doch auf Platz zwei komme gleich ich. So haben mich die Menschen gern, und ich, der ich Mitleid mit ihnen habe, verwandle mich in sie und habe nichts dagegen, daß sie gern ich wären. Und dann! Ich höre den anderen so aufmerksam zu, daß ich mich, mag ich auch gegenteiliger

Ansicht gewesen sein, mit jedem identifiziere, für den die eigene Meinung das A und O seines Daseins ist. Ja, ich bestärke ihn sogar noch in seiner Meinung, mag sie mir auch schaden. Ich bin nämlich so gut oder auch so schlecht gestellt, daß ich keiner Meinung mehr bedarf, um zu leben. Ich bin eine Art Voyeur, ich schaue nur und staune über das, was ich sehe. Lieber mache ich den anderen Mut zum Leben. Ich habe mich nämlich gleich zu Beginn meines Universitätsstudiums bei Herrn Fischer einschreiben lassen und keine seiner Vorlesungen über Arthur Schopenhauer ausgelassen. Ich lernte etwas, das irgendwie mit dem verquickt war, was ich bereits in den Genen hatte. Nicht zuviel zu verlangen, eher im Gegenteil. Dafür ausgiebig zu schauen, selbst mit geschlossenen Lidern introvertiert zu schauen, zu betrachten. Später verliebte ich mich in jemand, den ich bis heute liebe: Ladislav Klíma ... Der Sieg besteht nur aus Schlägen, und alles ist nur Spiel ... Daher meine freundliche Weltsicht, wie mein Onkel Pepin gewinne ich immer, auch wenn ich verliere.

Haben Sie viel Schlimmes erlebt?

Aber ja, da sind meine Liebestraumen, meine Frakturen, meine Gallenoperationen, das hat noch etwas Positives, denn man weiß nie, was man sich einhandelt. Doch manchmal spüre ich, daß sich am Horizont meines Kopfes eine Wolke ballt, und in dem Maße, wie sie aufquillt, erscheinen auf einer Membran Bilder, und sogleich muß ich achtgeben, daß ich nicht sterbe, denn wie ich sehe, sind das meine Schlachtkühe, meine zur Kaltaufzucht abgestellten Kälber, meine Schlachtschweine, alles, was sich in den Schlachthäusern tut, das bedroht mein Dasein ... Dieses Jahr stand ich in einem dörflichen Fleischerladen, bei uns draußen, der Fleischer bedeutete mir immer wieder, ich solle warten, ich solle warten, bis ich der letzte sei. Dann sagte er: Kommen Sie mit. Sie sind doch Schriftsteller? Und ich sagte ja. Mit einer Kinnbewegung. Auf dem Arbeitstisch, wo die vom Schlachthof angelieferten Stücke zerteilt wurden, lagen drei Schweineschultern, der Fleischer wies darauf und sagte: Was stellen die im Schlachthof bloß mit den Schweinen an? Er gab mir seine Brille, und ich sah, daß die drei Schultergelenke zertrümmert waren, mit kräftigen Hieben zerschmettert: riesige Blutergüsse im Fleisch, Knochensplitter ... Eine Schande ist das! rief der Fleischer. Eine Schande für die ganze Welt! Sie sind Schriftsteller, Sie müssen das sehen, wissen! Damit warf er eine aufgeschlagene, blutgetränkte Zeitung, ein Wochenblatt, auf den blutigen Tresen. Dann nahm er die Brille, setzte sie sich auf und las mir die eine und die andere Stelle vor: Unter viereinhalb Millionen Schlachtschweinen werden sechsundfünfzigtausend aus Angst noch in den Waggons vom Schlag getroffen, da, bitteschön, das Bild. Hier! Bei Öffnung eines Waggons mit Schlachtfohlen wurden zwei Fohlen erstickt aufgefunden. Ein anderer Waggon: Ein Pony, das nicht zur Schlachtbank wollte, ihm schnitt der Viehtreiber zuächst die Zunge heraus, und als sich das Pferd immer noch sträubte, schlachtete er es im Waggon. Hier das Bild. Ein anderer Transport ... nach dem Öffnen, zwei entwöhnte Kälber, Babys, erstickt. Hier ist ein Bild vom Schlachthof, wo man die Ferkel gleich aus dem Waggon in einen schrägen Stahltunnel treibt, durch den die Ferkel in den Keller fallen, wo sie im Schock, mit kaputten Füßen, getötet werden. Ich weiß, wozu Schweine imstande sind! Da, sehen Sie! Er streckte den Arm aus und zeigte auf eine vernarbte Wunde am Daumenballen. Das hier, das überdauert alles! Und bei uns? In Kladno gibt es noch keine Schlachtlinie, wo die Kühe zuerst in Gruppen zu sechst mit Strom betäubt werden. Also werden sie geschlagen. Ein Kamerad hat mir erzählt, als er die sechzehnte Kuh schlug, da ist die erste, die er betäubt hat, wieder aufgestanden, weil der Mann, der sie schlachten sollte, einen Moment weg war, um Kaffee zu trinken. Eine Schande so was! Jetzt, wo ich älter werde, macht mir das furchtbar zu schaffen. Sie aber sind doch Schriftsteller, Sie müssen einen Magen für alles haben ... Und während er den Laden hinter

47

mir abschloß, rief er mir durch die Glastür nach: Freuen Sie sich, daß ich Ihnen das gezeigt habe?, und sagte: Vielleicht fällt Ihnen jetzt das Schreiben leichter … So redete er, doch draußen war es schon kühl, die gläserne Wand beschlug, so daß ich nur seine sprechenden Lippen sah … Und Sie fragen mich, Fräulein, ob ich viel schlimme Dinge erlebt habe … Diese anklagenden Fleischerlippen, diese murmelnden Lippen hinter der beschlagenen Glastür!

Haben Sie manchmal schlechte Laune?

Hätte ich sie nicht, ich müßte sie mir schaffen. Denn das Schönste am Menschen ist die schlechte Laune, ein Mensch, der nicht mehr weiterkann, wenn er staatsfeindliche Reden gegen sich selbst führt, wenn sein Gehirn und Wille blockieren, wenn er kaputt ist und alle, dann sprudelt auf einmal, wenn er schon an Entleibung denkt, ein kleiner Springbrunnen, und ich betrachte dieses frische Bild wie ein neugeborenes Kind, und die Menschen ringsum spektakeln und reden, sie lamentieren über mich, und ich spüre, daß ich gerettet bin, denn hätte ich nicht so eine elende Laune, dann wäre ich enterbt, abgeschoben, ausgestrichen aus dieser ganzen Gemeinschaft von Menschen, die Dichter sind oder zum Teil von der schwachsinnigen Idee geplagt werden, Dichter zu sein. Wer oft schlechte Laune hat, ist von den Göttern auserkoren, ein Mensch wie er ist fähig, sich zu erneuern, sich zu verjüngen. Man nehme die Doktorbücher zur Hand, und man findet eine Bezeichnung für die Leute, die sich wie die Kinder zu freuen vermögen und zu lachen und im Handumdrehen schlechte Laune haben und eine finstere Miene aufsetzen können! Ein depressiver Irrer! Und ein Schriftsteller, falls er nicht Theater spielt, ist in der gleichen Situation wie ein Kind. Um klar zu werden, um wieder ein wenig denken zu können, muß ich zuvor sehr schlechte Laune haben.

Was tun Sie, wenn es mit dem Schreiben hapert?

Sie haben noch nie einen sorgloseren Menschen gesehen als mich. Wenn es mich nicht juckt, warum soll ich mich kratzen? Ich nutze die Gelegenheit sofort und streife durch die Stadt, mir ist zumute, als wäre meine Frau fern von mir auf Urlaub. Ich gehöre zur Schriftstellerkategorie Nummer eins im Nichtschreiben. Ich glaube sogar, das Schreiben ist ein Ersatz für das ordentliche Leben. Hätte ich die Wahl, ich würde ein Schlenderleben jedem Geschreibe vorziehen. Obendrein wäre ich ein geselliges Wesen! Sobald mich die Muse verläßt, bin ich unentwegt glücklich, den Tag drauf habe ich Katzenjammer, doch so ein Katzenjammer, das ist die Beichte schlechthin, das ist ein Hineinlauschen ins Innere, das sich regeneriert, ja, so ein Katzenjammer, das ist ein Gegenplan, kombiniert mit tiefgehender Selbstkritik. Das alles ist mir gegeben, wenn ich nicht schreibe. Als ich jünger war, da habe ich mir Kinder ausgeliehen und bin mit ihnen Kahn gefahren, habe Fische geangelt, und wenn der Abend kam und wir zusammen mit anderen an der Schwemme lagen und saßen, ging der Mond auf – was ist dagegen Literatur? Wenn es mit dem Schreiben hapert, reise ich auch gern, jede Landschaft bewundere ich, ich brauche nur nach Klánovice zu fahren, am Wasser entlangzuwandern … Und beim Gehen bin ich immer hellwach, sind alle meine Sinne auf die Landschaft gerichtet. Wenn es mit dem Schreiben nicht so recht will, durchblättere ich die Straßen der Hauptstadt Prag und frage mich dabei, welche Flut zu welcher Zeit wohl in großen Wogen diese herrlichen Gebäude in die Stadt getragen hat, in Wogen aus Frankreich und Welschland, in Wogen aus Burgund und Deutschland, ich durchwandere die Stadt und überlege staunend, was für Wogen es wiederum waren, die alle diese Inhalte und Menschen fremder Stimmungen und Gesinnungen so weit fortgespült und fortgeschwemmt haben, daß die Ebbe nur deren schöne Schneckengehäuse zurückließ, daß nur wir hiergeblieben sind, wir Tschechen, die wir uns mit fremden

Federn schmücken, wann immer einer kommt. Eigentlich stelle ich jetzt fest, daß ich mich tatsächlich am wohlsten fühle, wenn es mit dem Schreiben hapert ...

Neigen Sie zu Mystik?

Spricht man in diesem Land von Mystik, von einem Mystiker, dann versteht man darunter religiöse Schwärmerei, etwas, das mit religiösem Wahn zu tun hat. Für mich ist Mystik ein sehr natürlicher Seelenzustand, sie ist mehr als Imagination, ist Intuition, die zwar nicht jeder besitzt, doch wer sie besitzt, der weiß, daß sie von außerhalb über ihn gekommen ist, wie ein Geschenk. Für mich beginnt die Mystik auf dem schmalen Brückensteg des Regenbogens, über den man zum anderen Ufer gelangt, in ein geliebtes Wesen eindringt, ins Herz einer abendlichen Landschaft. Mystik ist für mich eine höchst natürliche Methode, die man nicht lernen kann und dennoch nur von jemandem zu lernen vermag, der es versteht, die Klinken von Türen zu betätigen, die zu sämtlichen Dingen führen, der es versteht, auch in Stille und Demut, in einer Nullsituation ohne jedes Zwinkern zu schauen und den feinen, scheuen Quell wahrzunehmen, den dünnen Strahl, der verbindet. Mystik ist also eine natürliche Art der Erkenntnis, allerdings: Sie ist nicht jedem gegeben. Sie ist ein Trauma, das schon in der Wiege vorhanden ist, ja früher schon, in den Genen, was den Säugling in das triviale Geheimnis einweiht, daß man nicht etwa fliegen, sondern schlicht und einfach hören und alles Lebendige verstehen kann, denn der Tod, der alles erfaßt, dieser Tod sagt ihm nichts, und deshalb ist ein Mystiker ein Mensch, der den Wert des Todes aufgehoben hat, wogegen ein Held mit dem Tod erst sein Scheitern erfüllt, das sein Ruhm ist ... Haben Sie mich gefragt, Fräulein Kašperová, was ich am Meer gemacht habe? Praktisch nichts, ich habe mir meinen Liegestuhl nahe ans Ufer gerückt und fast den ganzen Tag lang ununterbrochen den Wellen gelauscht, die bei Flut anstiegen und bei Ebbe zurückwichen, ohne daß ich dabei dachte, sondern durch diesen Rhythmus hindurch habe ich vielmehr Geschichten des Lebens und des Todes gesehen und wieder von neuem die Geburt und die Auferstehung und die Verkalkung ... das alles aber in Ereignissen und Geschichten, so wie ich sie von Kindheit an gesehen und erlebt habe ... In diesem Moment am Meer und in meinen Erinnerungen an diese Meeresmomente von Flut und Ebbe habe ich gelächelt und lächle bis heute, staunend wie Jíra und ich auf Zypern, als wir den verträumten, lächelnden und mystischen Apollo-Figuren Auge in Auge gegenüberstanden ...

1

Kam meine Frau uns übers Wochenende besuchen, dann seufzte sie, wo sollen wir nur mit all den Katzen hin? Ich tröstete sie, aber du weißt doch selbst, wir haben auf einmal fünf Katzen, und im Frühjahr verschwinden sie alle, eins kommt nicht heim, wir laufen bei Nacht herum und rufen, doch das Kätzchen zeigt sich nicht, dann das zweite, das dritte, zuletzt bleibt uns nur eins, bis auch dieses wegläuft und nicht mehr wiederkehrt ... Doch sobald meine Frau die Tierchen sah, lamentierte sie weiter: Wo sollen wir mit all den Katzen hin? Doch selber freute sie sich auf den Morgen, auf das Erwachen, wenn ich aufstand, die Tür aufmachte und die fünf Jungkatzen in die Küche hereinließ; erst schleckten sie zwei Teller Milch leer, und dann krochen wir alle wieder ins Bett, und die Katzen kamen und wärmten sich in den Federn. Drei Katzen steckte ich immer meiner Frau ins Bett, auf die Pritsche, und so ruhten wir zusammen mit den Tierchen, die zufrieden einschlummerten. Renda, Sägemüller und Mohrchen waren immer bei meiner Frau, und bei mir lagen die beiden Kätzchen mit den weißen Söckchen und dem weißen Brustlatz, das schwarze Kätzchen hatte ich Mohrchen getauft, und das getigerte Katerchen war das Söckchen. Am liebsten war mir aber Mohrchen, nicht sattsehen konnte ich mich an ihr, und sie hatte mich so gern, daß sie fast ohnmächtig wurde, wenn ich sie auf den Arm nahm und an meine Stirn drückte und ihr süße Liebeserklärungen ins Ohr flüsterte, ich hatte etwa das Alter erreicht, wo man nicht mehr in eine schöne Frau verliebt sein mochte und konnte, schließlich hatte ich schon eine Glatze und Falten im Gesicht, doch die Kätzchen liebten mich so, wie mich die Mädchen geliebt hatten, als ich jung war, meinen Kätzchen bedeutete ich alles, ich war ihnen Vater und Geliebter zugleich. Am meisten zugetan war mir aber das Kätzchen mit den weißen Söckchen und dem weißen Brustlatz, das Mohrchen. Sobald ich sie ansah, schmolz sie dahin, wurde sie ganz demütig, und ich mußte sie auf den Arm nehmen, worauf sie für einen Augenblick das Bewußtsein verlor unter dem Ansturm von Gefühl, das von mir zu ihr und von ihr zurück zu mir strömte, und dann stammelte ich vor Glück. Diese Morgen, da die fünf Katzen zu uns ins Bett schlüpften, diese Morgen waren unser Familienglück, die Katzen waren unsere Kinder. Jeden Morgen jedoch, wenn sich die Katzen aufgewärmt hatten, wenn sie sich von der Nachtkühle erlöst fühlten, begannen sie mir nichts dir nichts, grüppchenweise oder alle auf einmal, sich zu balgen, übereinander herzufallen, sie konnten an den Gardinen schaukeln, sie rannten und wetzten hin und her, immer wieder bufften ihre Köpfchen gegen Schrank und Stühle, eine halbe Stunde lang tobten die Katzen durch die Küche, warfen unsere Kleider und Wäschestücke von den Stühlen, sie schleppten aus der Küche Handtücher herbei, zerrten und rissen an den Schuhen und Pantoffeln, sausten unter die Zudecke und kämpften dort im Dunkeln weiter, rollten sich zu Knäueln zusammen, alles, was auf dem Tisch stand, schubsten die Katzen herunter ... Ungefähr dreißig Minuten hielt diese meschugge Stunde vor, bis die Katzen japsten und erschöpft, mit hängenden Zünglein, auf den grünen Teppich niedersanken, sich auf den Stühlen lagerten, sich gegenseitig beleckten, einander mit langen Zungen strichen, wiederherrichteten, einander das Pelzchen an Hals und Kopf putzten. Dann schlummerten sie wieder ein und seufzten süß ... Dieses Ritual der meschuggen Stunde wiederholte sich jeden Tag. Nur wenn es draußen regnete und kühl wurde, wenn es zu schneien begann, wenn sich die halbwüchsigen Kätzchen zu Katern und Katzen gemausert hatten und ich machte morgens die Tür auf, dann wollten alle Katzen sich erst einmal wärmen, wollten Milch trinken, und gab es Frost, dann schmiegten sie sich an den Ofen, machten die Hälse lang und wärmten sich ihre Katzenköpfe, bis diese nur so dampften. In der Winterzeit wurden alle Katzen ernst, sie hatten Angst: Was, wenn ich nicht käme? Meist schliefen sie auf der Terrasse, im Heu oben unterm Dach, von da, vom Obergeschoß aus hatten sie den Waldweg im

Auge, der von der Chaussee herführte, und kam ich mit dem Autobus und watete durch den Schnee, dann fiel mir an einem bestimmten Punkt des Weges die Terrasse ins Auge, das offene Rechteck unterhalb des Dachbodens, wo sich Katzenöhrchen aufstellten und Katzen heraussprangen, ich sah ihre Füßchen die hölzernen Stufen herablaufen, sah sie mir entgegeneilen, mich umschmeicheln ... Stets nahm ich eine nach der anderen in den Arm und küßte sie unterm Hälschen, und sie drückten sich an mich, da ich ihnen die Freude gemacht hatte, sie nicht zu vergessen, ich schloß den Gang auf, wo das Wasser im Eimer gefroren war, ich schloß die Kammer auf, und die Tierchen drängelten sich hinter den Ofen, rasch heizte ich ihn mit Holz an und wärmte erst hinterher die Milch für sie, oft war in der kleinen Küche das Wasser in der Waschschüssel gefroren ... Eine halbe Stunde später aber waren Ofen und Ofenrohr schon warm, die Katzen schleckten die Milch und lagen wieder mit gestreckten Köpfen am Ofen, lange wärmten sie sich so, erst nach einer Stunde erschlafften sie, verteilten sich auf den Stühlen und drusselten ein, nachdem ich ihnen Fische geschnitten, nachdem ich ihnen Fleisch gegeben, nachdem ich ihnen Käsestückchen hingebrockt hatte. Dann erst schrieb ich meine Texte, die Maschine ratterte, ich mußte mich beeilen, nie hatte ich Zeit für die stilistische Reinheit eines Textes, ich mußte schnell schreiben, um mich den Katzen widmen zu können, denn alle, mochten sie auch mit geschlossenen Augen daliegen, sahen mir durch den Lidspalt zu, es tat ihnen wohl, das Rattern der Schreibmaschine zu hören. Nach einem Schreibstündchen zog ich mir die Pelzjoppe an und ging hinaus, um mir im Winterwetter die Beine zu vertreten, die Tür ließ ich angelehnt, falls die Katzen auf ihr Laubklo wollten, für die Nacht stellte ich immer eine Waschschüssel mit Sand bereit, damit sie austreten konnten, wenn ich im tiefen Schlummer lag, denn die Katzen sprangen, egal ob ich schlief, alle erst einmal vom Stuhl und gingen zur Tür und miauten leise, meistens hörte ich es, und so stand ich wiederholt in der Nacht auf, um die Kätzchen hinaus und auf ein Miauen wieder herein zu lassen, wischte ihnen, wenn es regnete, die Pfötchen mit einem Handtuch ab, denn alle fünf Katzen schlüpften gegen Morgen, wenn das Feuer erlosch, zu mir ins Bett, als hätten sie sich verabredet, jede hatte ihren Platz, mir zu Häupten jedoch lag Mohrchen, sie allein hatte das Recht, dicht neben meinem Kopf zu liegen, die anderen lagen an meinen Füßen, schmiegten sich an meinem Rükken ... Und bevor sie einschliefen, seufzten sie wohlig, stöhnten, schnurrten leise und rollten sich dann zusammen, und wenn uns heiß war, lagen sie auf dem Rücken, die Köpfchen hintenübergelegt, in malerischen Positionen, manchmal war auch ihr Bäuchlein verschwitzt, möglicherweise ließ sie auch der schreckliche Gedanke schwitzen, was aus ihnen werde, wenn ich nicht wiederkäme. Ich fuhr nämlich auch mit dem Auto zu den Katzen, allerdings nur bei Schönwetter. Und saß ich im Auto und fuhr ich ein bißchen zu schnell, dann nahm ich sofort das Tempo zurück, denn was geschähe mit den Katzen, wenn ich einen Zusammenstoß hätte? Nur Traktoren und Lastwagen und langsam fahrende Autos überholte ich, denn was würde aus meinen Katzen, wenn ich beim Überholen verunglückte? Deshalb nahm ich den Autobus, wenn Glatteis war und wenn Schnee fiel und wenn es regnete, denn so hatte ich die Garantie, anzukommen und meine Katzen zu trösten. Und auch im Bus, wenn ich mich ganz vorne hinsetzte, plötzlich der Gedanke: Wenn nun der Bus verunglückt, wer wird die Katzen füttern? Und sogleich suchte ich mir einen Platz mitten im Bus, immer auf dem Sprung, falls etwas passierte, mich in die Richtung zu werfen, wo die Unfallgefahr am geringsten war, denn wer gäbe sonst meinen Katzen Milch? Und mußte ich nach Prag zurück – schon wenn ich mich anzog, wurden meine Katzen unterwürfig, traurig, Mohrchen, die etwas von einem Chaplin an sich hatte, wollte mich aufheitern, hüpfte herum, schoß Kobolz und blickte mich an, ob mich das wohl vom Weggehen abbrachte, und ein andermal rauften gerade zwei Kater, als ich mich anzuziehen begann, sofort hörten sie auf, jeder legte sich auf seinen Stuhl, so manierlich legten sie sich nieder, als wollten sie brav sein, nur damit ich nicht wegfuhr, oder ich sollte fahren und sie hier im Haus lassen, dafür wollten sie auch artig sein, alle miteinander machten sie mir vor, wie artig sie dann wären, nur um nicht hinauszumüssen, doch sie mußten hinaus, ich packte sie nacheinander und kippte sie über die Schwelle, wie Fische glitten sie mir aus den Händen, ich schloß ab, ich war unglücklich, so unglücklich wie meine Katzen, ging den schmalen Pfad zwischen den Fichten hinab, trat durch die Pforte auf die Allee hinaus, und drehte ich mich ein letztesmal um, dann sah ich jedesmal das gleiche Bild und erschrak jedesmal dabei. Durch die Staketen, in jeder Zaunlücke ein Katzenkopf, blickten mir fünf Katzengesichter nach mit dem Wunsch, der nicht zu erfüllen war: ich solle kehrtmachen, und wir säßen alle wieder am warmen Ofen in der Kammer … Und in Prag, wenn ich wieder mal fertig war, wenn ich nicht mehr schreiben konnte und mich von Entgleisungsgefühl und Angst nicht loszumachen wußte, wenn ich ganz allein war, dann passierte es mir, daß ich in den Autobus sprang und während der einstündigen Fahrt durch das verschneite Land Ängste ausstand, ob die Katzen wohl noch am Leben wären, daß mir die Knie wankten, wenn ich ausstieg und die Allee entlangging, und liefen mir dann alle Katzen entgegen, nahm ich eine um die andere in die Arme und drückte sie an meine Stirn, und es war, als heilten mich diese Katzenpelzchen von meiner Verkaterung und Schwermut, immer wieder drückte ich sie, und sie wußten das und drückten sich an mich, und ich heizte den Ofen und verteilte Fleischhäppchen und goß ihnen Milch ein. Und Mohrchen, unter all diesen Katzen wußte sie genau, was sie mir bedeutete, ihr war die Ehre zuteil geworden, von mir am meisten geliebt zu werden, in ihren Augen fand ich stets so viel Verständnis, daß es mich erschreckte. Ich war glücklich, sie zu haben, mit ihr ein Geheimnis zu teilen, das uns verband, und sie saß auf dem Tisch und guckte mich an, ich beugte mich vor, und sie stupste mich immer wieder, legte mir den Kopf in die

Hand, ihr Köpfchen paßte genau in meine Handfläche, und ich litt bereits Qualen, weil ich wieder nach Prag zurückmußte, weil ich abends eine Lesung hatte und weil ich wieder die Katzen nacheinander packen und an die kalte Luft befördern müßte, hinaus ins feuchte Laub, in die Einsamkeit, ich sah, daß auch die Katzen voller Angst waren, daß bald der entsetzliche Augenblick eintrete, da wir Abschied nahmen, da sie wiederum fürchten mußten, ich könne nicht wiederkommen, ich könne sie ihrem Schicksal überlassen, und ich fürchtete auch, man könne sie mir totschießen, sie könnten, wenn auch sie es nicht mehr aushielten, mir entgegenlaufen und an der Bushaltestelle von einem Auto überfahren werden. Und um mich von meinen Qualen zu erlösen, begab ich mich zwar zu meinen Katzen, drückte sie mir wie ein feuchtes Taschentuch gegen Kopfschmerzen an die Wange, ging am Ende aber doch wieder die Allee zurück, mußte mich wieder umdrehen, und wieder guckten mich durch die Zaunstäbe die Katzenaugen an, fünf Katzenköpfchen sahen mir so lange nach, bis ich zur Bushaltestelle abbog, und im Autobus dann verschanzte ich mich in meinem hochgeschlagenen Kragen, versenkte ich mich in mich selbst und fragte mich vorwurfsvoll, wie ich diese rührenden Tierchen nur habe verlassen können, auf die ein feuchter Abend wartete, eine kalte Nacht, wo sie, aneinandergeschmiegt, ihren Atem in Pfötchen und Pelzchen bliesen, sich gegenseitig wärmten und sich träumend fragten, ob ich wohl wiederkehrte, und wenn, dann möglichst bald, denn die Kerskoer Winternächte sind lang, selbst für die Menschen unendlich lang. Manchmal zermürbte mich das so, daß ich mir wünschte, es gäbe weder mich noch die Katzen. Nur am Wochenende, wenn meine Frau und ich bei den Katzen waren, nur die beiden Tage in der Woche, da ich hier in dem Häuschen in Kersko schlief, waren wir alle glücklich, doch die Tiere wußten, daß Sonntag war, daß wir am Nachmittag abfuhren, schon ab Mittag waren sie bedrückt, jeden Nachmittag, wenn wir bei ihnen in Kersko waren, wußten die Katzen Bescheid und warteten nur darauf, daß ich mich aufs Kanapee legte und zudeckte, denn das war ihre Siesta, da sie sich eine wie die andere zu mir legten, unter die Decke, dicht unters Kinn ... Am Sonntag hingegen wußten die Tiere Bescheid, vergebens legten sie sich aufs Bett, sie wußten, daß wir in Kürze abreisten und daß die Freude ein Ende hatte. Damals erfuhr ich, daß jeder Jäger, der eine Katze im Wald schoß und ihr dann den Schwanz abschnitt, für jeden vorgewiesenen Katzenschwanz dreißig Kronen erhielt. Ich erschrak, wenn irgendwo ein Schuß krachte, stürzte schnell nach draußen und rief und zählte meine Katzen, ob nicht eins von ihnen auf der Erde lag, während der Jäger ihm den Schwanz abschnitt. Und damals erfuhr ich auch, daß Leute durch das Land zogen, Katzengreifer genannt, die Kätzchen und Katzen und Kater aufkauften, alles einfingen, was herrenlos war und sich fassen ließ, um es für fünfzig Kronen pro Stück an wissenschaftliche Institute in Prag zu verkaufen, wo man den Tieren dann ein Zählgerät in den Kopf rammte, das tickte und die Impulse und Bewegungen in ihren Gehirnrinden registrierte. Doch das hätte ich besser nicht gewußt, mir reichten schon die Schüsse, und jetzt zermürbte mich der Gedanke, eine meiner Katzen werde nach Prag gebracht und sterbe eine Woche später mit einem Zählgerät im Kopf, denn keine Katze hält derlei wissenschaftliche Versuche und Forschungen aus. Wie oft erwachte ich in der Frühe und wußte, daß ich nicht mehr schlafen konnte, denn ich hatte ein nebelhaftes Gefühl, das sich zu einem Ticken verdichtete, eine immer noch barmherzige Vision, also stand ich auf und schaffte die Armbanduhr, die ich stets in einen Schal einwickelte, da ich das Ticken des Sekundenzeigers nicht ertrug, schaffte die Uhr samt dem Schal in die Küche und legte den Schal hinter die Töpfe im Küchenschrank. Aber hatte ich mich hingelegt, hatte ich mich zu meinem Bett zurückgetastet und hingelegt, vernahm ich nach einer Weile, den Handrücken auf der Stirn und die Augen im matten Licht der Straßenlaterne zur Decke gerichtet, wieder ein Ticken, doch das kam nicht von draußen, sondern aus meinem Kopf, und ich spürte, daß auch mir ein Zählgerät in den Kopf gerammt war, das tickend die Impulse meines Gehirns festhielt, meines Pulses, und ich wußte, das in den Katzenkopf gerammte Gerät in dem wissenschaftlichen Institut würde so lange ticken, bis ich aus Barmherzigkeit vorzeitig wahnsinnig wurde oder bis ich starb. Anstelle meiner Katzen ertrug ich diese Vorstellungen und Bilder, diesen grauenhaften Gedanken, was meinen Tieren zustoßen könnte, und erst recht meinen Kätzchen, wenn diese von den wissenschaftlichen Katzengreifern aufgekauft oder weggefangen wurden. So erschrak ich für alle Katzen und Kätzchen, denen das Unglück widerfahren war, von den Jägern gepackt und in den Käfig zu den Uhus gesteckt zu werden, wo die Tierchen den Augenblick abwarteten, da der Uhu Hunger bekam. In diese Tierchen habe ich mich oft hineinversetzt, in die Katzen, in die Kätzchen im Uhukäfig, und wenn ich nicht schlafen konnte, wurde ich von Visionen wie diesen samt Tasterlebnis heimgesucht. An einem Wintersonntag da rollte vor unser Haus ein Auto, Leute stiegen aus und teilten mir mit, nachdem sie eingetreten waren, ihr getigerter Kater sei auf tragische Weise ums Leben gekommen, und sie hätten gehört, daß wir fünf Katzen besäßen, deshalb hätten sie gern einen getigerten Kater von uns gehabt. Kaum wurde die Frau unseres Katers Renda ansichtig, da sagte sie, wenn sie nicht gesehen hätte, daß ihr Kater von einem Auto überfahren worden sei, dann hätte sie den unsrigen für ihren gehalten. Und in meiner Verblüffung hinderte ich die Frau nicht daran, meinen Renda hochzunehmen und fortzutragen, ich kam nicht einmal mehr dazu, die Frau zu fragen, ob sie einen Garten habe, ob sie auf Urlaub fahre, ob sie das Tier auch so gern haben würde wie wir ... Damit fuhr Renda davon, er drückte sich an die Frau, als schmiegte er sich an mich, und wir alle waren an diesem Tag betroffen, alle waren wir so verbiestert, daß wir nicht nach Prag fuhren, zu groß war die Lücke, die Renda hinterließ, denn Renda hatte nie gespielt, ein schöner Bursche war er, größer als die anderen heranwachsenden Kätzchen, und Renda hatte sie behütet, auf sie achtgegeben und war sozusagen ihr Anführer gewesen, was Renda tat, das taten auch die anderen Kätzchen, und nun fuhr Renda weg, und ich kriegte Fieber und wanderte auf dem Grundstück umher und beschimpfte mich, wie ich nur Renda hatte weggeben können, diesen Kater, der niemals spielte, der nie raufte, sondern immer nur die Pfote wie einen Marschallstab hob und so den anderen befahl, das Raufen zu lassen, dieses Katerchen hatte ich aus dem Haus gegeben, mochte die Frau auch behaupten, sie seien Fleischer und Renda werde Leber und Milch bekommen und sie würden ihn so liebhaben wie den anderen, den das Auto überfahren hatte.

2

Als wir auf diese Weise alle den Winter hinter uns gebracht hatten und das Frühjahr kam, fand sich bei uns ein kleines getigertes Kätzchen ein, und das war trächtig, genau wie Mohrchen, die beiden Kätzchen liebten einander, und weil sie trächtig waren, folgten sie mir, wichen sie nicht von meiner Seite, wo ich ging und stand, da waren auch sie, ich stolperte über sie, doch das machte ihnen nichts aus, Hauptsache, sie waren bei mir, sahen mich mit verliebten Augen an, und ich wußte, die Kätzchen wünschten sich meinen Beistand, sobald ihre Stunde da war. Mein Nachbar Herr Eliáš baute mir ein Vogelhäuschen, eine scheinbar sinnlose Futterstelle, er nahm ein altes Radio, entfernte das Innere, schlug die Vorderwand heraus, holte sich ein kurzes Brett, in das er einen Pfahl einpaßte, und trieb den Pfahl vor den Fenstern in die Erde, gleich neben dem kaputten Zaun. Und jeden Tag, da ich herkam, um meine Katzen zu besuchen und um zu schreiben, streute ich Haferflocken und zerbröselte altes Brot und streute es den Spatzen und Meisen ins Vogelhäuschen, manchmal zeigten sich sogar Eichelhäher. Und mir graute bei der Vorstellung, die Katzen bekämen Junge, ich stand Ängste aus, sie könnten sie in meinem Bett werfen wie die Máca, ich wußte nicht, was ich mit soviel Katzen anfangen sollte, ich verging bei dem Gedanken, jede Katze kriegte vier Junge, denn dann müßte ich sie ersäufen, nicht alle, zwei Junge würde ich jeder von ihnen lassen, doch um die Henkersarbeit käme ich nicht herum, um die ich schon in Nymburk nicht herumgekommen war, niemand wollte die Jungen ertränken, und so mußte ich es tun, ich, der die Katzen liebte, deshalb war ich es, der sie auch zu beseitigen hatte, denn nur einmal hatten wir alle fünf Jungen leben lassen, und als sie herangewachsen waren, da hatte sie keiner haben wollen, und so gab es bei uns daheim so viele Katzen, daß wir über sie fielen, und schließlich wollte es der Teufel, daß vier von den fünf Katzen Weibchen waren, und die kriegten übers Jahr ebenfalls Junge, und darüber waren wir so unglücklich wie meine Frau, die jedesmal, wenn sie zum Wochenende nach Kersko kam, klagte: Was fangen wir mit all den Katzen an? Meine Frau kochte fast den ganzen Tag für die Katzen und gab ihnen Milch zu trinken, doch das Schlimmste war, die Katzen hielten sich am liebsten in der Küche auf, und die war voll Katzengeruch, ich war schon so an die Tiere gewöhnt, daß ich überhaupt nichts spürte, doch wer auf Besuch kam, schnupperte sogleich, denn die Katzen erledigten ihr Geschäft nicht nur in der sandgefüllten Waschschüssel, sondern manchmal auch in einer Ecke der Küche, der Kammer, und hatten sie Durchfall, dann erledigten sie ihr Geschäft, wo es sie überkam, und meine Frau war der wandelnde Vorwurf, sie wollte schon keine Bettlaken mehr waschen, wollte keine Häufchen mehr vom Spannteppich beseitigen, also tat ich es, an jedem unserer Wochenenden wischte ich, zuerst mit einer Papierserviette, dann mit einem feuchten Scheuerlappen herum, manchmal gingen mir die Nerven durch und ich schrie alle Katzen an, jagte sie raus, oft schlug ich eins sogar. Eines Tages, ich saß gerade und schrieb, da ließ eine Katze, statt an der Tür zu miauen, plötzlich das schauderhafte Geräusch sich entleerender Eingeweide hören, ich lief rot an vor Wut und packte das Kätzchen und prügelte es durch, ja, es gab Augenblicke, da ich es auf die Schwelle setzte und mit einem gewaltigen Fußtritt in hohem Bogen in den Wald beförderte. Die anderen Katzen warteten nicht erst ab und nahmen Reißaus, manchmal schämten sie sich, fühlten sich schuldig, und ich ließ das Schreiben und hatte Mitleid mit ihnen, ich konnte nicht schreiben, wenn ich eine Katze geschlagen hatte, die ich liebte, ein Tierchen getreten, das mir alles bedeutete, meine Katzen, die ich zuweilen aufsuchen mußte, urplötzlich überkam mich der Wunsch, sie zu sehen, und ich fuhr nach Kersko und hob sie hoch und drückte sie an die Stirn, damit sie mir die Angst und die Bangigkeit nähmen ... Und ich schämte mich, ging hinaus, und oft dauerte es einen ganzen Tag, bis ich mir die Tierchen wieder geneigt gemacht hatte, bis wir versöhnt waren, bis ich sie aufforderte, nach Hause zu kommen, doch sie schämten sich noch mehr und trauten sich nicht, das Haus zu betreten, aus dem sie mit einem Fußtritt hinausgejagt worden waren, aus dem ich sie vertrieben hatte, denn Katzen können sich nicht nur zutiefst schämen, sie können auch nicht so schnell verzeihen, wie ich ihnen verzieh. Also übernachtete ich nicht mehr in Kersko, ich schrieb nur meine Sachen fertig, fütterte die Katzen und ging zum Bus oder setzte mich ins Auto. Und immer blickte ich mich um, hielt an und sah erneut die Katzen zwischen den Zaunlatten, ihre Köpfchen waren so traurig, daß ich Gas gab, in den Bus sprang, ja, ich fuhr lieber mit dem Bus, denn wenn ich die Kätzchen verließ, dann mußte ich sehr aufpassen, daß ich vor Aufregung nicht im Graben landete mit dem Auto, daß ich vor Aufregung nicht die verkehrte Richtung nahm. Seltsam, wenn ich mit dem Auto zum Wochenendhaus fuhr, wenn ich schon beim Wald von Kersko war, wenn ich mich dem Punkt näherte, wo es zur Waldallee abging, dann sah ich, noch ehe ich einbog, von den benachbarten Grundstücken, aus den Nachbarsgärten meine Katzen zusammenlaufen, um sämtlich bereitzustehen, wenn ich vor der Pforte hielt, und alle lachten und freuten sich, daß ich sie besuchte, daß ich da war und ihnen Milch gab und zu essen, daß ich jede auf den Arm nahm und mit jeder schäkerte und jeder neuen Lebensmut einflößte, denn meine Katzen, die hatten anscheinend das Gefühl, nur dann zu leben, wenn ich bei ihnen war. Und hatte ich mit ihnen geschmust, dann riet ich ihnen, sofern es schön war, an die gesunde Luft zu gehen, ihre Pelzchen zu wärmen, doch ich mußte sie aus der Kammer hinaustragen, von allein wären sie nicht gegangen, denn nichts ging für sie darüber, mit mir zusammen zu sein ... Ich blieb unter der Woche nie mehr über Nacht in Kersko, weil ich nicht wieder anwesend sein wollte, wenn die Jungen kamen. Als ich eines Tages eintraf, fehlte die Getigerte, und ich entdeckte sie im Schuppen, in einem Kartoffelkorb hatte sie ihre fünf Jungen geworfen, sie leckte mir die Hand und nahm mit dem Pfötchen meine Finger und führte sie zu ihren Kindern, die an ihr zutschten und so klein waren wie die Batterien eines Transistorradios ... Ich streichelte die Kätzchen, bebte jedoch vor Entsetzen, je länger ich meine Hand bei ihnen ließ, denn diese Hand mußte es sein, die einige der Jungen wahllos aus der Welt schaffte. Schon rebellierte meine Galle, der Bauch begann mir weh zu tun, und ich schenkte den anderen Katzen Milch ein und schnitt Fleisch, und als ich mich an die Schreibmaschine setzte, konnte ich nicht arbeiten, weil meine Finger zitterten, so daß ich außerstande war, einen zusammenhängenden Satz zu tippen. Ich ging am Schuppen vorbei, hinter mir das trächtige Mohrchen, sie folgte mir, weil sie ebenfalls einen dicken Bauch hatte, ebenfalls am Zerplatzen war, ich hockte mich nieder, und sie sprang mir auf die Knie und richtete sich auf und schmiegte sich an mich und wollte, daß ich sie tröstete, daß ich ihr half, denn ich sah ihr an, daß sie Angst hatte, bei der Niederkunft allein zu sein, daß sie nur den einen Wunsch hatte, mich dabei zu haben ... Und ich hatte Angst und sah, wie unsinnig es war, hier zu sein, denn Kersko war für mich keineswegs der Ort, von dem alle meine Freunde behaupteten, er sei ideal zum Schreiben, und wie gut ich daran sei, zwei Wohnungen zu haben: die eine in Prag und die andere in Kersko ... Das

Gegenteil war richtig. Hielt ich mich in Prag auf, dachte ich voll Angst, was meine Katzen wohl machten, und konnte vor Entsetzen nicht schreiben, weil sie Hunger litten, weil sie allein waren ... und fuhr ich daraufhin nach Kersko, dann machte ich mir wieder Vorwürfe, nicht in Prag geblieben zu sein, denn hier könne ich doch nicht schreiben, denn meine Frau begann recht zu haben: Was fangen wir mit all den Katzen an? Ich besaß schon eine Menge Katzen und jetzt obendrein eine Katzenmutter, die soeben fünf Junge geworfen hatte, und Mohrchen wird in Kürze fünf weitere zur Welt bringen ... In Augenblicken wie diesen hielt ich es stets für das beste, einen riesengroßen Postsack zu machen und darin zuerst alle Katzen totzuschlagen und anschließend selber in den Sack zu kriechen und mich im Waldteich zu ersäufen oder ... Nun wurde mir klar, warum meine Kätzchen am liebsten mit der großen, geflochtenen Tasche spielten, der Tasche mit den großen grünen Henkelringen, warum sie damit so gerne spielten, manchmal zwängten sich alle meine Katzen auf einmal in die große Basttasche und schliefen darin ein ... Die Wahrsagerin Mařenka hatte sie mir dagelassen, als sie in die Pilze ging, nachdem sie mir geweissagt hatte, ich würde nicht nur ein großer Schriftsteller werden, sondern auch in eine Lage geraten, die es geraten erscheinen lasse, mich an der Weide am Bach aufzuhängen ... Und in diesem Moment fiel mir diese Weissagung ein, die Weissagung Mařenkas, der ehemaligen Krankenschwester, die in ihrer Freizeit mit einem weißen Turban und einer grünen Schmuckträne daran durch unser Städtchen zog und mir die Karten legte. Sie hatte die riesige Basttasche mit den grünen Ringen bei mir gelassen und nie mehr abgeholt, da sie gestorben war ... Und jetzt entsann ich mich ihrer Weissagung, über die ich früher meine Späße gemacht, die ich später aber ernstgenommen hatte, ja ich hatte sogar alle Äste der Weide absägen lassen, doch sie hatte ein Jahr darauf so gewaltige Zweige getrieben, daß man zehn Leute daran hätte aufhängen können, wie Goya sie gezeichnet und gemalt hatte ... Diese Weissagung im Sinn, ging ich nachdenklich zum Bach hinunter, dort stand die Weide schon bereit, doch ich war noch nicht weit genug, um Mařenkas Prophezeiung wahrzumachen und mich aufzuhängen ... Zur Sicherheit schenkte ich aber die ganze Milch ein, tat alles Fleisch auf die Teller und fuhr weg, denn ich erschrak bei dem Gedanken an das, was mich am nächsten Tag erwartete. Eine Art Trägheit ließ mich weder in Prag noch in Kersko sein; war ich zum Beispiel in Prag, dann fuhr ich zu meinen Katzen nach Kersko, und als ich dort anhielt und ausstieg, und als die Katzen mir entgegenliefen, da kniete ich mich hin und streichelte sie, nahm sie aber nicht auf den Arm, drückte sie mir nicht an die Wange, sondern ging langsam zu den Birken hin, erregt und erschrocken, weil mein Kätzchen nicht gekommen war, das mich am liebsten hatte und das auch ich bis zum Wahnsinn liebte. Und als ich die Tür aufgeschlossen und die Milch ausgeteilt und das Fleisch hingelegt hatte, als ich das Fenster öffnete, da erstarrte ich. Mein Blick fiel auf Mohrchen im Vogelhäuschen, in dem Futterhäuschen, das aus dem alten Radio gebastelt war, dort lag sie und warf mir so verliebte, zärtliche Blicke zu, daß ich wie im Traum vors Haus ging, und als ich zum Futterhäuschen trat, sah ich, daß auch Mohrchen Junge hatte, schwarze und gescheckte, daß sie sich auf den Rücken drehte wie ein untergehendes Kriegsschiff, daß sie mich liebevoll ansah und mich aufforderte, ihr Glück zu betrachten, das sie mir auf mein Grundstück gebracht habe, ihre Schätze, die sie mir hier, im Futterhäuschen, darbiete, ihre fünf Jungen ... Ich schob die Hand hinein, Mohrchen leckte mir dankbar die Finger, und ich legte den Kopf auf die Kante des ehemaligen Radios, als lauschte ich bestürzenden Nachrichten über Weltkatastrophen, seufzte und konnte es einfach nicht fassen, lange blieb ich so stehen, mein Herz klopfte, und erneut schoß mir der Satz durch den Sinn, mit dem mir meine Frau die Wochenendaufenthalte in Kersko so angenehm machte: Was fangen wir mit all den Katzen an? Als ich mich wieder ein wenig gefaßt hatte, fiel mir sofort Mařenkas Weissagung ein, ich würde mich eines Tages an der eigenen Weide beim Bach erhängen, doch schon fragte ich mich, wer dann wohl die Katzen füttern und tränken würde. Also trat ich von dem Futterhäuschen zurück, blickte Mohrchen an, sah ihre verliebten schönen Augen, die vor Stolz funkelten, sie drehte sich auf die Seite, damit die Kleinen besser und ausgiebiger saugen konnten, und ich war von ihrem Blick und von diesem unsichtbaren Saft, der nur für mich und in meine Augen Liebe verspritzte, so betroffen, daß ich meinen Kopf ins Futterhäuschen pferchte. Mohrchen liebkoste, beleckte mich, als wäre ich ihr Kind, wieder und wieder, und schnurrte mir süße Worte der Katzenliebe ins Ohr, so daß ich entschlossen war, alle diese Kätzchen zu behalten, komme, was da wolle, und jedem, der mir eins der Jungen abnahm, noch fünfhundert Kronen als Katzenaussteuer draufzulegen . . . dann holte ich für Mohrchen in einem kleinen Schüsselchen Milch, sie richtete sich auf die Vorderpfoten auf und schleckte die Milch, dann trug ich das Schüsselchen zu der getigerten Katze im Schuppen, strich auf dem Grundstück umher, manchmal ging ich auch bis zum Kreuzweg, wo ich immer abbiege, wenn ich zur Bushaltestelle will, und blickte von dort auf mein Anwesen zurück, das unter gewaltigen Kiefern stand, unter gigantischen Birken, kein Mensch hätte zu behaupten gewagt, daß ich hier wohnte, ein Mann, der ganz unglücklich war wegen seiner Katzen, unglücklich auch, weil ich eine Katze hatte totschlagen müssen in dem rohleinenen Postsack, auf dem der Kartoffelkorb im Schuppen stand und auf dem die streunende Katze fünf Junge geworfen hatte, wie Mohrchen, die ebenfalls fünf Junge zur Welt brachte, aber in dem Vogelhäuschen, das mit Resten von Brotbröseln und Haferflocken ausgepolstert war. Ich blicke von ferne auf mein Anwesen, und wahrhaftig: Kein Mensch hätte zu behaupten gewagt, am wenigsten ich, dieses Häuschen unter den gigantischen Bäumen und mit den grünen Fensterläden sei zu etwas anderem geschaffen als zu eitel Lust und Freude, als für das bequeme Leben eines Schriftstellers, der zwei Haushalte führte, den einen in Prag und den anderen hier, und der nach Lust und Laune wählen durfte, wo er sein wollte. Am nächsten Sonntag, als meine Frau wieder unter Tränen fragte, was wir mit all den Katzen anfangen sollten, hielt ein Auto vor der Pforte, ein junger Mann stieg aus und trug, ehe wir uns versahen, auf den Armen einen abgezehrten Kater herein und sagte, seine Mama lasse schön grüßen und schicke uns Renda zurück, denn er wolle weder Leber noch Milch, die ganze letzte Woche habe er gejammert, deshalb gebe seine Mama ihn wieder dorthin zurück, wo sie ihn vor drei Monaten und mehr mitgenommen habe. Und schon fuhr er davon, und Renda, mein prächtiger Kater, dieser König aller Katzen, mein Renda, der nicht nur ein Bild von Tier, sondern auch der Hüter der anderen Katzen gewesen war, der saß jetzt da, sein Pelz zuckte nervös, dabei hatte sein Fell einst geschimmert und geglänzt wie das eines Fischotters, doch jetzt schlotterte es, als sei Renda eben erst einem Gully entstiegen. Als er dann die Runde machte, erkannte er alles gleich wieder, er machte einen Bukkel, ging ins Haus, besuchte seine Stühle, begrüßte seine Verwandten mit einem Küßchen und hockte sich vor mich hin und sah mich lange an, so lange, bis ich die Augen niederschlug, doch Renda sprang hoch, setzte sich auf meinen Schoß und legte mir die Pfoten auf die Schultern und schaute in mich hinein, ich mußte ihn ansehen, und es waren die gleichen Augen wie die von Máca, die über die Felder zu Míčeks Parzelle hinübergelaufen und nie mehr wiedergekommen war, da sie es vorgezogen hatte, irgendwo in einem Schuppen zu sterben, statt hier bei mir und bei diesen abscheulichen Katzen zu sein. Als Renda genug von meinen Augen gesehen hatte, sprang er herunter, der einstige Prachtkater, der geschimmert und geglänzt und über und über von sprühender Elektrizität gefunkelt hatte, und ging fort, zuckte mit den Beinchen, krümmte seinen abgemagerten Rücken, um mir zu zeigen, wie ich ihn zugerichtet habe, so ging er fort und kam gleich wieder zurück, als wolle er mir etwas erzählen, wolle etwas hinzufügen zu all dem, was ihm in diesen drei Monaten und mehr widerfahren war, doch dann entschied er sich anders, winkte mir mit seinem verunstalteten Hals zu, setzte zu ein paar lächerlichen Laufschritten an und schleppte sich zum Bach hinunter...

3

Damals, als Mohrchen ihre Jungen bekam, dieses rührende und volkstümliche Bethlehem im Futterhäuschen, damals wollte ich nicht mehr auf der Welt sein. Ich stellte fest, daß meine Frau recht hatte: Wo sollen wir mit all den Katzen hin? Sie hatte recht, doch was konnten wir tun?
Ich hatte schuld, daß so viele Katzen in unserem Waldhäuschen waren, daß unser Wochenende alles andere als ein Erholungsaufenthalt war, im Gegenteil, schon in der Frühe hatten wir Angst, die Tür zu öffnen und Flur und Küche von lauter Katzen überschwemmt zu sehen, so daß uns der Gedanke erstarren ließ, wenn nun die zehn Jungen heranwuchsen, was dann? Meine Frau weinte und wiederholte ihr bohrendes Gebet: Was fangen wir mit all den Katzen an? Und ich ging zum Bach und betrachtete die Weide, den Weidenbaum, an dem ich mich, wie Mařenka mir geweissagt hatte, aufhängen werde. Schließlich faßte ich mir eines Tages ein Herz, trug den großen Korb aus dem Schuppen und ging, nachdem ich den Katzen in der Küche zwei Teller Milch vorgesetzt hatte, zum Futterhäuschen, wie im Fieberwahn, meine Frau hatte ich zu den Nachbarn geschickt, holte zwei Kätzchen und setzte sie in den Korb, dann trat ich in den Schuppen und holte zwei Junge und setzte sie zu den Kätzchen im Vogelhäuschen, und dann machte ich den Postsack auf, dessen Zipfel angetrocknete Flecken aufwiesen, und steckte drei Junge und noch einmal drei Junge hinein und rannte in den Wald und schlug den Postsack mehrmals auf die Erde und noch einmal und noch einmal... Schon damals, im Winter, hatte ich das Gefühl gehabt, einen Mord zu begehen, seither stand ich Ängste aus, gegen Morgen könne mir die

Katze erscheinen, nur, am Morgen kam sie zu mir und miaute erneut kläglich, ich solle ihr helfen, und als ich mich weigerte und wie zur Hilfe den Briefsack aufmachte, da kroch sie, als wolle sie sich an mir ein bißchen dafür rächen, daß ich sie nicht zurückgetragen, nicht daheim niedergesetzt und gefüttert und von der Einsamkeit geheilt habe, von allein in den Sack, und ich schlug sie tot, um mich von jenen Nächten zu befreien, da sie um mein Haus gewandert war und geplärrt hatte … Dann packte ich den Spaten und hob hinten zwischen den Birken, an abgelegener Stelle, eine tiefe Grube aus, kippte den matschigen Inhalt des Sackes hinein, konnte aber nicht widerstehen und eilte zu unserem Haus zurück und pflückte sechs Pelargonien ab, wieder zurückgekehrt, warf ich die Blumen ins Grab, und die Kätzchen lagen in furchtbarem Durcheinander drunten, und ich erschrak zutiefst, denn ich hätte nicht hinsehen dürfen … Ich schippte das Grab zu und legte einen Stein darauf, schippte altes Eichenlaub darüber, um die Spuren zu verwischen. Den Postsack faltete ich zusammen und verwahrte ihn im Schuppen, und als ich aus dem Schuppen wieder ans Licht trat, taumelte ich, mir wurde schlecht, und ich rannte und hielt mich an dem leeren Vogelhäuschen und an den Zaunlatten fest und erbrach meinen Mageninhalt, immer wieder und noch einmal …

Weinend, bleich öffnete ich die Flurtür und blieb stehen und hielt lange die Klinke der Küchentür in der Hand, ehe ich sie öffnete. Und heraus liefen die Kater, und heraus liefen auch die beiden Katzen, die mich gern hatten, und als ich sie streichelte und zum Korb führte, schlüpfte als erste Mohrchen hinein und nahm die vier Jungen als ihr eigen an, und gleich darauf erschien auch die zweite Katze und kroch, als verstehe es sich von selbst, ebenfalls in den Korb … Und so lagen sie in dem Körbchen, die Jungen saugten abwechselnd, als wären sie die Kinder einer einzigen Katze oder gemeinsame Kinder … und ich hielt ihnen die Hand hin, und beide Katzen leckten sie mir und schlossen die Augen, sie waren selig, daß ich sie berührte, daß ich die zwei Paar Jungen streichelte, und mir war, als fiele mir ein Stein vom Herzen … Sodann teilten sich die Katzen in die Pflichten, sie wechselten sich am Korb ab, Zeit genug hatten sie, ihr Geschäft zu erledigen, über den Zaun hinweg ihren mythischen Zwängen zu folgen, ihrer Jungen zu gedenken, und wurde eine der beiden von Sehnsucht erfaßt, dann lief sie zum Korb zurück, der nun in der Küche stand, und löste die andere Katze ab, wobei sich beide zuvor ein Küßchen gaben. Auch die Kater kamen, um sich die Jungen anzusehen, und waren die Katzen gerade nicht da, dann legten sie sich auch zu ihren Neffen und Nichten, beleckten sie, putzten sie, wärmten sie, ja, mir kam es so vor, als hätte meine Mordtat an den sechs Jungen allen irgendwie gutgetan … Diese Zeit, dieser Monat schien der glücklichste zu sein, denn beide Katzen überboten sich, wetteiferten darin, mir zu zeigen, wer mich am liebsten hatte, wer mir am häufigsten auf die Knie sprang und mir die Pfoten auf die Schultern legte und mir am liebevollsten in die Augen sah. Das sah ein Freund von mir und holte sogleich seinen Fotoapparat, um diese Siesta aufzunehmen: ich auf der Bank sitzend, auf meinen Knien das Körbchen und darin die vier Jungen und die zwei Katzen, eine jeweils mit dem Kopf zu Füßen der anderen und umgekehrt, während meine Hände im Korb steckten. Die Jungen hatten schon Augen, sie beleckten mich, schubsten und drängten sich an meine Hände, und ich guckte in den Korb, auf meine Hände, welche die Katzenkinder berührten. So saß ich auf der Bank, mein Freund knipste die schönsten Bilder und wußte nicht, nein, konnte nicht ahnen, was mir alles durch den Kopf ging, durch meinen ganzen Körper. Von nun an war mir bewußt, daß ich weder den blutigen Postsack anzusehen noch Holz zu hacken brauchte, daß ich auch meine Hände nicht mehr betrachten mußte, ewig würde ich das Gefühl der Schuld haben, außer der gewaltigen Winterkatze würden künftig noch weitere Katzenjunge zu mir kommen, sechs Junge, wie Gewissensbisse würden sie mich heimsuchen, wenn ich in der Frühe nicht mehr schlafen konnte. Es nützte mir nichts, daß die Katzen, Mohrchen und die andere, die noch keinen Namen hatte, die Namenlose, mich mit Gunstbeweisen überhäuften, das erhöhte mein Gefühl von Scham, von Schuld nur noch. Schon von weitem begrüßten sie mich, mir mit den Augen ihre Liebe entgegensprühend, sie liebten meine ganze Gestalt, schon wenn ich mich über das Körbchen beugte und meine Hand hineinsteckte, wurden sie ohnmächtig und sonderten zärtlichen Speichel aus ihren Schnäuzchen ab, so gern hatten sie mich, ich war einfach alles für sie, das Schönste, was sie je auf der Welt gesehen hatten. Sie liebten mich anscheinend mehr als ihre winzigen Batterien, als die vier Jungen, die ich für sie zusammengefügt hatte und die beide Mütter für die eigenen hielten, ausschließlich für die eigenen. Weiter zu denken vermochten sie nicht, ich dagegen dachte alles zu Ende, was ich angerichtet hatte, was ich nicht hätte tun dürfen und letztlich doch getan hatte. Ich, der ich mir mehr als vierzig Jahre die Sinne zerrüttet habe, ich also, der in der abgeschlossenen Küche, durch ein Geräusch beunruhigt, der Ursache meiner Beunruhigung nachging und feststellte, daß es ein Blatt war, das zwischen den Fenstern an einem Spinnwebfaden baumelte, ich also erlaubte mir, zerrüttet wie ich war, törichterweise den Luxus, eine verhärmte Katze im Winterwald und jetzt die sechs Jungen totzuschlagen. Ich, der ich selbst eine in einen Schal gewickelte Armbanduhr ticken hörte, hatte nicht bedacht, was ich mir aufgeladen hatte ...

4

Damals besuchte ich das Kino in Semice, wo man Herrn Fellinis Süßes Leben gab. Und schon als Steiner erschien, der schöne Mann, der die Toccata und Fuge in d-Moll spielte, schon als ich Herrn Steiners Kinder und Frau sah, wurde ich unruhig, und als die Szene kam, wo die Fotografen mit ihren Apparaten Frau Steiner beschossen, die vom Einkauf heimkehrte, und als ich dann in ihrer Wohnung die beiden Kinder und im Sessel den Selbstmörder und Mörder seiner Kinder, Herrn Steiner, erschossen liegen sah, da fing ich an zu zittern und mußte hinaus, ich stolperte und drängte mich aus der Mitte der Sitzreihe fort, nur hinaus und hinaus und weg, denn Herr Steiner war, so wie ich, erschrocken über das künftige Schicksal seiner Kinder gewesen und hatte sie getötet, wie auch ich die Jungen und die verlassene Katze an jenem Winterabend getötet hatte, ich allerdings war so töricht gewesen, mir in den Kopf zu setzen, weiter auf der Welt zu bleiben, nicht so aus der Welt zu gehen, wie Mařenka es mir geweissagt hatte, jene Mařenka, die gestorben war und mir, zur Erinnerung an ihre Weissagung, die große Basttasche mit den grünen Henkelringen dagelassen hatte, die Tasche, in der meine heranwachsenden Katzenkinder so oft gespielt oder geschlafen hatten. Und genau wie früher hatte ich fortwährend Magenschmerzen, jetzt tat mir das Herz weh, denn meine Seele war ebenso krank wie die von Doktor Steiner, von Raskolnikow, als er die zwei alten Weiber ermordete und sich törichterweise einbildete, zwei menschliche Läuse getötet zu haben. An einem Sonntagnachmittag kriegte Mohrchen Fieber, sie sprang aus dem Katzenkörbchen und kam zu mir gerannt, schlotternd vor Fieber, ich streichelte sie, doch sie blähte sich in Krämpfen, zuerst wollte ich sie in ein Körbchen legen und schnell zu den Tierärzten nach Říčany bringen, doch die Katze klammerte sich an mir fest, preßte sich an mich, dann lag sie da, und ich streichelte sie, plötzlich fing sie an zu schwitzen, sie war so naß, als hätte ich sie aus dem Bach gefischt, und meine Frau erschien und setzte mir zu, wir sollten Mohrchen nach Říčany bringen, doch ich behauptete, das gehe vorüber, außerdem würde die Katze, wenn wir sie wegbrachten, im Auto so außer Rand und Band geraten, daß sie uns kratzte, denn sie beginne schon den Verstand zu verlieren, das Fieber raube ihr die Sinne, bestimmt habe sie wie die Hunde die Staupe bekommen, da die Krankheit sie so schüttele, so aufblähe ... Und wirklich nahm Mohrchen auch mich nicht mehr wahr, sie kratzte mich sogar, ich mußte einen Lap-

pen nehmen, dann eine Decke, um sie an den Boden zu drük-
ken, so stark waren ihre Krämpfe, mir war, als hielte ich einen
Weihnachtskarpfen, ich hatte das Gefühl, daß sie ganz glitschig
war vom Schweiß ... So hielt ich sie fest, drückte sie an den
Boden, hielt sie fest, rief ihr zu, beschwor sie, ich sei doch bei
ihr, doch die Katze schrie und fauchte und zischte mich an, als
habe sie erfahren, daß ich ihre Kinder getötet hatte, daß ich der
Schuldige war, daß meine Hände voll Blut, als entsetzte sie sich
vor meinen Händen, die sie so liebte ... und als sei sie wahnsinnig geworden, nachdem ihr all das bewußt geworden sei. Ich
aber drückte sie nur um so fester an den Boden. Als ich sie
aufdeckte, sah ich, daß sie tot war und ein einziges, furchtbares
Auge auf mich richtete, und in diesem schrecklichen Auge sah
ich alles, was ich selbst gegen mich hatte ...

5

Der getigerte Kater Renda war verschwunden. Ich ging die Al-
leen ab, ich ging den Bach entlang, die Landstraße und sah in
den Straßengräben nach, fand Renda aber nirgendwo. Wie sehr
wünschte ich mir, die Jäger hätten ihn erwischt oder die Räder
eines Autos! Doch Renda war fortgegangen wie seine Mama,
die getigerte Katze, die Renda und die anderen Geschwister in
meinem Bett geworfen hatte, die mich so sehr liebte, daß sie, als
ihre Jungen herangewachsen waren, nachsehen kam, ob ich alleine im Haus sei, und erschienen ihre Kinder, angeführt von
Renda, dann fauchte sie sie an, warf mir einen so haßerfüllten
Blick zu, daß ich nicht schlafen konnte, und verschwand, um
noch einmal wiederzukommen und noch einmal und dann nie
mehr. Sie rannte fort, fauchte und ließ mich niedergeschmettert
und mit dauerndem Vorwurf im Wald wie in Prag zurück, wo
immer ich schlief, jedesmal erwachte ich frühzeitig und erblickte eine Wolke in Gestalt eines nebelhaften Vorwurfs, die
das Gesicht meiner Katze annahm, welche ich mit ihren Kin-

dern betrogen hatte, und das hatte sie nicht verwunden und war irgendwo im Wald, bei den Míčeks, krepiert. Ihr Sohn, dieser hübsche Kerl, der vergällte mir das Leben noch mehr. Ja, es stimmte, ich hatte ihn einer Familie geschenkt, der ein genauso getigerter Kater wie der meine weggestorben war, weggeschenkt hatte ich ihn, doch sie hatten mir versprochen, ihn ins Sommerhaus mitzunehmen, ihm werde es so gutgehen wie nie zuvor. Und nach drei Monaten dann brachten sie ihn mir wieder, händigten ihn mir aus, die Frau selbst ließ sich gar nicht erst sehen, nur ihr Sohn kam mit dem Auto und gab mir Renda zurück, doch kaum hatte ich Renda im Arm, da wußte ich, er würde mein Schicksal sein, denn er schmiegte sich nicht an mich, wie er es gewohnt war, er ließ sich nicht mehr auf den Rücken legen, was ihn immer fast ohnmächtig gemacht hatte vor Glück, weil ich ihm unters Kinn blies und dabei selbst vor Glück der Ohnmacht nahe war. Erst in der Küche setzte ich ihn nieder, seine Geschwister nahmen ihn so auf, als sei er nie hier gewesen, als sei er nie hier geboren, als sei er nie der hübscheste und vernünftigste Kater auf unserem Grundstück gewesen, der Kater Renda, der alle seine Brüder und Schwestern geputzt hatte, der bestimmt hatte, wie die meschugge Stunde abzulaufen hatte, der seine Blutsverwandten über den Steg des Baches in die Felder geführt, der, wenn die Balgereien und Spiele der anderen ausarteten, eingegriffen und den Schuldigen bestraft hatte, was dieser unterwürfig hinzunehmen hatte, da Renda einen ganzen Kopf größer war als die anderen. Jetzt, nach drei Monaten, brachte man ihn mir wieder, weil er einen ganzen Monat lang nur geplärrt und die letzte Woche nur noch geschwiegen habe und, wie mir der junge Mann sagte, der ihn wiederbrachte, sogar entschlossen gewesen sei, Hungers zu sterben. Der so Heimgekehrte aß zwar, wartete aber, bis die anderen Katzen und Kater satt waren, erst dann aß er, ich wartete darauf, daß er die Milch schleckte und dabei immer wieder das Köpfchen heben und mich ansehen würde, um mir zu danken, wie er es früher getan hatte. Doch Renda wußte genau,

74

daß ich ihn ansah, wußte genau, daß er mich beim Essen alle Augenblicke angesehen und mir gedankt hatte, doch obgleich er das wußte, allzu gut wußte, hob er das Köpfchen nicht, und war er mit dem Essen fertig, ging er für ein Weilchen ins Freie, setzte sich neben der Pumpe hin und blickte nach unseren Fenstern ...

Doch seit man ihn so leblos und ausgemergelt wiedergebracht hatte, lagen die anderen Katzen selig atmend auf dem Kanapee, auf den Stühlen, während Renda allein in der Ecke hockte, ein Waisenkind, so saß er da und blickte mich ohne jedes Interesse an, manchmal wollte er etwas sagen, wollte ebenso lächeln, wie er früher zu lächeln vermocht hatte, doch das Lächeln erstarb in seinem getigerten Gesicht, und so saß er den ganzen Abend und schaute mich an, wollte ich ihn streicheln, so schloß er die Augen, entzog sich mir aber, es war ihm unangenehm, genauso wie seiner Mama, wenn sie nachsehen kam, ob ich im Haus allein war, ohne ihre Bälger. So saß Renda noch einen ganzen Monat, Tag für Tag, in der Ecke und schaute mich an, ich konnte weder schreiben noch etwas anderes tun, ich bemühte mich, den ganzen Monat lang, Renda dabei zu ertappen, daß er mich so anblickte, wie er mich immer angeblickt hatte, als er noch bei jedem Blick meiner Augen in seine Augen fast ohnmächtig geworden war, sogar der Speichel war ihm gelaufen, so angerührt war er davon und dadurch gewesen, daß ich ihn sah, daß ich ihn anblickte, daß ich ihn ansprach, daß ich ihn streichelte ... Seit man ihn mir jedoch wie ein Handtuch, wie ein Badelaken zurückbrachte, seitdem habe ich unsere liebevolle Beziehung nicht wiederherstellen können, einen ganzen Monat nicht, er wußte mir nicht zu verzeihen, und vielleicht hatte ich auch etwas in seinen Augen so Entsetzliches getan, das überhaupt nicht verzeihbar war, und von Tag zu Tag wurde mein Schuldgefühl größer, wie früher hob ich Renda hoch, er schlief mir zu Häupten auf dem Kissen, während die anderen Katzen und Kater zu meinen Füßen liegen mußten, doch auch das tat keine Wirkung, er erhob sich wieder und sprang aus dem Bett

und setzte sich nieder, wo er war, um mich weiterhin vorwurfsvoll anzusehen und mich weiterhin mit dem Hinweis darauf zu quälen, was ich ihm mit diesem dreimonatigen Aufenthalt in der Prager Wohnung zugemutet hatte ...

Und eines Tages war Renda verschwunden, ich erholte mich,
wähnte mich ein paar Tage sogar glücklich, weil die vorwurfsvollen Augen nicht im Küchenwinkel hockten, aber noch war
ich mir nicht sicher, daß Renda nicht mehr am Leben war. Deshalb durchstreifte ich die Wiesen und Haine, wanderte die
Landstraße entlang und suchte nach dem toten Renda. Doch er
war weder von Jägern erschossen noch von einem Auto überfahren worden, ich fragte sogar bei den Nachbarn herum, auch
auf entfernten Parzellen, ob sie nicht ein getigertes totes Katerchen gefunden hätten, ja, ich begab mich hinüber in die Nach-
bardörfer, denn Jäger gehen gern auf die Pirsch, und erkundigte mich, ob sie nicht ein getigertes Katerchen irgendwo in
Loskoty, am Bach bei Olšiny, auf dem Pfarrweg, in Cihelna
erlegt hätten. Blitzschnell blickte ich die Jäger an, wenn ich
ihnen, den Kronzeugen, in der Gastwirtschaft diese Frage
stellte, doch ich stellte fest, daß sie die Wahrheit sagten, sie
hatten den Kater wirklich nicht erlegt, und wenn, dann hätten
sie es mir nicht verschwiegen. Damit gab es keinen Renda
mehr, und ich kam wieder zu mir. Aber nach einer Woche begann der Kater mich heimzusuchen wie seine Mama, in der
Frühe, ich schlafe so schlecht, rolle ich mich ins Laken und
harre sehnsüchtig des Morgengrauens, warte sehnsüchtig darauf, daß die Lichter auf der Straße angehen, daß es fünf wird ...
Und da erscheint mir Renda, nicht als Wolke, nicht als Ge-
wölk, aus dem schließlich ein Katzengesicht heraustrat. An
diesem Morgen erschien Renda wie der Blitz, plötzlich hockte
er mir im Kopf, mein Kopf quoll auf und war so groß wie die
Küche, so groß war mein Kopf, wie meine ganze Parzelle samt
den Kiefern und den Birken und dem Bach ... Und da saß
Kater Renda und schaute mich an, und ich erhob gegen mich
selber Anklage, klagte mich selbst an, schrieb mir selbst die

Schuld zu und trug sie mir vor, jene Schuld, die mir der Kater Renda nicht verzieh, und letztlich wußte ich, daß auch ich sie mir nicht verzeihen konnte ... Herr Hrabal, drei Monate, eine ganze Ewigkeit habe ich in der Wohnung hinter der Gardine gesessen, habe, das schwöre ich, weder Leber noch Milz, noch gekochtes Rindfleisch angenommen, auch nicht den Seefisch, den ich so gern bei Ihnen aß, ich habe hinter der Gardine gesessen und mich gewundert, daß Sie mich diesen Leuten gegeben haben, warum, Herr Hrabal, haben Sie denen nicht mein Schwesterchen gegeben, die Kleine, die wäre hinter der Gardine vielleicht glücklich geworden, ich aber habe nur an Sie gedacht, weil ich Sie, und das wissen Sie genau, geliebt habe, und Sie hatten mich auch gern, haben mich auch geliebt, ich wäre ganz damit einverstanden gewesen, wenn Sie mich in den Postsack gesteckt und wenn Sie mich totgeschlagen hätten, so wie Sie die Katze während der Frosttage totgeschlagen haben, ich wäre ebenfalls hineingekrochen, denn Sie hätten mich in dem Postsack so wie die kaum geborenen Jungen zerschmettert, und ich hätte das hingenommen, weil ich Sie, Herr Hrabal, liebte. Sie hätten mich gegen die Birkenstämme schmettern können, an denen ich mir die Krallen schärfte. Und ich weiß, der Postsack war dafür da, dieser Postsack, der immer zusammengefaltet und mit eingetrockneten Blutflecken im Schuppen bereitliegt, damit Sie weitere Kätzchen und Katzen darin totschlagen können, die überzählig sind, von denen es zuviel im Haus gibt. Warum nur haben Sie mich in die Welt hinausgeschickt, wo ich doch ihre liebste Katze war, wo Sie mich doch so geliebt haben, wie ich Sie gemocht habe? Herr Hrabal, Hand aufs Herz, eine Katze mehr hätten Sie doch wohl halten können, ich wollte doch das Essen und die Milch nicht umsonst von Ihnen, Sie wissen genau, daß ich Ihnen jede Maus, die ich fing, jede einzelne Maus aufs Fensterbrett gelegt habe, um Ihnen zu zeigen, daß Sie mich nicht umsonst durchfütterten, jedes Vögelchen habe ich Ihnen gebracht, selbst Rebhühner und kleine Fasane habe ich Ihnen gebracht, einmal habe ich Ihnen sogar ein noch lebendes Wildkaninchen hingelegt und schließlich einen großen Kaninchenbock, mit dem ich es nur deshalb aufgenommen hatte, weil ich Ihnen beweisen wollte, daß Sie mich nicht umsonst durchfüttern, weil ich in Ihrem Bett geboren wurde, mit Ihnen zusammen geschlafen habe, und wenn Sie spazierengegangen sind, dann habe ich Sie des Nachts begleitet, wenn Schnee gefallen war, bin ich mit Ihnen durch den tiefen Schnee bis zum Forsthaus, dem Gasthaus im Wald, gelaufen, um dort auf Sie zu warten, bis Sie wieder nach Hause gingen, dann bin ich hervorgesprungen, und wir sind wieder zu uns, an den warmen Ofen heimgekehrt, wo ich mich dann zu Ihnen gelegt habe, als einziger habe ich bei Ihnen geschlafen, so haben Sie mir, Herr Hrabal, heimlich den Vorzug vor den anderen gegeben, und ich war stolz darauf, so wie ich auch auf alle Ihre Birken und Kiefern stolz war, auf Ihren Bach, ich wußte sogar, wann Sie mit Ihrem Auto in den Wald zurückkommen würden, so lange waren Sie manchmal nicht daheim, doch ich saß auf der Terrasse und lauschte und wußte und nahm wahr, daß Ihr Auto auf der Straße unterwegs war, ich lief hinunter und eilte Ihnen entgegen, und wenn Sie Ihr Auto stoppten, dann stand ich schon da und lachte vor Glück, daß Sie endlich gekommen waren, und das haben Sie gewußt, und sind Sie mal zu schnell gefahren, dann habe ich Ihnen plötzlich durch die Luft Anweisung gegeben, das Tempo zu drosseln, sich nicht totzuschlagen, Herr Hrabal, keinen schweren Unfall zu riskieren, denn was wäre ich ohne Sie gewesen? Wenn Sie im Krankenhaus gelegen hätten oder im Sarg? So sehr habe ich Sie, Herr Hrabal, geliebt, so sehr habe ich alle Ihre Bäume und das Gras und die kleinen Pfade geliebt, auf denen Sie zum Bach gegangen sind, und waren Sie fort, dann bin ich auf diesen Pfaden gelaufen, auf denen Sie geschritten waren, und ich war bei Ihnen, und wenn Sie stehenblieben, sich bückten, dann sprang ich hoch, und Sie nahmen mich in den Arm, drückten mich unters Kinn und schlossen die Augen, und ich schloß die Augen, und so waren wir, Herr Hrabal, glücklich, das war mein ein und

alles, nicht die Milch und der Seefisch, den Sie mir gegeben
haben, sondern die Art, wie Sie mich auf den Arm nahmen und
Ihr Gesicht in mein Fell unterm Kinn gruben, so daß ich der
Ihre war und Sie die meine ... Herr Hrabal, warum haben Sie
nicht den Postsack aufgemacht, warum, wenn Sie mich schon
loswerden wollten, warum haben Sie mich nicht in den Postsack kriechen lassen, warum haben Sie mir das entsetzliche
Schicksal zugedacht, drei Monate lang hinter der Gardine in
dieser Wohnung sitzen und immer nur Ihnen nachbangen zu
müssen, und als ich nicht mehr hoffte, nicht mehr glaubte, als
ich schon am Ende war, warum hat man mich da wieder her-
geschafft, und warum haben Sie mich, dieses entseelte, liebe-
leere Körperchen, zurückgenommen, nein, Herr Hrabal, ich
konnte Sie nach allem, was geschehen war, nicht mehr liebhaben, ich habe Sie nicht mehr geliebt, denn alles in mir war zum
Vorwurf geworden, zur Beschwerde, zur Klage, daß Sie mich
damals fortgegeben haben, ja, ich bin gern mitgegangen, da ich
nicht angenommen, nicht von Ihnen erwartet habe und nicht
habe erwarten können, daß Sie mich fremden Leuten aus-
liefern, daß Sie, Herr Hrabal, ohne mich würden leben können ... Um mir das vorzuwerfen, erschien Renda in der Frühe,
wenn ich mich in das Laken gerollt hatte, wenn ich nicht schlafen konnte, wenn der Augenblick geeignet schien, die Vorwürfe und Anklagen durch den Kronzeugen, durch Renda,
vortragen zu lassen. Schweißnaß erhob ich mich damals, fast
ein ganzes Jahr lang, taumelte, warf mir rasch das Notwendig-
ste über und ging vor Tagesanbruch in den Morgen hinaus,
wanderte umher und war nahe daran, das zu tun, was mir Mařenka geweissagt hatte, die Hellseherin, die mir, ehe sie starb,
ihre Basttasche mit den beiden grünen Henkelringen dagelassen hatte, die Hellseherin Mařenka, die mir geweissagt hatte,
ich würde mich an der Weide am Bach erhängen ... Ich aber
wollte mich nicht erhängen, ich wollte auf der Welt sein, wollte
noch etwas schreiben, und sei es nur diese Anklageschrift über
meinen Verrat an dem Kater Renda und seiner Mama, und jetzt

mache ich mir Vorwürfe und stehe entsetzliche Schuldgefühle gegenüber meinen Katzen durch. Mit derlei Fragen und Bildern füllte ich meinen Kopf während jener schweißnassen Morgenwanderungen und steigerte, bis die Sonne aufging oder bis es hell wurde, mein Schuldgefühl noch dadurch, daß ich so keck und anmaßend gewesen war, Leben und Sterben von Katzen und Menschen zu vergleichen. Doch das nahm mir nicht mein Schuldgefühl angesichts des Todes der Kätzchen und Katzen, denn letztlich schlug ich mich selbst mit der Erkenntnis, daß kein Katzenjunges straflos umgebracht werden könne, geschweige denn ein Mensch, daß man weder einen Menschen noch ein Kätzchen straflos davonjagen dürfe . . .

6

Dieses Jahr war kein glückliches Jahr für mich, obwohl mir alle meine Freunde versicherten, ich müsse glücklich sein, denn ich lebe in Kersko, im Wald, an der frischen Luft, umgeben von den Katzen, und könne schreiben, meine Freunde hingegen müßten mit ihren banalen Tagessorgen in Prag sein und leben. Eines Tages lief mir eine kleine Katze zu, die sich zu meinem Pech in mich verliebte, sie war getigert, und ihr Fell war von Ausschlag zerfressen, also rieb ich sie mit Salbe ein, doch kaum war eine Flechte geheilt, kam sie schon wieder. Schließlich verschwand das Ekzem, doch nicht die Salben hatten das bewirkt, sondern die Katze selbst, die sich die kranken Stellen auszupfte und herausbiß, bis sie von kahlen Flecken übersät war, was sie nicht schön, sondern sogar zu der häßlichsten Katze machte, die je bei mir erschienen war. Häßlich wie der Aschermittwoch. Aber lieb war sie, und das wußte sie, deshalb wich sie nicht von meiner Seite, guckte mich verliebt an und wurde insofern gewürdigt, als ich mich ihrer annahm. Und dann, wie konnte es anders sein, warf sie ihre Jungen in meinem Bett, zwei Kätzchen, und ich atmete auf, weil ich nicht nach dem Postsack mit den Schandflecken von angetrocknetem Blut zu langen brauchte. Eins der Jungen kam nach der Mutter, die so häßlich war, daß sie nicht einmal einen Namen hatte, und das andere nach Chládeks rotbraunem Kater, der immer zu uns herüberkam. Und das zweite Junge hatte weiße Söckchen und einen weißen Brustlatz, und sein Rücken war getigert, doch rötlich. Damals hatte ich einen Renault fünf, ein weißes Auto mit rostfarbenen Schonbezügen, und das war unser Autochen (Autitschko). Und weil auch das rotbraune Junge weiß und rostfarben war, nannten wir es gleichfalls Autitschko. Dieses Kätzchen ersetzte mir alle Katzen, die ich je gehabt hatte, ich konnte mich nicht sattsehen an seinen hübschen Augen, und wie seine Mama war auch Autitschko in mich verliebt, es schlief immer bei mir, neben seiner Mama und dem zweiten Kätzchen, dem Katzenkind, dem schönsten, das wir je in Kersko gehabt hatten. Es sah aus wie die Kätzchen auf den Schokoladentafeln, wie die Kätzchen, die man auf Bonbonnieren abbildet, sein Fell war getigert, mit einem hellen Ton, und hatte langes Haar und sah aus wie das schöne Gefieder einer Schleiereule. Dieses Kätzchen nahm sich Frau Dáša, und die schilderte uns in langen, begeisterten Briefen, was für ein wunderbares Tierchen ihr da ins Haus gekommen sei, wie das Kätzchen auf dem Hof in Prag herumspazieren dürfe und wie es sich darauf freue, von Frau Dáša jede Woche mit nach Kersko genommen zu werden. Und ich vergaß alle meine Kümmernisse mit den Katzen, vergaß sie dank der getigerten Katze und ihres Kindes Autitschko, ja, ich vergaß sogar Renda. So kam die häßliche Katze samt ihrem Jungen über den Winter, und ich hatte Angst, bei zwanzig Grad unter Null mit meinem weißen Renault das Haus anzusteuern, doch jedesmal kamen mir sowohl Autitschko als auch die Alte entgegengelaufen, ich heizte unverzüglich die Küche, und es dauerte lange, bis ich die beiden vom Ofen wegbekam, sie drängten sich dicht an den glühheißen Petera-Ofen und wärmten sich die Stirnen, dann schleckten sie die warme Milch und aßen gierig den Seefisch. Also verbrachte ich das Wochenende, manchmal auch zwei

Tage in der Woche, mit den Tierchen, die jedesmal, wenn sie voraussahen, daß wir zur Abfahrt rüsteten, wenn wir dahinwelkten, alle beide, und schließlich, wenn wir aufbrachen, die Köpfchen durch die Zaunstäbe steckten und uns so lange traurig nachguckten, bis das Auto von der Allee auf die Fernstraße einbog. In Prag machte ich mir ewig Vorwürfe, sie so dem Winter ausgeliefert zu haben, und in der Frühe suchten mich die Tierchen heim, ihre Köpfchen guckten mich durch den Zaun an, und je dringlicher die Vorwürfe wurden, desto weniger konnte ich schreiben, geschweige durch die Kneipen ziehen, also sprang ich in den nächsten Autobus und fuhr nach Kersko, erfüllt von der angstvollen Frage, ob sie noch am Leben, ob sie vielleicht erfroren oder Hungers gestorben waren. Doch immer wieder kamen die beiden Katzen von der Veranda herunter, denn unter dem Dach war ein niedriger kleiner Boden, in den ich das Heu stopfte, und dort lagen sie an der Luke. Stieg ich mal aus dem Bus und die Tiere eilten mir nicht entgegen, dann schwitzte ich vor Angst, sie seien bereits im Jenseits, sie wären totgeschossen, von einem Auto überfahren worden, als sie Hunger hatten und mir entgegengekommen, mich suchen gegangen waren. Ich ging die Allee hinunter, sah schon von fern die Luke über der Veranda und war schon auf das Schlimmste gefaßt, als sich oben zwei Paar Ohren aufrichteten, wie die Gipfel der Tatra, dann kamen die Köpfchen zum Vorschein, und schon liefen mir die Katzen entgegen und freuten sich, daß ich da war, und ich freute mich auch und heizte sogleich den Ofen an und wärmte ihnen sogleich die Milch und nahm sogleich eine wie die andere auf den Arm und drückte sie an meinen Hals, und sie vergalten es mir auf die gleiche Weise. So überstanden wir den Winter, dann kam der Frühling, und wieder einmal mußte ich feststellen, daß die Kätzchen trächtig, die Alte ebenso wie Autitschko, daß beide schwanger waren, und sie wußten das, in den letzten Tagen ihrer Schwangerschaft wichen sie mir nicht mehr von der Seite, nicht anders als meine Frau, die es mit der Angst bekam und wiederholte: Was fangen wir wieder mit all den Katzen an? Sollte nicht lieber der Herr Dr. Beník kommen und den Neugeborenen Chloroform geben? Und ich lachte, und ich spielte den Großkotz, doch hinter meinem Lachen grauste mir, ich spürte, wie mein Gesicht unter der Frühlingsbräune erbleichte, wie ich leichenfahl wurde vor Entsetzen, was mich erwartete, wenn beide Katzen ihre Jungen bekamen. Bis eines Tages die alte Katze erschien, mit schlaffem Bauch, da wußte ich Bescheid, sie ging aufs Nachbargrundstück, sprang auf das Dachbödchen, also mußten die Jungen irgendwo droben hinter den Balken stecken, hinter den Balken dort hatten die Katzen schon ganze Serien von Kindern aufgezogen, auch der riesige getigerte Kater, der fünf Kilo wog, wohnte da, dieser Kater, der alle unsere Katzen terrorisierte, selbst Renda hatte er einmal vom Balken gestoßen, der fiel herunter und lief danach eine ganze Woche lang verstört herum, dort droben also, hinter den Balken auf Soldáts Grundstück, hegte unsere häßliche Katze ihre Jungen, nach Hause kam sie nur, um Milch zu trinken und etwas zu essen, nachdem sie Autitschko zuvor mit einem Küßchen begrüßt hatte. Beide Katzen mochten sich so gern, daß sie sich immer ein Küßchen gaben, wenn sie sich trafen, auch bevor ihre Jungen kamen, auch da schliefen sie nebeneinander, bezeugten sich gegenseitig ihre Achtung und große Liebe, so daß wir ebenfalls gerührt davon waren. Und eines Nachts geschah, was ich nicht verhindern konnte, Autitschko warf bei mir am Fußende ihre Kätzchen, fünf Junge, nicht alle auf einmal, sondern zuerst drei und dann zwei, ich war schlaftrunken und entsetzt, während meine Frau im Bett lag und zornentbrannt rief: Was fangen wir wieder mit all den Katzen an? Ich trug die Kätzchen in den Schuppen und legte sie auf den Postsack, Autitschko schmiegte sich sogleich an ihre Jungen und leckte sie ab und schob sie mit dem Pfötchen zu sich heran, während ich im Dunkeln stand, die Hand ausgestreckt, um Autitschko Mut zu machen, und spürte, wie Autitschko mit dem Pfötchen auch meine Hand zu sich her führte, und so stand ich und nahm mit den Fingern die ersten Bewegungen der Katzenkinder wahr, und ab und zu leckte mir mein schönes Kätzchen, das wir Autitschko nannten, die Hand ... Die Jungen wuchsen heran, erblickten die Welt zum erstenmal im Schuppen, die alte häßliche Katze kam wie immer zum Essen von Soldáts Boden herüber, und sobald sich die beiden Katzen, die Mütter, begegneten, gaben sie sich ein Küßchen, beleckten sich gegenseitig die Hälse, einen Monat nach der Niederkunft hatten die beiden Mamas schon mehr Zeit füreinander, dann lagen sie wieder stundenlang zusammen, putzten sich, pusteten sich unters Hälschen und hatten sich so lieb wie früher. Eines Tages, als ich heim kam, da weinte meine Frau, sie jammerte nicht einmal mehr, was fangen wir mit all den Katzen an? Ich wußte sofort Bescheid, machte die Tür auf und erblickte vier Katzenjunge, über und über schmutzige, struppige Katzenjunge, und meine Frau sagte, die Nachbarn hätten die Kätzchen eingefangen, vier Junge, sie hätten Handschuhe dazu nehmen müssen, so wild seien die Kätzchen gewesen, aber es habe nicht mehr so weitergehen können, denn die Tiere hätten in einen Bodenwinkel gepullert, immer auf dieselbe Stelle, so daß die Decke durchgeweicht sei. Und als ich schon dem Himmel danken wollte, daß es nur vier Kätzchen waren, da sagte Frau Soldátová, ein Junges sei übriggeblieben, ein ganz schwarzes, das sich nicht einkriegen lasse, doch keine Angst, die alte Katze werde es mir eines Tages von allein heimbringen. Und ich mußte daran denken, wie unser schönes Mohrchen ihre Jungen im Vogelhäuschen bekam, zur gleichen Zeit wie unsere Máca, und wie ich die Jungen in einen Korb legte und wie die Katzen dieses gemeinsame Heim annahmen, diese Katzenkrippe, und wie sie sich beim Säugen abwechselten, wie sich sogar die Muttis in den Korb zwängten und sich in das Katzenmütterglück teilten. Das brachte mich auf die Idee, die Jungen zu nehmen, die unter Soldáts Dachsparren geboren worden waren, sie zu packen und zu Autitschkos Kätzchen zu setzen und siehe da, ich traute meinen Augen nicht, die Jungen glitten zwischen die anderen und wurden so abwechselnd von

der häßlichen Katze und von Autitschko gesäugt, die beiden
liebten sich nach wie vor und lösten sich auch in ihrem Katzenmütterglück ab. Und bald schon krabbelten die Katzenkinder
aus dem Spreukorb ins Heu, sie liefen sogar durch die offene
Tür und spielten draußen unter den Bäumen und in den Kohlen, als Frau Soldátová zu mir gerannt kam, das schwarze Kätzchen sei vom Dachboden gefallen, ich solle kommen und es
einfangen. Also nahm ich die häßliche Katze und trug sie zu
Soldáts Schuppen, der mit aufrecht stehenden Brettern und
Leitern und Holzkloben vollgestellt war und wo oben in der
Luke, die zum Boden führte, jämmerlich das schwarze Kätzchen mauzte. Die alte Katze gab ein vertrautes Ächzen von
sich, ein knappes Miauen, und schon kletterte das Kätzchen in
den Staub herunter, und ich wollte es fangen, doch es war allzu
wild und allzu verschüchtert und verkroch sich immer wieder
hinter den Brettern, erst als seine Mama ein paar Töne von sich
gab, die ein nachdrücklicher Befehl waren, preßte sich das
Kätzchen in den Staub und schloß die Augen, und ich packte zu
und hielt es fest, und auch das Kätzchen drückte sich an mich,
und so trug ich es, ich spürte, wie sein Herz klopfte und war
entschlossen, dieses schwarze Wesen, dieses schwarze Kätzchen zu behalten, da ich der erste Mensch war, den es gesehen
hat, müsse ich bei ihm sein und müsse es gern haben, denn als
ich es so trug, als ich wenige Minuten später spürte, wie sich das
Katzenkind an mich preßte, da wußte ich, daß ich von diesen
fünf Minuten leben würde, daß dieses Junge die Schuld von mir
nehmen würde für alle Katzen, die ich totgeschlagen hatte,
hatte totschlagen müssen. Und so schob ich das Kätzchen in
das Knäuel der anderen, stand vorm Schuppen und lauschte,
das schwarze Kätzchen hatte sich ganz tief verkrochen, unter
den neun anderen, die Katzenmütter kamen und säugten alle
Jungen, also auch das schwarze, das nun drei Tage lang das
warme Nest auskostete und drei Tage lang glücklich war, bei
den anderen Katzenjungen zu liegen. Die beiden Mütter wechselten sich nach wie vor in der Betreuung der Kinder ab, küßten

sich, wann immer sie sich trafen, die Kleinen wuchsen heran, schleckten schon längst allein ihre Milch, lernten schon Fleisch essen, Fleisch von gekochtem Seefisch, und alles schien ein gutes Ende zu nehmen, fünf Kätzchen waren bereits den Nachbarn zugesprochen, und es sah so aus, als werde alles so sein wie früher. Bis eines Tages die beiden Katzenmütter in Streit gerieten, sich gegenseitig über das Grundstück jagten, sich anfauchten und sich rauften und schrien, die Ohren angelegt; kaum trafen sie sich, da balgten sie sich schon, bei uns in der Küche ließen sie sich auch nicht mehr sehen, und als sie dort doch einmal zusammentrafen, da rauften sie nicht nur, sondern schmissen auch, während sie einander hetzten, alles um, was ihnen im Weg stand, sämtliche Kaffeetöpfe und Gewürzdosen rissen sie in der Küche herunter und zerrten an den Gardinen und balgten sich, während meine Frau draußen stand und weinte und erneut jammerte, was fangen wir mit all den Katzen an? Und mir war, als hätte man mir einen Hieb zwischen die Augen verpaßt, ich rührte mich nicht und war aschfahl und war entsetzt, was ich mir mit den Katzen da aufgeladen hatte, in Zukunft würde das Grundstück bei meinem Haus für mich die Hölle sein, es stimmte nicht, was mir meine Freunde eingeredet hatten, daß ich es gut habe, daß ich in der Natur lebe und bei meinen Katzen sei und schreiben könne, nein, ich schrieb keine einzige Zeile mehr, weil sich draußen die Katzen balgten, die sich früher so geliebt hatten. Plötzlich waren alle Jungen der alten Katze verschwunden, und Frau Soldátová kam, um mir unter Riesengelächter die frohe Botschaft zu überbringen, daß die Katze, die bei ihnen auf dem Dachboden die Jungen gehabt habe, daß diese Katze ihnen fünf Junge angeschleppt habe, die säßen jetzt unter dem Autowrack, sie stelle ihnen dort Milch hin, und ich solle sie möglichst bald wieder zu uns zurückholen. Die beiden Katzenmütter hörten nicht auf, sich zu balgen, wann immer sie sich begegneten, ich holte die fünf Katzenkinder von Soldáts Grundstück ab und schaffte sie zu Autitschkos Kleinen in den Schuppen, doch in der Nacht brachte die alte

Katze ihre Jungen unter das Autowrack zurück und zankte sich wieder bei jeder Begegnung mit der Rivalin, beide Katzenmütter kamen zu uns, beide waren überzeugt, jede für sich, wir würden sie mitsamt ihren Jungen wieder bei uns unterbringen, doch kaum trafen sie in der Küche aufeinander, schon beharkten sie sich und schrien furchtbar, doch sie schrien sich nicht gegenseitig an, sondern mich, ich sei an allem schuld, ich hätte mich entscheiden müssen, und trafen wir uns draußen, dann fauchten sie drohend, bis ich nach dem Postsack langte und ihn in der Hand wog; auseinanderzerren mußte ich ihn, die grobe Leinwand trennen, so verklebt war der Boden des Sackes von angetrocknetem Blut, und mit diesem Sack drohte ich den Katzen. Die Katzenmütter wußten Bescheid, ihr höheres Signalsystem sagte ihnen, daß es jetzt um ihr Leben ging, und als ich die kleinen Katzen noch einmal von Soldáts Parzelle herüberholte, waren diese am nächsten Tag mit Autitschkos Jungen wieder zusammen, und die alten Katzen hatten sich irgendwie miteinander versöhnt. Nachdem ich mich erholt hatte und ein bißchen zu mir gekommen war, ging ich eines Tages zum Schuppen hinaus und sah die Katzenjungen vor dem Kohlehaufen spielen, als die zwei Mütter erschienen, die eine mit einem kleinen Kaninchen, das schon gelähmt war vor Angst, das Kaninchen zitterte und fiepte jämmerlich, beide Katzen aber standen über ihm, und wollte das Kaninchen weglaufen, wurde es von der häßlichen Katze niedergehalten, und so hockte das Kaninchen, das unschuldige, neben ihm in Lauerstellung die beiden Mütter, die das Kaninchen so streng ansahen, als sei es ein Mörder und stehe vor einem gestrengen Gericht. Das Kaninchen fiepte vor Entsetzen, und ich mußte daran denken, wie ich einmal auf dem Grundstück einen schwarzen Hund mit goldgelben Augen in einem Winkel ein Reh reißen sah, und wie das Reh vor Entsetzen geschrien hatte, nicht weil ihm die Kehle blutete, sondern weil der Hund so häßlich war und so blutgierige goldgelbe Augen hatte. Genauso fiepte das Kaninchen, und ich wußte nicht, was ich tun sollte, in diesem Augenblick

wußte ich nur eins: Hätte ich ein Gewehr, ich würde endlich
mit Lust beide Katzen totschießen, aber auf meinem Katzenfriedhof würde ich sie nicht begraben, zur Abfallgrube würde
ich sie bringen und hineinwerfen, so wie man in früheren Zeiten Selbstmörder begrub, bei Nacht, an einem abgelegenen Ort
und in aller Stille. Und während ich unglücklich zuschaute, wie
sich meine geliebten Katzen vor meinen Augen aufführten,
streckte sich das Kaninchen, noch ehe ich mich zu rühren
wagte, tat einen furchtbaren Schnaufer, wurde auf einmal ganz
schlaff und regte sich nicht mehr, denn es war vor Entsetzen
über das, was es sah, gestorben, eingegangen vor Entsetzen
darüber, daß es nichts anderes gewollt hatte als Gras knabbern
und Tau trinken und daß es jetzt von den Katzen eines Verbre-
chens bezichtigt wurde, das es nicht begangen hatte. Nach einiger Zeit, als die Katzenmütter sich zum Schein versöhnt hatten,
da sich ihre Kinder trennten, weil die Nachbarn sie sich geholt
und nach Hause mitgenommen hatten, als ich jedes einzelne
Junge beweinte, da ich keine Nacht schlief, wenn ein Kätzchen
in die Welt hinausging, als ich mich ein wenig beruhigt hatte,
weil wenigstens noch fünf Junge übriggeblieben waren, da wiederholte sich etwas, das ich schon vergessen hatte, die Sache
mit Máca, der Katze, die plötzlich ihre Kinder gehaßt und mich
zuerst einmal und dann immer wieder verlassen hatte, um
schließlich nicht mehr wiederzukommen, so wie die häßliche
Katze und Autitschko gefaucht und miteinander gerauft hatten, so prügelten sie aus heiterem Himmel auf ihre Jungen ein,
die der Schreck lähmte, daß ihre Mütter ihnen gram waren.
Immer wieder versuchten die Kätzchen, ihrer Mama ein Küßchen zu geben, und wollten wie früher in der Nacht bei ihrer
Mama schlafen. Jetzt aber schlugen die geliebten Mütter nach
ihnen, fauchten sie an, und meine Parzelle wurde zu einer einzigen Stätte des Schreckens und der Demütigung, des Fauchens
und Knurrens. Und das fand schließlich seine Fortsetzung
darin, daß die Katzenmütter nicht nur ihre Jungen anfauchten,
sondern ihren Haß auch auf mich ausdehnten, bis die Katzen-

mütter zu mir nur kamen, um mir ihre Verachtung zu zeigen, ihren Haß, sie kamen einfach herein und entfernten sich wieder, nachdem ihr Auftritt beendet war, und ich stand wie vom Donner gerührt und fand für ihren Haß auf mich und den Haß auf ihre eigenen Kinder keine Erklärung. Damals mußte ich achtgeben, ich beging Fehlleistungen, mir sauste der Kopf, mein Schädel summte ohne Unterlaß wie ein Telegrafenmast, das Kleinhirn tat mir weh, und ich begann auf mich achtzugeben, um nicht verrückt zu werden von all dem, um die Suppe, die ich mir eingebrockt hatte, nicht bis zum Boden auslöffeln zu müssen, um den Verstand nicht zu verlieren. Deshalb floh ich nach Prag, zog dort durch die Straßen, von Kneipe zu Kneipe, um mir immer wieder anzuhören, wie gut ich es habe, ich lebe mit den Katzen in Kersko und kann schreiben, wonach mir der Sinn steht, überhaupt kann ich jetzt, wo ich die Moneten habe und das schöne Zuhause, endlich die wahre moderne Prosa schreiben, denn mir fehlt nichts, und es liegt ausschließlich bei mir, etwas aus all dem, worauf ich mich vorbereitet habe, etwas aus all dem zu machen, jetzt, wo ich ein Zuhause und das Geld dazu habe, kann ich die Dinge machen, über die ich geschrieben und in Lesungen so gerne gesprochen habe. Und wenn ich nach Kersko zurückkam, wurde es finster, mochte auch die Sonne scheinen, und mir war wie einem Kalb zumute, das man im Schlachthof auslädt. Begrüßt wurde ich nur von den Jungen, von den schon großen Kätzchen, Autitschko und die häßliche Katze hingegen fauchten mich wie immer an, desgleichen ihre Kinder, und ich ging wie immer zum Bach hinaus, zu der Weide, und guckte mir einen Ast aus, an dem ich mich laut Mařenkas Weissagung aufhängen könnte. Die Jungen kamen schon in die Küche, schliefen schon im Bett, doch die alte Katze und Autitschko zeigten sich nur, um mit ihren Kindern zu zanken und fauchend zu entweichen, draußen hockten sie sich in weitem Abstand voneinander nieder und schauten feindselig auf mein Haus. Und während dieser beiden Leidensmonate gewahrte ich zu meinem Schrecken, daß beide wieder trächtig waren, mit unheildrohenden Bäuchen, und als meine Frau das sah, lamentierte sie wieder, was fangen wir mit all den Katzen an? Als ich am Tiefpunkt meiner Verzweiflung angelangt war, erstand vor meinem Auge der Postsack, der blutige Sack, der immer noch im Schuppen lag, und kaum war meine Frau mit dem Fahrrad einkaufen, nahm ich wie ein Schlafwandler den Sack, ging hinaus, wo die alte Katze saß, beugte mich nieder und streichelte sie, während sie mit dem Kopf gegen meine Hand stupste, wie ein Schlafwandler machte ich den Sack auf, die alte Katze schlüpfte hinein, ich drehte den Sack fest in den Händen und rannte los, und ganz von Sinnen ... Mit dem Spaten grub ich auf dem Katzenfriedhof ein Loch und kippte das tote Tier hinein, kraftlos sackte es in die Grube, ich holte noch ein Sträußchen Pelargonien von der Veranda und schaufelte den toten Körper zu. Und zitterte, selbst die Erinnerung daran, wie diese Katze das unschuldige Kaninchen richtete, das dann vor Entsetzen starb, war mir keine Hilfe. Trotzdem hatte ich noch den Mut, ein paar Tage später mit demselben Sack zu Autitschko hinauszugehen, das mich so lieb gehabt hatte, einstmals, doch als ich den Sack aufmachte, schlüpfte sie nicht hinein, sie wollte nicht und lief in die Küche und setzte sich auf einen Stuhl, und als ich eintrat, lächelte sie mich zum erstenmal seit langem an, begann zu schnurren, ich aber war entschlossen, war von Sinnen, ich machte den Sack auf, und es geschah, was ich nicht erwartet hatte. Autitschko kroch von selbst in den Postsack, worauf ihr widerfuhr, was schon ihrer Mama, der alten Katze, widerfahren war ... Ich betrachtete die Tote, ihr schönes Köpfchen lag zwischen den weißen Vorderpfötchen, den Söckchen, ich warf ihr die rote Blüte einer Pelargonie nach, und als ich die Grube zugeschippt hatte, setzte ich darauf, wie auf das Grab ihrer Mama und der anderen Katzen, einen schweren Sandsteinblock ...

7

Damals zog ich es vor, in Prag zu leben. Ich kaufte mir einen Dauerfahrschein für Straßenbahn und Autobus und zog auf die Sitze der Massenverkehrsmittel um. So fuhr ich tagelang durch Prag, lernte alle Vorstädte kennen, ja ich fuhr bis zu den Dörfern von Groß-Prag hinaus, um nur nicht daheimsitzen und darauf warten zu müssen, daß meine Katzen mich heimsuchten. So durch Prag fahrend, nahm ich alles, was mir entgegenkam, nahm ich durchs Fenster alles als meine Rettung wahr, jeder Fußgänger war mir ein Edelstein, jedes Schaufenster, jedes heruntergelassene Rollo und jeder Gerümpelhaufen war mir die schönste Assemblage. Ich fuhr durch Prag und starrte auf Gerüste, die ich bis zu den letzten Stockwerken erkletterte, über deren Brüstungen ich mich beugte, um mich der Türme der hinter Gerüsten verschanzten Kirchen zu erfreuen ... ich fuhr durch Prag, und kleine Vietnamesen, die in Jeanskleidung steckten, lenkten mich von meinen Katzen ab, wohin ich auch durch Straßenbahn- oder Autobusfenster blickte, überall betraten oder verließen die kleinen und schlanken Vietnamesen, die aus weiter Ferne nach Prag geflogen waren, grüppchenweise die Geschäfte oder eilten die Straßen entlang, alle hundert Meter war ich auf neue Vietnamesen gefaßt, und sie kamen mir entgegen, als finde in Prag ein Kongreß dieser fast kindlich anmutenden Menschen statt, alle waren sie gleich angezogen, alle sahen sie aus wie Offiziere, die mit Jeanshosen und beschrifteten Windjacken verkleidet waren, alle hatten sie langes schwarzes Haar wie die Hippies, wie die Schauspieler winziger revolutionärer Bühnen. Erst diese Kreuz- und Querfahrten durch Prag machten mir bewußt, daß mir überall in Böhmen und Mähren, wohin ich auch kam, Gruppen derselben Jeanssachen und langen schwarzen Haare begegnet sind, fast alle mit kindlichen Gesichtern, die denen von Prinzen glichen, sogar als ich über Císařská Kuchyně nach Kersko gefahren war, hatte sich am Sonntag nachmittag kein Mensch im Dorf gezeigt, nur drei Vietnamesen. Um ja nicht an meine toten Katzen zu denken, fuhr ich mit den Massenverkehrsmitteln durch Prag, und am liebsten nahm ich schließlich die Siebzehner Straßenbahn von D'áblice nach Bráník, immer die Moldau entlang, wo jeder Schwan ein ausgeworfener Rettungsring für meine malträtierte Seele war, tausend Rettungsringe, tausend schöne Mädchen und Jungen in Gestalt von Schwänen, die aus weiten Fernen nach Prag herbeigeflogen waren, hielten sich in Schwärmen nahe am Ufer, wo sie es sich als Ehre anrechneten, von braven Menschen gefüttert zu werden, und das alles nur, damit ich nicht an meine toten Katzen denken mußte. Doch bei diesen Fahrten durch Prag widerfuhr es mir öfter, daß neben meinem Straßenbahnfenster ein Lastwagen hielt und ich dicht vor mir die gequälten und verzweifelten Augen der armen Kühe sah, deren Nacken von Ketten bodenwärts gezerrt wurden, sie hoben ihre Köpfe und Augen und baten die menschlichen Augen um Hilfe, und so blickte ich im Laufe eines Tages auf Dutzende solcher Lastautos, die verzweifelte und traurige Kuhaugen zum Schlachthof schafften, und das brachte mich zu den Augen meiner Katzen zurück. Jetzt begriff ich, warum die Künstler das Leid lieben, hier in diesen Massenverkehrsmitteln ging mir auf, daß sich die Dichter und Maler bis zur Bewußtlosigkeit betrinken, weil sie das Leid brauchen, um besser zu sehen, um, wenn sie den Tiefpunkt ihres Sturzes erreicht haben, das zu erblicken, was andere nicht sehen, was das Wesen des Menschen und der ihn umgebenden Welt ausmacht. Und ich war nicht betrunken, ich hatte Angst, mich zu betrinken, weil ich Angst hatte, die Kontrolle über mich zu verlieren, Angst hatte, im Katzenjammer zusammenzubrechen. Im Grunde war ich, der ich tagelang hin und her fuhr und durch Prag streunte, im Grunde war ich bereits in genau der Situation eines Menschen, der Angst vor sich selber hat, der den Augenblick fürchtet, zu dem er letztlich immer gelangen muß, wenn er entkleidet und im Pyjama auf seinem Bett sitzt und mit ungeheurem Interesse seine Füße betrachtet, mit ungeheurem Interesse einen Zeh nach dem anderen beschaut, weil ihn jeder dieser langen Blicke auf die Füße davon abbringt, über das nachzudenken, was mit ihm geschehen, wie weit er gekommen, wie weit er bereits in die Hölle hinabgestiegen ist, die er sich selbst geschaffen hat, in die Hölle, die ihm von den Katzen bereitet wurde, die er geliebt und die er durch Mord hatte loswerden müssen. Und wie ich so in Prag aus dem Fenster sah, da stand unten mein Autochen, der Renault mit den rostroten Bezügen, und erneut war ich dort, wo ich nicht sein wollte. Wieder fuhr ich nach Kersko, wo nur noch drei Katzenjunge übriggeblieben waren, weitere zwei hatte sich Frau Pokorná aus Semice geholt, wieder fuhr ich nach Kersko, doch kaum angekommen, wollte ich schon wieder weg, alles war mir recht, nur nicht hier sein, denn als ich die Asche hinaustrug, mußte ich an den Gräbern meiner Tierchen vorbei, ich schielte hin und sah die Tierchen, wie ich sie zuletzt gesehen hatte, bevor ich sie vergrub. Ich hatte mir selber eine Falle gestellt, hatte mir eingeredet, ich sei ein Kraftmensch, ich sei ein Champion, ich sei ein Weltmeister, und nichts könne mir geschehen, als ich meine Kätzchen am Weg zum Bach begrub. Als ich dann in tiefen Gedanken Weide und Bach den Rücken kehrte und auf dem Pfad zu meinem Haus zurückging, erblickte ich unter den Birken und Kiefern mein Autochen, meinen Renault fünf, den weißen Renault mit den roten, besser orangefarbenen Bezügen, den ich mein fröhliches Autochen nannte. Und ich bedurfte keines Gramms Phantasie, um dieses Autochen in das andere Autochen zu verwandeln, in Autitschko, mein Kätzchen mit den weißen Söckchen und den rostroten Flecken. Ich war so töricht anzunehmen, daß ich mich wenigstens eines Vorwurfs entledigte, wenn ich mein fröhliches Autochen verkaufte, doch ich irrte mich, die Zahl der Vorwürfe war Legion, die Schuldgefühle, die sich in arithmetischer Reihe einstellten, wuchsen sich zur geometrischen Reihe aus, meine Pein glich einem Töpfchen Brei! Wo ich ging und stand – wenn ich nicht ausdrücklich auf mich achtgab und nicht mit aller Kraft die Erscheinungen unterdrückte, dann rückten meine Schuldgefühle durch die Tür gegen mich vor und sickerten durchs Fenster, wohin ich auch blickte, überall sah ich meine getöteten Katzen, ich dachte schon an nichts anderes mehr als an das, was mir widerfahren war und was ich getan hatte. Sogar in Prag, wo ich in die Kreuz und die Quere fuhr, dort erfaßte ich zwar die schönen Bilder, die mir entgegenkamen, die Prager Peripherie ist zwar alles andere als schön, das weiß jeder, für mich aber, den Schuldbeladenen, war alles, was ich sah, nicht schön, sondern wunderschön, allerdings nur bis zu dem Augenblick, da ich eine Katze hinter einem Fenster sitzen sah, da jemand von Katzen zu sprechen begann, da ich in einem Schaufenster ein Buch über Katzen sah. Damit hatten meine Pragfahrten mit den Massenverkehrsmitteln keinen Sinn mehr, denn ich begann selbst dort schon Katzen zu sehen, wo es nie eine geben konnte. Um auf andere Gedanken zu kommen, verkaufte ich mein fröhliches Autochen und schaffte mir einen braunen Escort dreizehn an, eigentlich hatte ich mir einen roten Wagen gewünscht, doch die Angestellten in Řepě erklärten mir, sie würden mir ein Auto nach meinem Charakter auswählen, Rot, das sei eine Rummelfarbe, etwas für Schauspielerinnen und Sänger, nein, ich solle ruhig bleiben, man werde mir einen Escort in einer soliden Farbe aussuchen, in einer Farbe, die zu meinem Charakter passe und vor allem zu meinem Alter, mit neunundsechzig Jahren müsse ich ein Auto mit einem dezenten Farbton haben. Und als ich dann das Auto aus Řepě abholte, bekam ich ein braunes, einen braunen Escort, dessen Bezüge ich erst sah, als ich wieder zu Hause und in Kersko war, die Bezüge waren Pfeffer und Salz, beigefarbene grobgewirkte Bezüge, als seien die Sitze mit Postsäcken für den Briefverkehr bezogen. Da suchte ich nun meinen Katzen zu entrinnen, indem ich den neuen Escort fuhr, doch wenn ich einstieg, erbleichte ich und hatte das Gefühl, mich auf einen Postsack zu setzen, und wenn ich die Tür zuklappte und nach oben blickte, da erschrak ich nicht, nein, ich war dem Zusammenbruch nahe, denn auch der Himmel des Escort dreizehn war beigefarben und strukturiert, als habe man ihn mit der gleichen Leinwand bezogen, aus der man Postsäcke nähte, auch meinen Sack, der immer noch zusammengefaltet und mit angetrockneten Blutflecken in meinem Schuppen lag. Sogleich schwoll mir die Leber bis über den Rippenbogen, und im Krankenhaus Bulovka sagte man mir nach ein paar Tests, ich dürfe nicht soviel harten Alkohol trinken, denn von der Trinkerei kriegte ich eine kaputte Leber. Doch ich trank längst nicht mehr, das heißt ja, ich trank, aber nur Bier und ab und zu einen Schluck Wein. Daraus folgerte ich, daß die kaputte Leber, die mir drohte, von meinen Katzen kam, von meinem Schuldgefühl, von der Tatsache, daß ich die Katzen ermordet hatte, zwei trächtige Katzen. Ich aber wollte Sicherheit haben, möglicherweise irrten sich die Bulovka-Ärzte, so dachte ich plötzlich erschrocken, ja, ich mußte am Leben bleiben, denn vor mir lag mein letztes Buch, in dem alles stehen sollte, deshalb fuhr ich zur Sicherheit mit meinem Freund nach Sušice, zu dem Wunderdoktor und Pfarrer František Ferda, der genauso aussah wie Jaroslav Hašek. Und als wir an der Reihe waren, saß František Ferda im Sonnenschein am Schreibtisch und krakelte mit seinem Stift herum und sah tatsächlich aus wie der Autor des Schwejk, auf einmal drehte er sich um und fragte meinen Freund Jiří Anderle, was ihm fehle, warum er gekommen sei. Jirka sagte, er fühle sich, als habe er zweijährigen Sauerkohl im Schädel, und habe rasende, rasende Kopfschmerzen, so schlimm, daß er ohne Tabletten nicht einschlafen könne. Franta Ferda saß in dem Winkel am Schreibtisch, krakelte mit seinem Stift und sagte verträumt in die Ecke seines Zimmers: Ich sehe Ihre Wohnung, im Erdgeschoß, darunter fließt ein Bach, jetzt sehe ich den ersten Stock und dann den zweiten Stock, und da ist Ihr Arbeitszimmer, ich sehe, Ihr Haus wird mit Öl geheizt, es ist eine Zentralheizung, ich sehe den Schornstein, der vom Erdgeschoß durch alle Stockwerke geht, ich sehe den Schornstein auf dem Dach, aber ich sehe ... ich sehe, daß der Rauch in Ihr Arbeitszimmer dringt, und davon tut Ihnen der Kopf weh, entsetzlich weh! Er wandte sich zu uns um und sagte Jiří ins Gesicht: Alles klar, den Schornstein reparieren lassen, mit den Schlafmitteln aufhören und dafür vor dem Schlafengehen ein Glas Sliwowitz trinken ... Dann drehte er sich um und tippte eine Weile auf der Schreibmaschine, zwei Zeilen schrieb er und reichte Jiří das Blatt und fügte hinzu: So, da steht, was Sie noch zu tun haben. Und Sie? wandte er sich an mich, was ist mit Ihnen? Ich sagte, meine Leber sei geschwollen, mir tue die Hüfte weh, und man drohe mir mit einer kaputten Leber. Franta Ferda drehte sich nicht zur Ecke um, sondern schnarrte mich sogleich an: Hören Sie, was soll diese Farbe, wie können Sie mit so einer Farbe leben, die Sie erschlägt, auch hierher sind Sie in braunen Sachen gekommen, aber was soll die braune Farbe bei Ihnen zu Hause? Warum haben Sie, Menschenskind, eine Vorliebe für Braun, wissen Sie denn nicht, daß Braun für Sie das Grab bedeutet? Und erzürnt setzte er sich an den Schreibtisch und tippte auf der Schreibmaschine und gab mir den Zettel, ich solle nur in gemahlener Eichenrinde baden, solle mir die Augen mit Kristallzucker ausreiben. Und als wir gingen und für die Arzneien gewisse Geldscheine daließen, die er nicht anrührte, als wir uns verbeugt hatten und rückwärts hinausgegangen waren, machte František Ferda noch einmal die Tür auf und brüllte mir nach: Die braune Farbe! Damit schmetterte er die Tür zu. Auf dem Heimweg fuhr Frau Milada das Auto, und Jiří berichtete ihr, was Franta Ferda ihm gesagt hatte: daß der Rauch bei ihnen eindringe und die Abgase von der Zentralheizung, daß bei ihnen oben alles vom Öldunst verpestet sei ... Aber wie hat er unser Haus sehen können? grübelte Jiří. Seine Frau Milada erinnerte sich beim Fahren: Richtig, im Frühjahr waren die Handwerker da und haben mir die Feuerung der Zentralheizung repariert, und richtig, sie haben mir gesagt, daß Rauch austritt, und richtig, sie haben mir gesagt, ich sollte noch mal vorbeikommen, doch ich bin nicht hingegangen, und Jirka, unser Ofen qualmt wirklich ... Wir schwiegen und dachten daran, wie Franta Ferda das ganze Haus von Jirka gesehen hatte, und ich grübelte, wie er in meine Schränke hatte blicken können, wo tatsächlich fast alle Kleider, alle Windjacken, alle Sachen braun waren, einschließlich der Schuhe und Socken. Und als mir dann einfiel, daß mir die Leute von der Firma Tuzex auch gegen meinen Willen den braunen Escort geliefert hatten, da erkannte ich, daß alles, was ich durchgemacht hatte, mein Schicksal war, daß ich auch weiterhin meine braunen und beigefarbenen Windjakken tragen, daß ich auch weiterhin den braunen Escort fahren würde, daß ich mich gewissermaßen im Schlepptau feindlicher Kräfte befand, daß nicht ich, sondern die Götter so entschieden hatten, daß alles im Grunde von außen über mich gekommen und ich nur ein Opfer von Kräften war, auf die ich keinen Einfluß mehr hatte. Bereits damals, als wir uns den Nachtspeicherofen bestellt hatten, wollten wir blaue Kacheln haben, doch der Ofen, der dann kam, war braun ... Ich zuckte die Schultern und ging den Pfad zum Bach hinunter, blieb eine Weile vor dem Katzenfriedhof stehen, schaute und gedachte der schönen Zeiten, die wir verlebt hatten, ehe das Schicksal von draußen gekommen war, nicht an mir lag es, nicht daran, daß ich verrückt geworden wäre, daß ich ein Psychopath zu werden begann, nein, die Kräfte von außen hatten beschlossen, sich gegen mich zu verschwören, und ich kämpfte, ich wollte nicht akzeptieren, was ich getan hatte, akzeptierte aber schließlich doch alles, stimmte allem zu, auch wenn ich wußte, daß ich nie mehr glücklich sein konnte. Und schon packte ich die drei Kater, die mir geblieben waren, einer hatte das rote Fell von Autitschko, einer war getigert, und der dritte war schwarz und glänzte wie ein gewienerter Stiefelschaft. Als ich ihnen aber in die Augen blickte, gewahrte ich darin nicht die Spur des Gefühls jener Katzen, die im Sand neben dem Weg zum Bach lagen, doch was war zu tun? War ich die ganze Zeit über auch bleich und verquollen gewesen, mochte ich auch vor meinem Spiegelbild zurückgeschreckt sein, jetzt, nach dem Besuch bei dem Parapsychologen Franta Ferda, war ich ruhig geworden, ich lächelte

schief, beugte mich zu den Katerchen nieder, spazierte mit ihnen wieder in den Mondnächten um den Zaun herum, meine
Frau hatte die weißen Staketen mit weißer Farbe gestrichen, so
daß ich das Gefühl hatte, eine Kompanie von Gerippen abzu-
schreiten, Skelette an mir vorbeidefilieren zu sehen, ein fünfzig
Meter langer Zaun mit einer weißen Pforte und weißen Latten,
an denen ich nächtens entlangwanderte, begleitet von den drei
Katern, die durch die Staketen hüpften, trippelten, wegliefen,
um wieder unter dem Zaun hindurchzuschlüpfen und mir ent-
gegenzulaufen. Ich nahm sie in die Arme, drückte sie an mich,
erzählte ihnen glorreiche Geschichten von allen unseren Katzen, und die Kater hörten zu, obwohl sie es nicht verdienten,
und ging ich ein Stück weiter zum Grundstück meines Bruders,
dann warteten sie dort so lange, bis ich wieder herauskam,
machten Luftsprünge und zeigten mir, wie glücklich sie waren,
daß ich wieder bei ihnen auf dem Pfad war, daß ich an dem
weißen Zaun entlangschritt, über den Birken und Kiefern ihre
Zweige neigten, sie überholten mich, die Kater, blieben stehen,
warfen sich in den Sand und warteten darauf, daß ich mich her-
abbeugte und sie streichelte oder sie aufnahm und an meine
Wange drückte. Das war diesen Katern, wie übrigens meinen
früheren Katzen auch, das liebste: hochgehoben, an die Wange
gedrückt zu werden und einen Augenblick so zu verharren,
denn alle Katzen und diese Kater auch schlossen für einen Moment die Augen, genauso wie ich. Für einen Augenblick fielen
unsere Sicherungen aus, und wir verbrachten eine halbe Sekunde in großer Nähe. In diesen Tagen begriff ich auch die tiefe
Verquickung der Ereignisse, die weder um ein Sekündchen
noch um einen Millimeter verrückt werden durften, alles was
geschehen war, alles für mich Günstige wie Ungünstige, alles
das kehrte sich mit der Schneide gegen mich, und ich hatte in
dieser Zeit das Empfinden, daß die Hand, die mein Schicksal
schrieb, daß diese Hand nicht die meine war, ja, ich wußte ganz
sicher, daß diese Hand einem Fremden gehörte, der meine Bewegung nach Belieben um eine Sekunde verlängerte oder ihr

um eine Sekunde vorgriff, und was ich auch tun würde, alles schien längst für mich hergerichtet zu sein, selbst das, was ich erdacht zu haben meinte, war sozusagen schon längst besorgt, ich steckte nur den Schlüssel in eine Tür, die sich zwar durch mich öffnete, doch allein für mich hingestellt war...

8

In jenen Tagen, da ich schon verzweifeln wollte über meine Katzen, die immer in der Frühe an mein Bett kamen und den Augenblick abpaßten, wenn ich, klatschnaß und geschwächt vom Schweiß über das Nichtsein nachdachte, in diesem Augenblick kamen sie herbei, ohne Vorwurf, sie hockten nur da und schauten mich an, und ich in meinem Halbschlaf war außerstande, die Augen von ihnen zu wenden, und alle diese toten Katzen und Katzenkinder versetzten mir, nur indem sie mich anschauten, den Todesstoß. In jenen Tagen erhielt ich eine Vorladung zum Nationalausschuß, ich war als Zeuge geladen, der Nachbar Herr Polách bezichtigte die Nachbarin Frau Soldátová, sie schieße seit über fünfzehn Jahren aus einer Öffnung in ihrem Kammerfenster auf Singvögel und Eichhörnchen und töte sie. Vor allem Singvögel, ja, auch sein Sohn könne das bezeugen, und vor allem ich, der Schriftsteller, der gegenüber wohnt, ich könne bestätigen, daß die Menge der totgeschossenen Singvögel nicht nach Haufen, sondern nach ganzen Wagenladungen zähle. Ich saß also eines Abends im Nationalausschuß, Genosse Černý, der Vorsitzende, verlas die Anzeige Herrn Poláchs, der wegen dieser zu Tausenden totgeschossenen Singvögel schon zweimal zur Kur habe fahren müssen, so sehr habe ihn das, wie er mündlich ausführte, so sehr habe ihn das mitgenommen, daß er davon krank im Kopf geworden sei, mit bloßem Auge sehe man ihm an, daß er unablässig schwitze, daß seine Augen ganz blutunterlaufen seien, und Tabletten müsse er nehmen, nur weil ihm am Morgen, an jedem Morgen all die Singvögelchen erschienen, all die Meisen und Finken, all die Spechte, die Elstern und Baumläufer und Goldammern, sie kämen zu ihm, umflögen in der Frühe sein Bett und klagten Herrn Polách zwitschernd ihr Schicksal und erzählten, wie sie unversehens von den Zweigen der Walnuß- und der Obstbäume in Frau Soldátovás Garten fielen, und alle diese Vögelchen schrien so durchdringend, daß Herr Polách es im Kopf gekriegt habe, und deshalb fordere er den Nationalausschuß auf, Abhilfe zu schaffen, mehr wolle er nicht, er werde die Körbe voller toter Vögelchen nicht mehr lebendig machen, doch Herr Polách wünsche, daß Frau Soldátová ihm die beiden Luftbüchsen übergebe, er werde sie vernichten, ja, er werde ihr die furchtbaren Waffen sogar bezahlen, nur um die Gewähr zu haben, daß die Frau Nachbarin nicht mehr aus dem Fensterchen schieße, dann werde er, Herr Polách, sich erholen und das Institut und die psychiatrische Heilanstalt vielleicht nicht mehr aufzusuchen brauchen, und die Vögelchen würden nicht mehr des Morgens herbeifliegen und ihm ihr Leid klagen. Der Vorsitzende des Nationalausschusses forderte mich auf, alles zu sagen, was ich wisse. Und ich erklärte, daß ich zwar hier und da ein totgeschossenes Vögelchen gefunden, daß ich zwar Schüsse gehört hätte, manchmal sei auch auf meiner Parzelle Schrot gegen einen Ast oder einen Baumstamm geprasselt, doch nie habe ich Frau Soldátová schießen sehen, nie habe ich sie mit geschulterter Waffe erblickt, das sei alles. Und ich sah, wie Herr Polách, der Beschwerdeführer, rot anlief, wie seine Augen wieder blutig rot wurden, wie er sich mit einem großen Tuch über das schweißnasse Gesicht fuhr, doch das Tuch reichte nicht aus, so daß Herr Polách sich den Schweiß mit der Hand abwischte und die Schweißtropfen händeweise an Hosen und Mütze verrieb. Plötzlich brach er los, jawohl, es sei wahr, Frau Soldátová schieße aus der Kammer auf die Vögel, deshalb habe auch er sie nicht gesehen, doch er dehne die Beschwerde gegen Frau Soldátová auch auf mich aus, ewig hätte ich ein paar Katzen, manchmal acht Stück, und diese Katzen, meine Katzen, fingen Vögel und lebten davon, besonders wenn ich nicht auf meinem

Grundstück sei, und meine Katzen hätten schon tausend und mehr Vögel umgebracht, wenn das so weitergehe, dann bliebe in Kersko nicht ein einziges Vögelchen übrig, und allein der Gedanke, auf jeder Parzelle in Böhmen gäbe es nur zwei Katzen, lasse doch erkennen, daß es aus sei mit sämtlichen Singvögeln, genauso müsse Frau Soldátová moralisch bestraft werden, denn wenn auf jeder Parzelle, auf der ein Gebäude steht, wenn da jeder Besitzer durch eine Fensterluke auf die Singvögel schieße, dann bedeute das das Ende für die schönen Sänger. Ich und meine Katzen seien nichts anderes als Frau Soldátová und ihre beiden Luftbüchsen. Und als ich diese Worte vernahm, wurde mein Gesicht heiter, denn nach langer Zeit hatte ich das schöne Gefühl, wirklich etwas zu leisten, denn indem ich meine Katzenkinder, meine Katzen, umbrachte, trug ich doch dazu bei, daß meine Katzen nicht mehr, wie auch Frau Soldátovás Schußwaffen, die Vögel in den Nestern umbrachten, die Vögel in den Zweigen, und im Geiste bedankte ich mich dafür, als Zeuge dieser Hekatombe von Singvögeln vorgeladen zu sein, denn damit hatten meine Taten, meine Morde einen Sinn, und ich war eigentlich ein Naturschützer. Ich ergriff das Wort und erklärte, Herrn Poláchs Bemerkungen seien richtig, ja, ich gebe zu, daß die Katzen nicht nur die Feinde der Singvogelwelt seien, sie wagten sich auch an Fasane heran, und hätten sie Junge oder Hunger, dann jagten sie sogar junge Hasen und Wildkaninchen, jawohl, auch ich habe, selbst wenn ich nicht vorgeladen worden wäre, auch ich habe gewußt, was meine Pflicht ist, und habe die überzähligen Katzen und Jungen abgeschossen oder auf andere Weise beseitigt, und nun besitze ich nicht mehr als drei halbwüchsige Junge, und die seien sowieso schon versprochen, also brauchte ich nicht das Einverständnis der Nachbarn einzuholen, ja, mir sei bekannt, daß es eine Vorschrift gibt über das Halten von Katzen und Hunden auf Grundstücken und in Gebäuden, welche an die von Nachbarn angrenzen. Und als ich spürte, wie bei dieser Anklagerede gegen meine toten Katzen das Schuldgefühl von mir wich, da fügte ich von mir aus noch hinzu, ja, ich bedauerte, daß es im Forst keine Adjunkte mehr gebe, wie früher unter Hiross und dem Fürsten Hohenlohe, wo die Adjunkte die Parzellen durchstreift und die Katzen und Hunde abgeschossen hätten, nur um das Wild und die Singvögel zu schützen. So schloß meine Zeugenaussage und verwandelte sich in die Rede eines wetternden Staatsanwaltes, sogar die Augen ließ ich rollen und drohte, sowie ich zu Hause sei, im Namen der Singvögel auch die drei Kater zu beseitigen, die mir geblieben waren, und der Vorsitzende des Nationalausschusses bedankte sich bei mir und bedankte sich auch bei Herrn Polách, der Tabletten schluckte, da meine Ansprache seine Situation noch verschlimmert hatte, denn meine Ansprache hatte die Körbe voll toter Singvögel noch um weitere Kiepen und Scheffel voll schöner und unglücklicher Leichen von Meisen und Grasmücken, von Goldammern und Baumläufern und sonstigem Vogelgetier vermehrt, das jetzt erst recht, wie er mir dann sagte, in der Frühe, wenn er nicht schlafen könne, wieder zu Tausenden und Tausenden sein Bett umflattern und den Tablettenkonsum sowie den Besuch der psychiatrischen Heilanstalten steigern würde. Und da Frau Soldátová, gegen die sich Herrn Poláchs Anzeige und Beschwerde richteten, nicht erschienen war, beendete der Vorsitzende die Zusammenkunft, ließ das Protokoll verlesen, und da Herr Polách von seinem Sohn aus Hradištko mit dem Auto hergebracht worden war, nahm man mich bis Kersko mit, so daß ich mir drei Kilometer lang und anschließend noch ein komplettes halbes Stündchen im Auto, das in der Allee bei mir unter der Laterne hielt, anhören durfte, was für ein gräßlicher Mensch ich sei und daß Herr Polách sich wundere, wie ich Schriftsteller sein könne, der ich leugnete, Frau Soldátová schießen gesehen zu haben, eigentlich habe ich Frau Soldátová aus der Sache rausgehauen und Herrn Polách zusätzlich mit der Vorstellung belastet, auf welche Weise und wie sehr meine Katzen die Singvögel liquidiert hätten und immer noch liquidieren, alle diese unschuldigen Vögelein, welche die

Werktätigen aufheiterten, wenn sie Urlaub machten, wenn sie von der Arbeit heimkämen, wenn sie die Fenster ihrer Häuser an der Peripherie öffneten, ja auch die Fenster in der Stadt, wo die Parks nur so brausten von Vogelsang, der den Sozialismus aufbauen helfe, und er müsse sich hier mit dem Nationalausschuß rumstreiten und so selbstverständliche und klare Dinge anzeigen wie die Tatsache, daß in jeder Saison scharenweise Singvögel verschwinden, dank den Luftbüchsen und dank den Katzen. Als Herr Polách seine Rede schloß, im Halbdunkel des von oben angestrahlten Autos über und über glänzend, wünschte ich ihm viel Erfolg in seinem weiteren Kampf um die Erhaltung der Singvögel und sagte, er sei ein tapferer Mensch. Und da beugte sich in dem matten und diffusen Licht ein Lockenkopf vom Rücksitz zu mir herüber, fast berührte sein Mund mein Ohr, ich wich zurück, hinten saß ein aufgeschossener Jüngling, Herrn Poláchs Sohn, und als ich meinen Kopf wieder ins Profil drehte, brachte der Jüngling erneut seinen Mund an mein Ohr und wisperte: Nun, Herr Hrabal, und diese armen Kühe, diese Chagallschen Kühe? Wir müssen auch beim Schlachtvieh für einen humanen Umgang kämpfen ... ach, diese armen Chagallschen Kühe! Auf manchen Schlachthöfen, in den Städten, wo die tierärztlichen Hochschulen sind, da kommen ganze Klassen künftiger Tierärzte, das Vieh, das auf die Hinrichtung wartet, steht da, und die Schüler holen unter Anleitung ihres Professors ihre künftigen Instrumente und Gerätschaften raus und öffnen den lebenden Kühen die Brust, damit jeder weiß, wie ein lebendes Herz aussieht, eine lebende Lunge, eine lebende Leber, eine lebende Milz, lebende Mägen, und der Professor zeigt und erklärt, wie die lebenden Organe einer Kuh aussehen, und niemand beachtet die lebenden Kuhaugen ... Herr Hrabal, diese Augen, von denen die Dichter des alten Griechenland sagen, sie gleichen den Augen der Göttinnen, Aphrodite war kuhäugig, die schönsten Augen auf der Welt ... Herr Hrabal, die Griechen und die anderen alten Nationen haben gewußt, daß es Mord ist, eine Kuh zu töten, deshalb haben sie ihre Schuld mit den Göttern geteilt, haben die schönen Kühe und Stiere den Göttern geopfert, haben sich das vergossene Blut geteilt und das Gefühl der Schuld auch an ihre Götter weitergegeben, und wir bringen heute straflos in den Schlachthöfen die Tiere um, doch dessen nicht genug, noch vor dem Mord wühlen sich die künftigen Tierärzte den lebenden Tieren in die Eingeweide, um die Dinge, die sie nur theoretisch aus den Lehrbüchern kennen, zu lernen und zu erfahren ... Herr Hrabal, dagegen muß man etwas tun, und da mache ich mit, denn diese unschuldigen Kuhaugen, diese Augen der Schlachtrinder, der armen Chagallschen Kühe, diese Augen klagen nicht nur mich des Mordes an, nicht nur Sie, sondern die ganze Menschheit, und manchmal, Herr Hrabal, muß ich achtgeben, daß ich nicht sterbe von diesen Bildern ... So redete der junge Mann auf mich ein, seine Lippen bewegten sich an meinem Ohrläppchen, und wieder sah ich die Augen meiner Kätzchen, die ich totgeschlagen habe, die vorwurfsvollen Augen, diese Augen, die nicht ahnten, daß ich sie totschlagen würde, die aber genau wußten, daß sie mich liebten, daß sie in meinem Bett ihre Jungen warfen, daß sie Vertrauen zu mir hatten, den maßlosen Glauben, allein mit mir und bei mir glücklich zu sein, und ich schlug sie im Postsack wie schädliche Wiesel tot, weil sie mir einen Singvogel anschleppten, weil sie mir junge Rebhühner anschleppten und Fasanenküken, weil sie mir kleine Kaninchen anschleppten, doch sie konnten nichts dafür, sie taten alles, um mir in gutem Lichte zu erscheinen, um mich mit ihrer Beute zu ehren, und wenn, dann solle ich sie totschießen lassen, dann möge ein Forstadjunkt kommen, ein Jäger, dann möge ein anderer als ich sie töten, ja, ich war schuldig, nicht weil ich sie umgebracht, sondern weil ich die Liebe getötet hatte, und das ist meine Schuld, ich selbst bin in meinen Augen schuld, und wenn sie in der Frühe zu mir kommen und immer kommen werden, dann komme ich eigentlich selbst, um mich anzuklagen, weil ich das Gefühl der Schuld habe und haben werde, solange ich auf der Welt bin, nicht anders als Herr

Polách, der unschuldig war und von hitzigen Vorstellungen über alle Vögel heimgesucht wurde, die von Luftbüchsen getötet oder von meinen Katzen erwischt worden sind, wie Herr Polách, dessen Bett die Vögel am Morgen, gleich meinen Katzen bei Tagesanbruch, weiterhin mit Gezwitscher und entsetztem Geschrei säumen werden, genauso wie der junge Mann, der ebenfalls in der Frühe aufpassen muß nicht zu sterben, wenn ihm die vorwurfsvollen, stillen Augen der Chagallschen Kühe erscheinen ... Ich schluchzte los und stieg aus dem Auto aus, schlug die Tür hinter mir zu, das Auto fuhr ab, und ich ging weiter, vom Licht der hohen Natriumlampe besprenkelt, betrat die Allee, wo die weißen Latten meines Zaunes blinkten. Nun ging ich im Dunkeln, und die drei halbwüchsigen Katzenkinder liefen mir entgegen, umschmeichelten meine Beine, rannten mir mit großen Sprüngen voraus, um wieder zu meinen Füßen zurückzukehren, sie schubberten sich an mir und rannten weg und kamen wieder, um mir zu zeigen, wie sehr sie mich liebten, nicht anders als ihre Mütter, die mich geliebt hatten und die ich trotzdem totschlug.

9

Zu dieser Zeit konnte ich mich nicht genug wundern, wie sich mein Leben einmal auf und gleich wieder ab bewegte, einmal nach rechts und gleich wieder nach links, ich preschte durch die Welt wie ein durchgehendes Gespann, an dessen Zügeln ein besessener und rasender Kutscher zerrte. Aber ich war schon anderswo, ich verbeugte mich nicht nur vor den Bäumen wie die Lehrerinnen, denen meine Parzelle vor langen Jahren gehört hatte, ich verbeugte mich auch vor den drei Katern, verbeugte mich vor meinem Spiegelbild und lächelte mir zu, da ich keine Angst mehr vor mir hatte. Ich wußte, ich hatte das Gefühl, einen Zaum im Kopf zu haben und gelenkt zu werden, egal wie und wohin, eben das schöne Gefühl, daß alles für mich bereitgelegt ist wie für einen Bräutigam oder wie für die Jung-

fern und Burschen im Trauerzug ... Zu dieser Zeit stand ich
über allem, über mir selbst, ich konnte mir bereits den Luxus
erlauben, mir allein die geschwollene Leber abzutasten und mir
ins Gesicht zu sagen: Na und? Eine kaputte Leber ...?, ach,
mit diesem absterbenden Leib bin ich sowieso schon außer Gefahr, was auch geschehen mag, allem kann ich schon beipflich-
ten, weil ich alles durchlaufen habe ... Und eines schönen
Morgens, als meine Frau und ich nach einer bestimmten Be-
hörde suchten, obwohl wir nur hätten anzurufen brauchen,
daß wir die Miete bezahlt haben, denn wir besaßen ja die Quittung, da fuhren wir mit dem Escort dreizehn so lange zwischen
Střížkov und D'áblice hin und her, bis wir das Amt gefunden
hatten, einmal hielten wir sogar vor dem Wasserturm in Střížkov, und meine Frau fragte ein altes Weib, wo die Bímova-
Gasse sei. Dann breitete sie einen Stadtplan aus, und beide
suchten auf der Karte, dem Plan der Hauptstadt, nach der Bí-
mova-Gasse. An unserem Escort vorbei kamen, unter lebhaf-
tem Geplauder, zwei Postfrauen, sie gingen an mir vorüber, ich
hätte nur das Fenster herunterzukurbeln und die jungen Postfrauen zu fragen brauchen, doch ich wußte schon Bescheid, ich
wußte, daß alles, was mich verlangsamt, mich auch beschleunigt, ich blieb sitzen, und dann fuhren wir in die Richtung, in
die uns das alte Weib mit dem Regenschirm schickte, doch das
war wieder woanders, also fuhren wir dauernd langsamer und
dauernd schneller und vertaten schließlich die Zeit, die nur unsere, nur die Zeit war, die eigentlich mir gehörte, nur noch mir,
denn gestern, als meine Frau das zusammengeharkte Heu und
damit alles verbrannt hatte, was nicht mehr taugte, da war ich
in den Schuppen gegangen, und der Postsack war weg. Neben
der Weide, am Bach, stieg Rauch auf, und ich fragte meine
Frau, nur um Gewißheit zu haben, hör mal, im Schuppen, da
hat ein alter Postsack gelegen, hast du den verbrannt? Und
meine Frau nickte, ja, gewiß doch, denn hätte man den bei uns
gefunden, dann wäre man womöglich auf den Gedanken gekommen, wir seien es, die den Postwagen in Čakovice beraubt

hätten, vor Jahren, als eine Million und mehr verschwunden waren ... Ich ging am Katzenfriedhof vorbei, den Pfad hinunter, und suchte in der Asche, stocherte mit einem Stöckchen und fand nur noch Ösen, Messingösen und die feine Aschenstruktur, die vom Gewebe des Postsacks übriggeblieben war ... Schließlich entdeckten wir das Amt doch noch, und meine Frau lief hinein und wedelte den Beamtinnen triumphierend mit der Quittung vor den Augen herum, jawohl, sie habe bezahlt, es stimme nicht, daß sie die Miete für Juli nicht bezahlt habe, wie sie ihr geschrieben hätten. Dann setzte sie sich genüßlich ins Auto, und wir fuhren los, sie bebte vor Zorn, wie man ihr so was habe schreiben können, wir fuhren aus der Stadt hinaus, und die Sonne schien, wir durchquerten die Peripherie und wollten schon tanken, sagten uns aber, es sei besser, auf der Rückfahrt zu tanken, dann fuhren wir durch Počernice und dann durch Nehvizdy, gleich darauf ging es bergab, und wie wir so zur Tankstelle Mochov hinunterfuhren, kamen uns bergauf ein Ferntransporter und ein Lkw mit Anhänger entgegen, wir hatten das Gespann kaum passiert, als ich eine blaue Fläche vor mir sah, und schon krachte es mörderisch, wie die Siegesfanfare am Ende einer Sinfonie, die Frontscheibe flog raus und zersprang in tausend bunte Splitterchen, für einen Moment verschwand das Licht, und dann ein Aufprall ... Und Stille und ein Geruch nach verbrannten Knochen, als ich die Augen aufschlug, war ich von Glassplittern übersät und glaubte, den Schluß von Liszts Les Préludes zu hören, ich hing im Auto, die Beine nach oben, auch meine Frau hing kopfüber neben mir, ihr Haar sah komisch aus, so hingen wir eine Weile und fragten uns, wann wir nach diesem Zusammenstoß zu sterben, wann wir zu bluten anfangen würden. Doch nichts geschah, nur eine große Stille, und dann sah ich in meiner Kopflage einen Schlosseranzug, drückte auf den Knopf des Sicherheitsgurtes und fiel kopfüber hinunter, Menschenhände zogen mich raus, und die Augen über diesen Händen waren entsetzt, auf der anderen Seite zogen Menschenhände auch meine Frau heraus, sie wimmerte und begann zu weinen ... Was ist uns passiert? fragte sie, und ich sagte: Was hast du mir bloß angetan? Dann stand ich auf, im Hintergrund war die Tankstelle, in der Vormittagssonne stand quer ein Lieferwagen, die blaue Seitenwand eines Lieferwagens, und im Straßengraben lag unser brauner, unser schokoladenfarbener Escort Nummer dreizehn auf dem Dach, bis zur Unkenntlichkeit verunstaltet ... und am Kühler des Lieferwagens lehnte der Fahrer, er war blaß und rauchte schon, einen Ellbogen aufgestützt, und sah uns feindselig an und zuckte die Schultern und sagte: Ich hab' Sie nicht gesehn ... Und ich stiefelte um die Unglücksstelle herum, Glasgesplitter verstreuend, tastete mich ab, am Kopf verlor ich etwas Blut, ich tastete mich noch einmal ab und stellte fest, daß mir ein paar Rippen gebrochen waren, sie knackten unter meinen Fingern, ich ging auf und ab, kam bis zur Tankstelle, wo man meine Frau abwusch, bald erschien ein Krankenwagen und dann noch einer, und dann fanden sich Polizisten in einem gelben Auto mit der Aufschrift VB ein, und als die Polizisten unser Auto sahen, wurden sie blaß ..., und ich ging auf und ab und empfand klar und deutlich, daß dieses Auto, daß das der Punkt hinter allen meinen getöteten Katzen war, daß meine Himmel, die über uns waren und unsere Geschicke lenkten, jetzt versöhnt waren ..., und ich lächelte, als man mich aufforderte, in den Krankenwagen zu steigen, Glassplitter rieselten mir aus der Jacke, ich lächelte auch in der Röntgenabteilung des Nymburker Krankenhauses und lächelte, als man mir den Kopf mit Jod bepinselte und mir die gebrochenen Rippen verband, ich lächelte die ganze Woche über, als ich im Krankenhaus Nymburk lag, aus den Haaren fielen mir ein paar Glassplitter, sie brachten mir Glück, denn ich war gerettet. Wer mich auch fragte, wie ich diesen Unfall überstanden habe, dem sagte ich unter großem Lachen, es sei herrlich gewesen, es habe der stärksten aller moralischen Sinfonien geglichen. Mit mir im Krankenhaus lag auch der unglückliche Fahrer, dem es so ging wie mir und meiner Frau, auch er konnte nie eine einzige Sekunde erübrigen, konnte nicht eine Sekunde vertun, und so hatte geschehen müssen, was geschehen war, wie ich zu allen sagte: Es war herrlich ... und zu mir selbst sagte ich, falls ich einmal aus dieser Welt gehen will, dann gibt es keinen schöneren Weg als den meines geliebten Jackson Pollock, dieses Malers der gestischen Malerei, dieses Dripping-Malers, der, nachdem er das Schönste gemalt hatte, was ich je gesehen habe, nachdem er eine Zisterne voll Whisky ausgetrunken und etliche Klafter Pall Mall verpafft hatte, in der Cedar-5-Bar sein Abendbrot aß und mit dem Wagen losfuhr, um mit dem Leib und der ganzen Seele zu erfahren, was mein verpfuschtes Schicksal an mir versucht hatte, um so zu verunglücken, daß er auf der Stelle tot war. Als mich ein Polizist, ein angenehmer junger Mann, fragte, ob ich auf der Anzeige bestünde, erklärte und unterschrieb ich, ich bestünde auf nichts, denn was ich erlebt habe, sei herrlich gewesen, doch der Chauffeur Herr Máchal, der wurde ein Schuldgefühl nicht los, weil er nicht gesehen hatte, daß er mit dem Glück des Tapferen von der Neben- auf die Hauptstraße eingebogen war, womit er sich selbst belastete, womit er mir aber mein Schuldgefühl gegenüber allen Katzen nahm, die ich getötet hatte, und sie hatten es mir mit dem heimgezahlt, was auf der Kreuzung geschehen war. Dann saßen Herr Máchal und ich auf dem Krankenhausbett, ich hielt seine Hand, und weil er mich immer wieder fragte, ob ich ihm wegen des Zusammenstoßes auch nicht böse sei, antwortete ich im gleichen Ton und sagte ihm mehrmals, wobei er so sehr lachte, daß sich sein verletztes Gesicht zur Grimasse verzog: Herr Máchal, wenn Sie Pech haben, dann stoßen Sie selbst im Bett auf einen Nagel ... Und sogleich traten mir wieder meine drei Kater in Kersko vor Augen, und ich hielt das für einen Wink des Schicksals, so rasch wie möglich nach Kersko zurückzukehren und ihnen so rasch wie möglich Milch zu geben und so rasch wie möglich wieder bei Nacht mit ihnen um den weißen Lattenzaun herumzugehen und ihnen zu erzählen, was es in unserer großen Familie der Katzen und Kater an berühmten Dingen zu berichten gab, und dann, vom Augenblick beeindruckt, die drei Kater nacheinander auf den Arm zu nehmen, sie an mein Gesicht zu drücken und ihnen die Liebesworte zuzuflüstern, die ich allen zugeflüstert hatte, welche von uns gegangen, welche uns voraufgegangen waren, sei es durch einen unglücklichen Zufall oder durch meine Hand. Und außerdem mußte ich lachen und staunen, wie sich unsere Parallelen so an der Tankstelle Mochov überkreuzt und verschlungen hatten, denn wie ich von Herrn Máchal erfuhr, hatte er sein Häuschen in Nymburk von Herrn Maryska, meinem Freund, meinem Erzieher, gekauft. Herr Máchal war also der Besitzer des Häuschens, wo Herr Maryska und ich zehn Jahre lang in einem Kabuff unsere ersten Gedichtchen verfaßt hatten, unser neopoetisches Manifest, und uns betrunken hatten, erfüllt von dem großen Glück, erkannt zu haben, was Surrealismus hieß und was das wundersame Zusammentreffen bedeutete, das nicht nur Surrealisten verband, sondern, wie ich sah, auch mich und Herrn Maryska und Herrn Máchal, der nun das herrliche Häuschen besaß, wo wir so glücklich gewesen waren, und es war ein Wink des Schicksals, daß wir in den Klauen der Sphinx lagen, die unseren jugendlichen Weinberg hielt, und daß sich unser Kreis dank dem Glück im Unglück bei der Tankstelle Mochov geschlossen hatte, dank jener Havarie, die meine Schuld aus dem Strafregister tilgte. Denn ungestraft darf man nicht ein einziges Kätzchen totschlagen. Was fange ich mit all den Katzen an?

An einem frühen Abend ging ich zu dem zugefrorenen Fluß hinaus, meine gebrochenen Rippen schmerzten immer noch, aber ich war schon eine Woche nach dem Unfall wieder auf dem Damm, nein, das nicht gerade, doch mein Vorbild war Franta Šťastný, der sich, als er sich zwei Rippen bei zweihundertfünfzig Punkter brach, den Brustkasten mit einer Binde einschnüren ließ und es schaffte, zwei Stunden nach den zweihundertfünfzig mit dreihundertfünfzig zu siegen. Die Sonne ging bereits unter, der Himmel im Westen war rosig, und kaum wölbte sich über mir der blaue Himmel, da begann dort ein zitternder Stern zu flimmern. Als ich durch ein Wäldchen kam, scheuchte ich ein Rudel Rehe auf, sie hatten sich gerade mit den Hufen den Schnee und das Fichtenreisig weggescharrt und sich im Sand ihre Lagerstellen ausgehackt, und ich war unglücklich, denn wieder hatte ich Schuld auf mich geladen, indem ich die Rehe aufscheuchte. Doch was tun? Nach diesem für mich so glücklichen Unfall war ich irgendwie langsamer geworden, war ich da, wo ich mich befand, irgendwie glücklich, ich hatte nicht einmal Lust, mit dem Bus nach Prag zu fahren und von Prag wieder zurück nach Kersko, ich saß gern daheim, die Kater schliefen immer nur, sie hätten bis in die Ewigkeit schlafen können, alles war ihnen gleichgültig in diesem Herbst und Winter, sie aßen sich satt und schliefen, und ich konnte, während sie schliefen, stundenlang dasitzen und aus dem Fenster sehen, nicht mehr auf die Zweige der Birken und Kiefern, nicht mehr auf das letzte fallende Laub, nein, ich schaute nur, hielt mir die verbundenen Rippen, die mir noch weh taten, doch ich empfand keinen Schmerz, allenfalls einen wärmenden Schmerz, der einer Genugtuung gleichkam. Irgendwie war mir mein Unfall zupaß gekommen, irgendwie hatten mich meine gebrochenen Rippen zu der Erkenntnis gebracht, daß ich im Grunde nichts auf Lesungen verloren, daß ich nichts in Kneipen zu suchen hatte, daß keiner auf mich wartete. Was hatte ich überhaupt auf der Welt verloren, wo ich an die siebzig war? Dieser Unfall hatte eine Last von mir genommen, mein Körper war davon immer noch mit Narben und blauen Flecken übersät, und obendrein, ja eigentlich erst jetzt taten mir die Hände und Füße und das Genick und das Rückgrat davon weh, daß wir uns in dem glücklichen Escort überschlagen hatten und wie Weidenflöten geklopft worden waren ... Und diese Schmerzeleien, mit denen ich mich von meinen Sünden befreite, waren für mich so wertvoll wie eine Tilgung aus dem Strafregister. Dieser Unfall stellte für mich etwas Ähnliches wie die Schocks dar, die man Verrückten und Kranken in der Psychiatrie versetzt, vielleicht werde ich aufhören zu schreiben, vielleicht löscht mir dieser Unfall mein Feuer, vielleicht ist etwas mit mir vorgegangen, das mich der psychiatrischen Heilanstalt entrückt hat, alles, was in mir geschrien hatte, war jetzt verstummt, der ganze Katzenkram, der mir Herz und Hirn belastete, war ausgelüftet, und ich saß daheim am Fenster wie ein entlassener Sträfling und war zu nichts anderem fähig, als ins Herz der Stille und der Ruhe zu starren. Und nun ging ich durch den knirschenden, vereisten Schnee am zugefrorenen Fluß entlang, der Wind raschelte im hellen Röhricht, die norwegischen Finken ließen mich bis an die gefrorenen Distelsträucher herankommen und spannten dann die roten Girlanden ihrer ziegelfarbenen Kehlchen bis zur nächsten Distel weiter, jenseits des zugefrorenen Flusses ragte der schwarze Wald auf, und ich wanderte in meinen Stiefeln und weißen Socken durch die Landschaft, die mir seit meinem sechsten Lebensjahr lieb ist, durch eine fade und deshalb wunderschöne Landschaft, eine Ebene, in der man gehen und nichts mehr um sich herum zu sehen braucht, dafür aber mit sich selber reden kann oder die Seele mit dem Geist und mit den Elementen sprechen läßt. Als ich sechs war und durch die Elblandschaft hinter der Brauerei zur Komárenský-Insel ging, da wollte ich immer wissen, was noch hinter der Komárenský-Insel war, was es hinter Písty gab und in Písty oder hinter dem Horizont, hinter Kostomlátky. So hatte es mich schon damals und auch zwanzig Jahre später noch gelockt, zu gehen, nur zu gehen, immer dem nach, was hinter dem Horizont war. Bis ich hinkam, bis ich mit dem Fahrrad nach Hamburg fuhr. Heute aber reizen mich die Horizonte nicht mehr, ich bin dort glücklich, wo ich bin, ich bin glücklich, daß ich überhaupt bin, daß ich mich ein Stückchen weiterschleppe und dabei von diesem und jenem träumen kann, an dieses und jenes denken, ja, ich kann mir sogar schon den Luxus erlauben, an nichts und deshalb an alles zu denken. So schreite ich durch die unergründliche, glitzernde Dämmerung, der Schnee knackt unter meinen Stiefeln, der tiefe gefrorene Schnee, mir ist, als zertrete ich die Fenster eines Treibhauses, eigentlich ist mir erst nach diesem Unfall klargeworden, daß ich bis zu dem Augenblick, da ich mit neunzig Stundenkilometern gegen den Lieferwagen geprallt war, daß ich bis zu diesem Augenblick nicht geglaubt, sondern angenommen hatte, daß die anderen, daß die Menschen alle weit klüger waren als ich, weit moralischer als ich, weit schöner als ich, weit ... daß alles an den Menschen vollkommener war als an mir, daß alle ein Perlchen am Seelengrunde hatten, während ich seit Kindesbeinen ein Schuldgefühl besaß, ja, seit Kindesbeinen hatte ich ein Schuldgefühl, sogar in meiner Kindheit war das so, ich guckte die Leute an, ein paar fremde Opas, die Fahrrad fuhren, und als ich sie anblickte, stiegen sie vom Rad und verpaßten mir eine mächtige Ohrfeige, dann spuckten sie aus, saßen mit ungeheurer Genugtuung wieder auf und fuhren weiter, während ich mir die Backe hielt und nach Hause oder in die Schule ging und mich schämte, etwas verbrochen zu haben, das so schrecklich war, daß die fremden Männer mir das Verbrechen von meinem frechen Gesicht abgelesen und mich eigenhändig bestraft hatten, vielleicht kriegte ich die Ohrfeigen, um mich zu besinnen, solange noch Zeit war, vielleicht hatte ich die Ohrfeigen à conto meiner Katzen und Katzenkinder gekriegt. Wahrscheinlich bin ich deshalb als Knabe und später als junger Mann immerzu weggelaufen, ausgerissen, habe ich deshalb immerfort den Horizont erreichen wollen, um mich dahinter zu verstecken, obwohl ich immer nur feststellte, daß sich auf der Grenzscheide ein neuer Horizont auftat und daß ich wieder zu einer Horizontlinie rennen und fliehen mußte, die unablässig vor mir zurückwich, ohne Unterlaß, bis sich der ganze Horizont heute, hier, da ich an dem zugefrorenen Fluß entlanggehe, auf allen Seiten umstülpt und seine Linien durch mich hindurchschickt, einen Schnittpunkt bilden läßt, der mich nicht berührt, sondern wie ein Bumerang in meine Hand und zu meinen Füßen zurückkehrt. Der Schnee knirscht unter meinen Stiefeln, unter meinen Gummiabsätzen, die im zerstampften Schnee hinter mir, wenn ich mich umdrehe, die Abdrücke eines großen Akazienblattes hinterlassen. Erneut wende ich mich um und sehe die Abdrücke, die ich in der durchbrochenen Schneekruste hinterlasse, als sei ich in eine Torte mit Zuckerguß getreten ... Als man mich aus dem Nymburker Krankenhaus entlassen hatte, nach einer Woche, war ich sofort in das Wirtshaus Zum Tiger gegangen, denn mein Vorbild war Niki Lauda, der fünf Wochen später, nachdem er beinahe mitsamt seinem Rennauto verbrannt war, schon wieder in seinem Formel-Eins-Wagen saß, als sei nichts geschehen. Und im Tiger traf ich Ondříček, Herrn Formans Kameramann, ich erinnerte ihn unter großem Gelächter daran, wie es ihm, Herrn Ondříček, vor fünfzehn Jahren ergangen war, als er den Geburtstag seines Sohnes feierte und mit einem Kumpel an eine Mauer raste und sich lebensgefährlich verletzte, als er sich aber wieder aufrappelte und sich das Gesicht zusammennähen ließ ... Und Herr Ondříček hatte mir die Nähte im Gesicht gezeigt und unter großem Gelächter hinzugefügt: Wissen Sie, daß man mir noch letzte Woche über der Augenbraue ein Glassplitterchen aus der Haut rausgenommen hat? So ging ich nun am zugefrorenen Fluß entlang und ließ den Blick über den Fluß schweifen, über dem noch das Rot des Sonnenuntergangs lag, und wollte meinen Augen nicht trauen. Ich guckte einmal, ich guckte zweimal, und tatsächlich, da, ein paar Meter neben dem zerknickten Schilf saß ein lebender Schwan. Ich erschrak, denn wenn der Wind in der Nacht erneut von Norden kam und die Temperatur, dem Himmel nach zu schließen, auf fünfzehn bis zwanzig Grad unter Null sank, fürchtete ich, der Schwan könne anfrieren. Ich stieg bis zum Schilf hinunter und sah mir den schönen Vogel an, ja, es war ein Schwan, er hatte einen schönen Hals, doch seine Augen sprühten vor Zorn, weil ich gekommen war, weil ich ihn anschaute, ich sah, wie der Schnee über den gefrorenen Fluß stiemte, er hatte die Farbe gemahlenen Zimts, und der lockere Schnee drängte sich um den Schwan wie kleine Wellen und Wasserschaum und Treibeis um fahrende Schiffe. Und was ich befürchtet hatte, war eingetreten, der Schwan war bereits festgefroren, der Schwan drei Meter vom Ufer, der Schwan fast in Reichweite. Und weil ich Angst hatte, das Eis könne unter mir einbrechen, legte ich mich ganz langsam mit meinen gebrochenen Rippen hin, wie ich es beim Militär gelernt hatte, die Ellbogen angezogen, so lag ich bäuchlings auf der gefrorenen Decke des Flusses, der zimtene Schnee trieb mir in die Augen, ich arbeitete mich auf den Ellbogen weiter vor und streckte die Hand nach dem Schwan aus. Der beugte den Nacken, seine Augen waren noch feindseliger, dann hackte er mir kräftig auf die Hand und zischte mich an, doch ich packte ihn, obwohl mir das Blut über den Handrükken lief, riß ihn mit beiden Händen an den Flügeln hoch, doch der Schwan war schon festgefroren, wieder hackte er mir in die Hand, und das war wie ein Beilhieb. Ich wußte, wenn ich so nahe an den Schwan herankäme, daß ich mich über ihn beugen könnte, dann stieße er mir den Schnabel wie ein schweres Messer zwischen die Augen, dann bräche er sich lieber die Beine, die im Eis eingefroren waren, ja, lieber bräche er sie sich ab ... Außerdem befand sich dicht neben dem Schwan die Flußströmung, ein Loch in der Eisfläche, nicht größer als ein Kahn, als ein Fensterchen ... und darin gurgelte das schwarze Wasser des Flusses, kräuselten sich die Wellen, und das machte mir Angst. Angst machte mir aber vor allem die Kraft der Schwanenflügel, denn ich hatte einmal einen Schwan mit beiden Händen um den Leib gefaßt und dabei von seinen Schwingen einen solchen Hieb gegen den Kopf bekommen, daß ich ohnmächtig geworden war ... Also rutschte ich auf meinen gebrochenen Rippen zum Ufer zurück, meine Hand blutete, voll Bewunderung blickte ich auf den Schwan, dachte erfreut, vielleicht wird es Tauwetter geben, vielleicht wird die Sonne so sehr scheinen, daß der Schnee und das Eis unter dem Schwan wegschmelzen, dann käme ich bestimmt her, um nachzusehen, doch dann wäre der Schwan schon weg. Als ich ans Ufer krabbelte, sah ich auf der Böschung, wie vom Himmel gefallen, einen Ast liegen, ich hob ihn auf und ging ans Ufer zurück, zu dem zerknickten Schilf, und bemühte mich, den Schwan zu befreien, doch erst der Ast machte mir deutlich, was mir passiert wäre: Mit kräftigen Schnabelhieben zerhackte der Schwan die Rinde, die nach allen Seiten flog, zischend zerspellte er den Ast und riß ihn mir mit einer kraftvollen Bewegung seines Halses aus der Hand und schleuderte ihn beiseite, obwohl er selber immer noch fest angefroren war, dann wandte er seine zornfunkelnden Augen von mir ab und plusterte sein Gefieder, bewegte den Stietz, glättete sich mit dem Schnabel und zupfte sich zurecht, ich ging fort und drehte mich immer wieder um, fasziniert von seiner Erscheinung, und er ordnete im matten Widerschein des Abendhimmels sein Gefieder und strich es sich mit Hals und Köpfchen und Schnabel fest an den Leib, der Schnabel war jetzt sein Kamm, obwohl er eben noch eher einer Gartenschere geglichen hatte. So ging ich zurück und trat in die Fußstapfen, die ich mit meinen Stiefeln gemacht hatte, als ich zu diesem Schwan gegangen war, der sich weigerte, von mir unterstützt, von mir befreit, von mir nach Hause getragen und dort gefüttert zu werden, bis das Frühjahr käme oder bis er mich von selbst verließe oder auf- und davonflöge. Und während ich heimging, während meine gebrochenen Rippen wieder zu schmerzen anfingen, als hätte ich sie mir erneut gebrochen, da begann es mir zu dämmern, da begann gegen meinen Willen in mir wieder der

Gedanke zu bohren, daß die Geschichte mit dem Schwan nicht von ungefähr kam, daß meine ermordeten Katzen die ganze Sache eingefädelt hatten, daß es mein Schicksal war, das den Schwan dort hingesetzt und veranlaßt hatte, sich nicht von mir retten zu lassen, etwas, das von außen auf den Menschen zukommt, das Bestandteil, Fragment einer Botschaft von anderswo ist. Und nachdem ich es fertiggebracht habe, ein paar Katzen totzuschlagen, die voll Leidenschaft nur den einen Wunsch gehegt hatten, mit mir auf der Welt zu sein, ist es genau dieser Schwan, dem ich helfen wollte, zu leben und auf der Welt zu sein, genau dieser Schwan opfert sich, er wird lieber sterben, wird sterben nur, um mir eins zu beweisen, nicht etwa, daß das Gegenteil von allem die Wahrheit ist, sondern umgekehrt: daß das Gegenteil von allem nicht die Wahrheit ist und daß wiederum ich so schuldig bin, wie ich es mit meinem ganzen Leben war, selbst wenn ich nicht gewußt hatte, warum und weswegen. Ich taumelte nach Hause, im Wald war es schon so dunkel, daß ich mich nur nach der Schneise zwischen den Baumkronen über dem Weg richtete ... Und daheim hockte ich wieder wie ein nasser Sack auf dem Stuhl, die drei Kater bemühten sich, mich aufzuheitern, sie neckten sich, benahmen sich, als sei ihre meschugge Stunde gekommen, sie schlugen Purzelbäume, stemmten sich einer wie der andere gegen meine Schultern und blickten mir in die Augen, doch ich verging vor Gewissensbissen, weil ich den Schwan nicht gegen seinen Willen befreit hatte, einfach so, um ein reines Gewissen zu haben. Ich schluckte Schlaftabletten, wachte aber alle halbe Stunde auf, blickte auf die Uhr und konnte es nicht erwarten, bis der Tag graute, um mich mit einer kleinen Leiter wieder auf den Weg zu machen, wie man Kinder rettet, die im Teich eingebrochen sind, wollte ich die Leiter auslegen und darüber zu meinem Schwan gelangen, aus dem Schuppen hatte ich mir Lederhandschuhe geholt, damit er mir nicht die Hand zerbiß ... Dabei dachte ich an den Abend, als ich mit Herrn Ondříček, Herrn Formans Kameramann, zusammengesessen hatte, der mit dem Auto gegen eine Hauswand gerast war, nachdem er den Geburtstag seines Söhnchens gefeiert hatte, und plötzlich kam mir die Frau in den Sinn, die sich zu uns gesetzt hatte, damals, am siebten Tag nach meinem Unfall, es regnete, sie trug einen Mantel aus Kunstleder und ein ebensolches Hütchen und hatte zwei weiße Krücken, sie war geschminkt, ihr Regenschirm tropfte, und dann trank sie mit uns Bier um Bier, sie kannte alle Mannschaften von Sparta und Slávia in den letzten fünfzig Jahren auswendig und sagte unversehens, nur zu mir, wobei sie ihre lackierten Nägel auf meinen Ärmel legte: Jetzt sag' ich Ihnen was, Sie können es aufschreiben und sich sofort einen Vorschuß im Schriftstellerverlag abholen ... Ich war schon als Dreijährige ein Sparta-Fan, Papa, mein Papa nahm mich immer mit, und jetzt stellen Sie sich vor, ich war siebzehn, wir hatten das Protektorat, das Land war okkupiert, das wissen Sie selber, und ich ging zu meiner Loge, die Papa und ich zusammen hatten, und als ich in die Loge kam, das Spiel war ausverkauft, ich wartete nur auf Papa, da kam ein Angestellter und sagte, Fräulein, einen Moment ... und in die Loge trat der König der Komiker persönlich, Vlasta Burian, der König der Komiker, und er sagte zu mir, ich hätte in dieser Loge leider nichts mehr zu suchen, denn mein Papa, wie er in den Nachrichten gelesen habe, wäre leider hingerichtet worden, weil er das Attentat auf den Reichsprotektor Herrn Heydrich gebilligt habe, deshalb könne er mir nur ein Billett für einen Stehplatz geben, und wenn ich dabliebe, hätte das unübersehbare Folgen für den ganzen Club, denn wer den Tod des Herrn Protektors gutgeheißen habe und deswegen hingerichtet worden sei, der habe sich vom Volke abgesetzt ... Und ich bin aufgestanden und hab' geweint, und als ich mich zum Ausgang durchdrängte, kam mir der Vojta Bradáč entgegen und der Tonda und der Ludvík, der jüngste Bradáč, und sie breiteten die Arme aus und umarmten mich, weil sie mich gern hatten, und warum heulst du? Da hab ich's ihnen erzählt, und Vojta und Tonda schrien los, wenn du nicht in einer Loge sitzt, dann spielen wir auch nicht ... Hör zu, Ludvík, du erledigst das, du bringst sie in die Slávia-Loge ... Und so haben sie mich mitgenommen, und ich hab' nicht auf das Fußballspiel geguckt, ich hab' auf die Erde geguckt, auf die Kippen und Streichhölzer und Bierbecher und hab' geweint ... Darüber schreiben Sie, und wenn Sie das in der Redaktion des Schriftstellerverlags erzählen, können Sie sich gleich den Vorschuß abholen, weil auch Sie unser König der Komiker sind, sagte sie und trank ihr zehntes Bier, und ich trank mehr Bier als sonst ... Immer wieder erzählte ich mir diese Geschichte neu, die Kater schliefen schon, und ich ging hinaus, nahm mir noch im Dunkeln das Leiterchen, hübsch wie ein Schornsteinfeger, meine Rippen schmerzten nicht, sie hatten keine Zeit zu schmerzen, vielleicht schmerzten sie doch, auch die Prellungen schmerzten, ich aber spürte nichts, denn mich trieb die Schuld, das Gefühl, wieder einmal nicht getan zu haben, was ich hätte tun sollen, und so machte ich mich auf den Weg und betete, mein Schwan möge noch am Leben sein, wenigstens eine Stunde, nachdem ich ihn gerettet habe, er möge leben ... Und so trat ich wieder in die Fußstapfen und ging zu dem Schwan zurück, mir war zumute, als holte ich mir den Vorschuß für die Erzählung ab, die mir die Frau im Tiger geschenkt hatte, ich fiel hin, stürzte mehrmals samt meiner Leiter, und ich, der König der Komiker, ein Schriftsteller, dem die Leute oft närrische und ordinäre Geschichten erzählen und dann unter großem Gelächter hinzufügen, wenn Sie denen sagen, wie wir die Treppe vollgeschissen haben, wie dann ein Fräulein in die elektrische Schreibmaschine gekotzt hat, ja, wenn Sie das im Verlag erzählen, dann kriegen Sie gleich einen Vorschuß ... und ich, der König der Komiker, stand am Ufer, über Nacht hatte es gefrorenen Schnee gestiemt, ich stand in meinen Fußstapfen, die leicht verweht waren, im Osten dämmerte es, und das Land, folgte man der Richtung des Stroms, war in chlorgrünes Licht und in ein Arpeggio in Rosa getaucht, und als ich zu der Stelle hinsah, an der sich gestern abend der Schwan befunden hatte, da schien mir, als sei er nicht mehr da, ich begann zu lachen, hob den Kopf und trompetete zum frostigen Himmel hinauf mein Glück, daß dieser schöne Vogel, der in England allein der Königin gehörte, weshalb jeder, der ihm etwas antut, von der Königin selbst verklagt wird, daß dieser Vogel sich gerettet und das furchtbare Schuldgefühl von mir genommen habe ... doch als die Sonne dann über dem zugefrorenen Fluß höherstieg, sah ich dort, drei Meter vom Ufer entfernt, ein zartes Häufchen Schnee, und als ich genauer hinblickte, erkannte ich unter dem Schnee meinen Schwan, der, noch ehe ihm das Herz gefror, seinen Hals harmonisch zu krümmen und den Schnabel unter den Flügel zu stecken vermocht hatte. Unter dem angewehten Schnee begraben, lag er wie eine wunderschöne Statue da, und mir erstarrte das Herz bei diesem Anblick, sein Hals und sein unter dem gebauschten Flügel verborgener Schnabel bildeten einen Bogen, eine mystische Union, wie menschliche Finger sich zum Gebet verschränken, so hatte sich der ganze Schwan zum Kreis geschlossen, wie die ewige Wiederkehr des Gleichen, der Schwan, der sich gestern geweigert hatte, von mir gerettet, aus dem Eis befreit zu werden, an dem er mit seinem Gefieder angewachsen und festgefroren war ... Ich legte das Leiterchen aufs Eis, bis dicht vor den Vogel, als sei die Leiter nach Maß angefertigt, und schob mich so, ganz langsam, im Liegen, zu dem Schwan hin. Und wie ich es in meiner Prager Wohnung mache, bevor ich gehe, wo ich dreimal überprüfe, ob ich den Gasheizer abgestellt habe, dreimal, ob das Licht im Bad und in der Toilette aus ist, dreimal, ob ich abgeschlossen habe, um noch einmal zurückzugehen und alles ein viertesmal zu kontrollieren ... obwohl ich also sah, daß da vor mir nichts anderes liegen konnte als mein Schwan, scharrte ich dennoch mit fliegender Hand den Schnee weg, ich sah seine geplusterten Flügel, scharrte aber weiter, und ja, das war sein Hals ... und als ich mich wie ein Faultier zurückgehangelt hatte, ohne nach meinem Unfall auch nur den geringsten Schmerz zu spüren, allein das Herz tat mir weh, da hangelte ich mich vom Ufer wieder zu dem Schwan hin und versuchte ihn noch einmal und noch einmal beharrlich freizuscharren, den schneeverwehten Prinzen, der sich vielleicht eigens für mich präsentierte, für meine Augen, bis ich in den dunklen Morgen hinausschrie, von der bitteren Erkenntnis beseelt, daß ich mir als König der tschechischen Komiker für diese Geschichte einen Vorschuß abholen könne, doch nicht mehr im Schriftstellerverlag, sondern gleich in der Zentrale des Todes, in der Hölle, wo ich in meinen eigenen Gewissensbissen und im Gefühl der Schuld und Schande zu schmoren habe, das mich bis in alle Ewigkeit heimsuchen wird ... bis tief ins Herz der unabsehbaren Folgen ...

Leitfaden für den Baflerlehrling

Ich bin ein Verehrer der Sonne in Gartenrestaurants, ein Trinker des sich im feuchten Pflaster spiegelnden Mondes, ich gehe aufrecht und gerade, während sich meine Frau daheim, obwohl stocknüchtern, Fehler erlaubt und taumelt, die humorige Deutung des heraklitschen Panta rhei rinnt mir durch die Kehle, und jede Kneipenrunde auf der Welt ist ein Rudel Hirsche, die sich mit dem Geweih ihres Gesprächs ineinander verhakt haben, die große Aufschrift Memento mori, die aus den Dingen und menschlichen Schicksalen weht, sie ist ein Grund zum Trinken sub specie aeternitatis, deshalb bin ich ein Dogmatiker in fluidem Zustand, die Theorie von Schilf und Eiche ist für mich die treibende Kraft, ich bin ein erschrockener menschlicher Aufschrei, den eine Schneeflocke zusammenbrechen läßt, immerfort bin ich in Eile, um zwei, drei Stunden täglich untätig tätig träumen zu können, denn ich weiß wohl, daß das menschliche Leben vergeht, wie man Karten mischt, daß es vielleicht besser wäre, mich durchzuwaschen, in einem Taschentüchlein wegzuwerfen, zuweilen tue ich so, als schnuppere ich hoffnungsfroh an einer Million, dabei weiß ich genau, daß ich am Ende eine lachende Null gewinne, daß diese ganze Pracht mit einem Samentropfen begann und im Knacken eines Feuers enden wird, so schöne Anfänge und ein so schönes Ende, hinter dem feschen Gesichtchen darf Gevatterchen Tod geliebkost werden, ich gieße die Blumen, wenn es regnet, im glutheißen Juli ziehe ich den Dezemberschlitten hinter mir her, an heißen Sommertagen vertrinke ich, um mich abzukühlen, das Geld für die Kohlen, die mich im Winter wärmen sollen, ewig habe ich Angst, die Leute könnten keine Angst haben, so kurz dieses Leben ist, so gering ist die Zeit für Trunkenheit und Narretei, solange noch Zeit dafür ist, den Vormittagskater erlebe ich nicht als Muster ohne Wert, sondern als das Absolutum eines poetischen Traumas mit einem Hauch von Schwachsinn, der unbedingt als heiliger Gallenanfall auszukosten ist, ich bin ein

belaubter Baum voll aufmerksamer und lächelnder Augen, die
stets im Stande der Gnade und der gekoppelten Achsen von
Zufällen und Mißgeschicken sind, welche Lust, dieses junge
Geäst am alten Stamm, das Lachen des kaum geborenen Laubs,
mein Klima ist das wechselhafte Aprilwetter, das begossene
Tischtuch ist mein Panier, in dessen gewelltem Schatten ich
nicht nur diese fröhliche Euphorie erlebe, sondern auch diesen
Schlupf der Totenauferstehung, diesen dumpfen Nacken-
schmerz, dieses grauenhafte Händezittern, mit den eigenen
Zähnen ziehe ich mir zerschlagene Scherben und die Überreste
der gestrigen tollen Nacht aus den Pratzen, jeden Morgen wundere ich mich, daß ich immer noch nicht tot bin, dauernd bin
ich im Verzug, weil ich eher krepiere, als nach eigenem Gusto
verrückt zu werden, für mich bin ich kein Rosenkranz, sondern das Glied einer zerrissenen Kette des Lachens, das spröde-
ste Samenkorn einer Pimpernuß bestimmt die Stärke meiner
verschwenderischen Imagination, in mir ist etwas Kastriertes,
etwas, das zugleich da ist und zugleich in die Vergangenheit
zurückweicht, um im Bogen in die Zukunft katapultiert zu
werden, die sodann immerfort vor meinen gierigen Lippen und
Augen zurückzuckt, was mich mit dem doppelten Blick eines is-
ländischen Kalksteins schielen läßt, heute ist gestern und ist vor
allem übermorgen, deshalb bin ich ein Verfasser überstürzter
synthetischer Urteile, ein Abschmecker und Vorkoster ge-
panschten Rums, die Sklerose und die Demenz und das kindli-
che Quietschen betrachte ich als Beginn möglicher Entdeckun-
gen, durch Verspieltheit und Spiel verwandle ich das Tränental
in Lachen, ich verwünsche die Wirklichkeit, und sie gibt mir
nicht immer ein Zeichen, ich bin ein scheues Reh auf der Lich-
tung frecher Erwartung, ich bin eine feste Glocke, zerborsten
unter dem Blitz der Erwartung, der Objektivität der Natur und
der Gesellschaftswissenschaften, ich bin ein negativer Genius,
ein Wilderer in den Gehegen der Sprache, ich bin ein Heger der
humorigen Inspiration, ein vereidigter Wächter auf den Fluren
anonymer Anekdoten, ein Meuchler guter Einfälle, ein Teich-

meister an den zweifelhaften Fischkästen der Spontaneität, ein
Heroe des denkenden Unverstands, ein überstürzter und ver-
frühter Kreuzherr der Parallelen, der eine mit der Butter des
Unendlichen bestrichene Schnitte essen will, der die Sahne der
Ewigkeit gleich jetzt und sofort und niemals sonst aus einem
Halbliterseidel trinken möchte, die fehlerhafte Auslegung der
Worte Christi betrachte ich als das Reizvolle der apostolischen
Texte, der Eisbruch an den Ufern eines winterlichen Baches, an
dem man sich verletzen kann, ist meine Zier, ich bin die De-
pression und die Schwermut und das Down, die Vorbereitung
auf den Sprung mit dem Kopf gegen die Wand ist der ständig
hinausgeschobene Versuch, anders zu leben, als ich bislang gelebt habe, ich bin ein Neurastheniker, der sich unbändiger Gesundheit erfreut, ein Schlafloser, der nur in der Straßenbahn
einschlummert und sich bis zur Endstation fahren läßt, ich bin
die große Gegenwart der kleinen Erwartungen und der erwar-
teten großen Krackser und Kiekser, am grotesken Horizont
blinken mir weitere Horizonte winziger Provokationen und
Miniaturskandale, ich bin deshalb ein Clown, ein Anreißer, ein
Erzähler und Hauslehrer ebensogut wie der Rausschmeißer
meiner selbst, ein Denunziant, ein Verfasser von Drohbriefen,
wertlose Nachrichten halte ich für die Präambel meiner Verfas-
sung, die ich unablässig ändere, mit der ich nie fertig werden
kann, im Plan eines leicht skizzierten Schattens erblicke ich einen gigantischen Bau, obwohl dieser ein längst eingefallenes
Kindergräblein ist, ich bin ein jugendschwangerer alternder
Herr, Mimik und Sprache sind die bewegliche Grammatik des
inneren Jargons, warmer Hackbraten und ein Glas kühles La-
gerbier beweisen mir nach einer halben Stunde die Transsub-
stantiierung der Materie in gute Laune, eine billige Metamor-
phose das erste Wunder auf der Welt, eine auf eines Freundes
Schulter gelegte Hand ist mir die Klinke, mit der man die Tür
zur Glückseligkeit öffnet, wo jeder geliebte Gegenstand der
Mittelpunkt des Paradiesgartens ist, Kannibalismus auf trocke-
nem Wege ohne Priester und Abitur, die traurigen Kuhaugen,

die sich neugierig über die Seitenbretter der Lastautos recken, das sind meine Augen, die minderjährige Färse, derer mit blitzenden Messer die Schlächter harren, das bin ich, die Meise, die an einem frostigen Frühabend mit ausgerenkten Flügeln in einen Eimer kaltes Wasser gepumpt wird, das bin ich, die Flamme, in welche die treuen Wespen zurückkehren, um nebst ihren Gefährten im lodernden Nest zu verbrennen, das skizziert mir zur Genüge die exakte Idee einer brennenden Honigwabe, die allein für mich vorbereitet ist, ich bin also korrespondierendes Mitglied der Bafel-Akademie, Hörer am Katheder für Euphorie, mein Gott ist Dionysos, der betrunkene, liebenswerte Jüngling, die menschgewordene Fröhlichkeit, Kirchenvater ist der ironische Sokrates, der sich geduldig mit jedermann ins Gespräch einläßt, um ihn mit der Zunge und an der Zunge bis an den äußersten Rand des Nichtwissens zu leiten, erstgeborener Sohn ist Jaroslav Hašek, Erfinder der Wirtshausgeschichte und genialer Lebenskünstler und Schreiber, der die prosaischen Himmel durch Menschlichkeit volksnah machte und das Schreiben den anderen überließ, und mit keiner Wimper zuckend, starre ich in die blauen Pupillen dieser heiligen Dreifaltigkeit, ohne den Gipfel der Leere zu erreichen, den Rausch ohne Alkohol, die Bildung ohne Wissen, ich bin ein am Lachen verbluteter Stier, dem man das Gehirn wie Speiseeis auslöffelt.

Herr Ober, wäre da nicht noch ein kleines Gulasch?

P. S.

Wenn ich diesen Text analysiere, den ich binnen fünf Stunden in den unregelmäßigen Pausen zwischen Holzhacken und Rasenmähen geschrieben habe, diesen Text, der den verlangsamten Puls einer vertikalen Axt und des horizontalen Schnitts einer österreichischen Säge hat, dann muß ich unterscheiden zwischen den Sätzen, die als Summe der inneren Erfahrung entstanden sind, und denen, die ich durch Lesen erworben habe. Ich muß die Autoren nennen und deren Sätze, die mich, seit ich sie gelesen habe, so faszinieren, daß ich bedaure, nicht von selbst darauf gekommen zu sein. »Ich sehe mich nicht als Rosenkranz, sondern als Glied einer zerrissenen Kette« ist die umgekehrte Variante von Nietzsches »Ich bin nicht das Kettenglied, sondern die Kette selbst«. »Jeder geliebte Gegenstand ist der Mittelpunkt eines Paradieses« ist wörtlich Novalis. »Dionysos, die menschgewordene Fröhlichkeit« ist Herder. Und das ist alles.

Ein Dandy im Schlosseranzug

Vladimír konnte sich in das Material verwandeln, das verwundet ist, konnte aber auch zum Werkzeug werden, das verwundet, er konnte ein arbeitender Explosionsmotor sein, konnte nicht nur Wasser sein, das in ein Turbinenrad stürzte, sondern zugleich auch die Turbine, lange stand er vor einem werkelnden Betonmischer und rüttelte sich selbst in Form flüssigen Mörtels in die bereitgestellte Mulde, Verkehrszeichen erlebte er als reale Situation auf der Fernstraße und sah jeden Entwurf eines Bauplans augenblicklich als fertigen Bau, jeden Pflänzling vermochte er kraft seiner Phantasie zur Blüte und die Blüte zur Frucht zu bringen, jede Explosion konnte er so erleben, daß er das Bewußtsein verlor. Vladimír zuzusehen, wenn er mit Kindern spielte, war ein Erlebnis. Seine Verwandlungen in das Kind, mit dem er sprach, mit dem er spielte, denn wie ein Kind, so konnte auch Vladimír jedes gefundene Steinchen, eine Handvoll Sand, ein paar Blätter, all das vermochte Vladimír in Richtung Phantasie lebendig zu machen, alle von Vladimír gefundenen Gegenstände wurden in seinen behutsamen Fingern zu wertvollen Briefmarken, zur Juwelierware, zum Sprengstoff, seine Fabrik war für ihn deshalb eine Nationalgalerie, als Depositenkammer der kostbarsten Bullen und Urkunden, der Schatz in den Kellergewölben der Staatsbank, botanischer Garten und Nationalmuseum. Schritt er durch die Halle seiner Fabrik, dann ging mit ihm die Weltgeschichte aller bildenden Künste, dann hörte er die stärksten Sinfonien, dann bewegte er sich durch die Fabrik wie ein Hipster-Engel, wie ein Dharma-Landstreicher, der jedoch den kaputten Schlosseranzug so stolz wie ein Brumlover Dandy seine eleganten und modischen Kleider zu tragen wußte, jeder Gegenstand, der in irgendeiner Ecke der Fabrik herumlag, war für Vladimír ein Fortsetzungsroman, er kehrte den Staub von den Balken und Kisten der Fabrik wie ein Goldschmied, der bei der Bearbeitung eines Ringes oder goldener Broschen den Goldstaub in der Schürze auffängt, die offene Tür seiner Werkstatt verwandelte sich in das offene Tor zu einem Paradies, in dem Vladimír nie etwas zu verändern wünschte, alles, was er in der Fabrik sah, alles glitzerte in seiner Vorstellung, war von Mondesglanz übergossen, von magischem Schimmer, der sämtliche Maschinen und sämtliche Werkzeuge und überhaupt alles, was im Bereich seiner Augen lag, mit Quecksilber überzog.

Vladimír wollte also nicht ein bloßes Abbild, ein Spiegelbild seiner Fabrik liefern, auch keine Selbstbetrachtung, nicht zeigen, wie auch die anderen arbeiteten, sondern bemühte sich, selbst zur Fabrik zu werden, zur Arbeit zu werden, einzufließen in die Arbeitsvorgänge und dabei jeweils alles durchzumachen, was das Material und die Werkzeuge durchmachten, worunter seine Dural- und Kupfermatrizen litten, welche Farben das erhitzte Metall verzierten, wenn es von Schmetterlingsrot zu hellem Blau abkühlte, wie die Farbstruktur von Hammerschlag und azetylengeschweißten Platten war, und sich schließlich selbst samt der Matrize durch die Handpresse zu zwängen, wie Bettwäsche durch die Mangel, um seinen dreidimensionalen Leib in ein zweidimensionales graphisches Blatt umzuwandeln, um in die eindimensionale Zeile seines Tagebuchs schreiben zu können: Ich bin, wer ich bin.

Ich denke an einen Tag in jenem Jahr zweiundfünfzig, an dem Onkel Pepin und Vladimír mich besuchten, wir kauften uns zwei Tüten mit Hörnchen und machten uns auf, Herrn Fišer zu besuchen, mit dem ich immer nach Kladno gefahren war und dem es in der Hütte so gefallen hatte, daß er vom Brigademitglied zum Hüttenarbeiter geworden war und der seine Freizeit in Herrn Vic' Wirtshaus Zu Karl dem Vierten absaß, wo er zusammen mit seiner Frau sein Bier trank. Vladimír war guter Laune, wir saßen am Tisch, und Vladimír erzählte von seinem Explosionalismus, Onkel Pepin hielt Vladimírs Hand, schluchzte und erwehrte sich nicht der Tränenbäche, denn Vladimír war für Pepin so etwas wie ein Mozart und ein Goethe, wie der Sinfoniker István, der vor Kummer darüber, daß ihm die Noten zu seiner Komposition fehlten, den Kronleuchter runtergerissen hatte. Und wir tranken Bier um Bier und knabberten dazu die Hörnchen, der Wirt Herr Vic, von weißen Haaren umwallt und vielleicht deshalb Weißer Jude genannt, schaffte weitere Biere herbei und lauschte dem Gespräch und dem ungezügelten Frohsinn. Und Vladimír, als er sah, daß der Wirt und Herr Fišer und dessen Frau ihm zuhörten, zog, vielleicht um den schlagenden Beweis zu liefern, daß er ein Künstler war, daß er ein Zeichner war, sein Skizzenbuch aus der Aktenmappe, und schon verstummten auch die anderen Tische, die Gäste erhoben sich und sahen über die Schultern unseres Tisches zu, wie Vladimír rasch die Porträts von Herrn Fišer und seiner Frau zeichnete, Onkel Pepin rief begeistert aus, ja hätte Vladimír das Glück gehabt und wie Strauß zu Zeiten von Kaiser Franz Joseph gelebt, dann hätte sich der Kaiser mit Vladimír angefreundet, sogar nach Schönbrunn hätte er ihn mitgenommen und ihn um die Schultern gefaßt und auf den Balkon geführt und ganz Wien zugerufen, das erschienen wäre, um dem Kaiser anläßlich seines Geburtstages zu huldigen: Das da ist der Kaiser, nicht ich, hier, der Vladimír ist der Kaiser… Und der Onkel weinte, ohne sich die Tränen abzuwischen, und Vladimír war in diesem Augenblick der Kaiser im Gasthaus Zu Karl dem Vierten, weil er Herrn Fišer und seine Frau so genau zu zeichnen vermocht hatte, daß selbst ich weich wurde, ich stellte mir die Zeit vor, da Vladimír nicht mehr imstande sein würde, ja einfach außerstande wäre, ein menschliches Gesicht nach dem lebenden Modell zu zeichnen, und mußte zugeben, daß Vladimír Zeichnungen machte, die auf der Stelle mit einem Passepartout versehen und eingerahmt und an die Wand gehängt werden konnten. Die Sonne ging unter und bestrahlte das verräucherte Lokal, wir tranken weiter das schöne Bier, das Zehngrädige aus Smíchov, der Wirt Herr Vic war geehrt, weil es uns so mundete, er brachte uns einen ganzen Korb Hörnchen, und wir knabberten mit Genuß die Hörnchen, und Vladimír porträtierte mich und dann auch Onkel Pepin, und wieder ging seine Bleistiftzeichnung von Hand zu Hand, und die Gäste fühlten sich geehrt, weil sie einen schönen Maler vor sich sahen, vor allem aber, weil dieser auf der Zeichnung die Züge jedes der mit Bleistift gezeichneten Gesichter getroffen hatte, worauf Onkel Pepin rief, Vladimír müsse nach Nymburk kommen und ihm ein Bild in sieben Farben malen. Und dann wurde das Licht im Lokal angeknipst, und wir alle tranken weiter das Smíchover Zehngrädige, Vladimír strahlte, er spürte alle die bewundernden Blicke der Biertrinker und ging mit Onkel Pepin aufs Pissoir und knöpfte dem Onkel den Hosenschlitz auf, denn Onkel Pepin war so aufgeregt, daß ihm die Hände zitterten. Und dann kassierte der Wirt auch schon ab, seine Tochter wusch die Gläser im Spülbecken und setzte sie umgekehrt auf die immer nasseren Wischtücher, die auf dem Abstelltisch ausgebreitet waren ... Und wieder versuchte Vladimír, Herrn Fišer und dessen Frau zu zeichnen, wie sie lauthals lachten, ja sogar beim Schielen zeichnete er Frau Fišerová, und Onkel Pepin beschloß, zu Ehren dieses schönen Abends etwas zu singen, zuerst sang er mit schauderhafter Stimme: An des Sees Gestade, wo die Nachtigall schlägt ... und dann, nachdem er sich geräuspert hatte, stimmte er die Arie O ihr Linden, o ihr Linden, ooooo ihr Liiinden an ... Onkel Pepins Gebrüll war schauderhaft ... der Wirt und seine Tochter blieben entgeistert stehen, doch als sie sahen, daß Vladimír bei Onkel Pepins herrlichem Gesang zu weinen anfing und dabei den Onkel an den Händen hielt und daß beide sich, als der Onkel sein Gebrüll beendete, unter Tränen ein aufrichtiges Küßchen gaben und in ihrer freundschaftlichen Umarmung verharrten, da bat der Wirt Herrn Fišer mitzukommen, und beide traten in eine Nische und dann in die Wohnung, und wenig später, als die Tochter das Rollo heruntergelassen hatte, kam Herr Vic rücklings ins Lokal und schleppte mit Herrn Fišer das Harmonium aus dem ersten Stock herein. Vladimír stand auf und breitete die Arme aus, er war auf dem Gipfel eines großen Glücks ... Und

Herr Vic, der vom Grauhaar umwallte alte Mann, setzte sich in diesem schwülen Sommer ans Harmonium und begann Advents- und Weihnachtslieder zu Ehren Vladimírs zu spielen, des Künstlers, der hier im Lokal mit seinen Zeichnungen gezeigt hatte, daß er sein Fach verstand ... Herr Fišer legte Vladimír die Hand auf die Schulter und sagte: Der Weiße Jude muß Sie mächtig gern haben, denn auf dem Harmonium spielt er für uns, für uns Stammgäste, nur zu Weihnachten. Onkel Pepin setzte hinzu: Hätte Väterchen Strauß das hier gesehen und gehört, er hätte eine Operette geschrieben, die die Welt erschütterte. Und Herr Vic stand auf, Vladimír reichte ihm eine Zeichnung, auf der er in aller Eile Herrn Vic skizziert hatte, wie er auf dem Harmonium spielte, Herr Vic betrachtete sie mit Kennerblick und sagte: Meine Herren, Sie waren meine Gäste, doch es ist Zeit zum Schlafengehen, morgen früh will ich die Leitungen reinigen ... Er gab mit dem Kinn ein Zeichen, Herr Fišer erhob sich, und das vorsichtig von vier Händen getragene Harmonium verschwand in der Nische. Aus der Küche kam die Tochter des Herrn Wirts mit einem Topf voll heißem Wasser, sie streute Soda hinein und spülte unter gewaltigem Geplätscher sämtliche Gläser noch einmal. Dampf stieg aus dem Topf und vermengte sich über ihrem feuchten Haar, es war still, und wir alle betrachteten die Tochter des Herrn Wirts wie eine Fata Morgana, die Glas neben Glas, die Füße nach oben, auf die feuchten Geschirrtücher setzte, die den Klang des Glases dämpften. Vladimír stand auf, taumelte, starrte auf die glitzernden Gläser, berührte die Gläser zärtlich mit den Fingern, fuhr mit einem Finger an der Zinnkante des Schanktischs entlang, und als er die Tochter des Herrn Wirts ansah, die schon in den Jahren war, hob sie den Blick und schaute Vladimír an, und so standen sie sich gegenüber wie zwei austarierte Waagenzünglein, Vladimír entnahm der Aktentasche sein explosionalistisches Manifest und ein paar graphische Blätter und drückte sie der Tochter des Herrn Wirts in die feuchte Hand, dann suchten sich Herr Fišer und seine Frau aus den Zeichnungen

die Konterfeis aus, die sie für die besten hielten, die übrigen
Zeichnungen schenkte Vladimír mir, nachdem er sie mit Da-
tum und Unterschrift versehen hatte. Und ich war Zeuge dafür, wie Vladimír sein Fach verstand... Und schon war es
höchste Zeit, daß wir zum Hintereingang in die von den Stra-
ßenlaternen, vom Licht der rasselnden Straßenbahnen, der Au-
toscheinwerfer zerstückelte Dunkelheit hinaustraten. Wir ver-
abschiedeten uns erst gar nicht, wir hatten keine Zeit, dem Ehe-
paar Fišer auf Wiedersehen zu sagen, denn wir torkelten bergab
zum Rokytka-Bach, gingen dann durch den Hausflur der
Damm-Gasse, wo wir uns alle drei an der einen wie der anderen
Wand, an der abgebröckelten und feuchten Wand die Jackenär-
mel beschmierten, bis wir in meine Wohnung traten und uns
einen Kaffee kochten, während Onkel Pepin mit ausgebreiteten Beinen und Armen auf dem Rücken lag und zur Decke
spuckte. Vladimír beugte sich über ihn, nahm seine Hand und
fühlte ihm den Puls. Wie geht es Ihnen, Onkelchen Pepin?
fragte er. Onkel Pepin blieb auf dem Rücken liegen, schnaufte
und lächelte... Wieder einmal haben wir ruhmreich gesiegt,
nicht wahr? sagte er. Wie geht es Ihnen? erkundigte sich der
besorgte Vladimír noch einmal. Mir fahren Schnellzüge im
Kopf herum, sagte Pepin, und ich legte die verbliebenen sechs
Zeichnungen gleich Patiencekarten auf dem Tisch aus... Onkel Pepin spuckte immer noch zur Decke, und Vladimír fühlte
ihm den Puls und erstarrte. Soll ich nicht doch lieber zu Doktor
Adam laufen? Aber Onkel Pepin winkte ab. Was macht das
schon! sagte er, schade, daß Kaiser Franz Joseph nicht mit bei
Karl dem Vierten war, der hätte den Wirt in den Adelsstand
erhoben und ihm den Goldenen Adlerorden verliehen...

Vladimír war ein Künstler und Mensch, der jeden Tag für sich
allein eine ernsthafte Abrechnung mit seiner Moral vornahm.
Genauso wie er an einem Tag sein ganzes Geld auf den Kopf
hauen konnte, um sich zuletzt die fünfzig Heller für die Straßenbahn zu pumpen, so vermochte er seine Emotionen, seine

verdrängten Wünsche nicht zu unterdrücken. Er konnte sich den Luxus unterdrückter Verzückungen nicht leisten. Mit seiner ganzen Persönlichkeit mußte er alles, was er gegen die Gesellschaft und gegen sich selbst hatte, schnellstens in Bewegung setzen, um sich zu läutern, um sich zu heilen, um ohne ein Gefühl der Schande und Beleidigung, die ihm die anderen zugefügt hatten, weiterleben zu können. Augenblicklich mußte er sich ins Verhör nehmen, mußte er sich überprüfen, die automatische Sprache verwenden. In diesen Augenblicken großen Überdrucks der moralischen Situationen schnitt er seine Friedensaufrufe in Linoleum, schrieb er die endlosen Briefe, in denen er sich rechtfertigte oder er griff wie ein Besessener an, in diesen Augenblicken mußte er sein Unterbewußtsein entleeren, um rein zu sein. Und in eben diesem Reinigungsprozeß lag sein Adel. Vladimír kannte also den Treppenwitz nicht, der darin bestand, daß man nach dem Gericht, auf der Treppe und später auf dem Heimweg, aussprach, was man im Gerichtssaal hätte sagen sollen. Vladimír mußte alles gleich und jetzt von sich geben. Allerdings glückte das nicht immer. Daher sein großes Geschrei und Gebrüll, daher seine brachialischen Aggressionen. Vladimír brachte es fertig, eine fast zentnerschwere Platte hochzuheben und wie eine Schlagschere zu schwenken, Vladimír brachte es fertig, auf dem Konstanzer Platz, oben im fünften Stock, den schweren gußeisernen Ofen zu packen, damit in den Keller hinunterzulaufen und ihn wieder spielerisch heraufzutragen und an der Stelle abzusetzen, wo er ihn aufgenommen hatte. Deshalb brauchte Vladimír in den Pausen in der Fabrik, auf dem Heimweg von der Arbeit die Schar seiner Lehrlinge, deshalb brauchte er seine Kneipe und den Tisch der Biertrinker, um sich mittels des Gesprächs zu reinigen und in die Nullsituation seiner Moralität zu versetzen. Und deshalb, wenn er vor einer Matrize, vor den Platten aus Duralumin und Kupfer stand, deshalb konnte er seine Arbeit beginnen wie ein Priester die Frühmesse, nachdem er gefastet hatte. Zu vermuten ist, daß Vladimír alles, was er in sich trug, ja das alles in

seinen Fleckchen-Serien ausdrückte, indem er sich ein Finger-
gelenk oder eine Fingerkuppe ritzte und mit seinem Blut asso-
ziative Dekalks, also Abziehbilder, auf Papierstückchen
druckte, um danach mit dem Bleistift die entsprechenden Formen in den passiven Abdrücken nachzutragen und sie auf diese
Weise zu aktivieren, um seine Schicksalszeichen einzufügen,
denn wie man das menschliche Schicksal aus schwarzem Kaf-
feesatz, aus Sand, aus den Kraftlinien der menschlichen Hand
zu lesen vermag, so benutzte Vladimír die aktive Graphik, um
mit den ihm eigenen Ausdrucksmitteln eines Werkzeugma-
chers die Fläche einer Matrize so lange unter dem Blickwinkel
einer bestimmten Ergriffenheit rhythmisch zu verletzen, bis er
den Rest seines Unterbewußtseins in die Matrize hineingespro-
chen hatte, ohne vom Baugesetz der goldenen Schnitte und von
den Gesetzmäßigkeiten der ästhetischen Normen abzurücken.
Erst durch die aktive Graphik fand Vladimír das Geheimnis,
wie man zum Kinde wird, zum Kind, das auf der Schwelle eines
nicht mehr verschlossenen Hauses spielt, bei offener Tür,
durch die man das Wesen der Dinge wie der menschlichen Ereignisse und Schicksale erblickt, ohne von Platos Wort zu wissen, daß allein das bis ans Ende, bis zum Scheitelpunkt ge-
schleppte Individuum das Wesen entdecken kann. Diese aktiv
verwundeten Matrizen, sie waren die schöne Haut auf dem
Rücken der Geliebten und des Liebsten, eine von fünf Fingern,
die den menschlichen Leib umklammert haben, verletzte Haut
auf den Matrizen waren alle Liebeskrämpfe Vladimírs, diese
Duralumin- und Kupferplatten waren aber auch das Laken, in
das sich die Finger eines Menschen, der gestorben, dem Tode
nahe gewesen ist, gekrallt haben, um es zu zerfetzen. Zudem
vermochte Vladimír, der die Struktur der Materialien und Me-
tallwerkzeuge liebte und bis ins letzte kannte, mittels seines
Tastsinnes außer seinem Schicksal auch das Drama festzuhal-
ten, das sich durch das Metall im Metall abspielte. Und mit den
strukturalen Graphiken brachte Vladimír in den dramatischen
Raum außerdem noch die Zeit ein, wenn er Feilsel, Metall-

späne, Fäden, krumme Drahtstückchen aufleimte, so als gäbe
er das, was er der Matrize in den aktiven Graphiken entnommen, was er daraus entfernt hatte, wieder zurück. So entstanden diese anmutigen magnetischen Graphiken, auf denen geo-
metrisch wirbelnde Sedimente aus Stahlspänen um die beiden
Zentren und Fokusse einer Ellipse herum das Sediment der Zeit
bildeten, das Spielerische und Gesetzmäßige dieser ersten Natur, das, wonach Vladimír mit seiner ganzen Graphik auf Dur-
alumin- und Kupferplatten strebte ... ein Organon. Nicht beschriebene Natur, sondern das Bemühen, so vorzugehen, wie
die Natur arbeitet, mit Haufenwolken, mit Schimmelstellen
und Flecken an alten Wänden, mit Rissen eines ausgetrockne-
ten Flußbetts, mit in langer Sommerglut aufgesprungenen
Feldwegen, in deren Spalte die Kinder Briefchen mit ihrem Geheimnis stecken.
Vladimír brauchte nicht erst zu sagen, zu welcher Klasse unserer Gesellschaft er gehörte. Seine erste Kneipe, wenn er in Vy-
socany von der Arbeit kam, war Zur Haltestelle. Übrigens fanden sich hier nach der Vormittagsschicht alle seine Freunde von
der Arbeit zu einem Bier ein, Arbeiter und Lehrjungen, und
hier trank Vladimír, gebadet und gekämmt, sein Zehngrädiges,
für Vladimír existierte kein anderes als das Zehnerbier, das
Zehnrädige, wie er sagte. Hier trank er nur einen Schluck und
ging weiter, nun schon in Begleitung von Freunden, manchmal
schaute er bei Čížek herein, doch am liebsten war er im Kastanienbaum. Hier erneut von seinen Freunden umringt, erzählte
er feierlich von seinem Explosionalismus. Hier schilderte er die
Zartheiten seiner erotischen und sexuellen Vorstellungen, hier
trank er ein Zehngrädiges nach dem anderen, ging auf das
dunkle Pissoir und pinkelte auf die schönen Formen, auf die
Linien, auf die Zeichnungen, auf das Schwefelgelb, in das die
geteerte, ewig benäßte Wand überging.
Genau für diese intime Toilette gewöhnlicher Gaststätten und
Kneipen hatte Vladimír Sinn, hier fand er die Inspiration für
seine aktiven und strukturalen Graphiken, hier fing er im gelö-

sten Gespräch Sätze auf, auf denen er seine Ästhetik errichtete. Hier hatte er auch seine Zuhörer, denn hier war Vladimír ein wahrhaft schöner Mann, hier unterschied er sich von den anderen, doch so sehr sich Vladimír von anderen unterschied, so sehr vermochte er sich Menschen seines Schlages anzugleichen, vermochte er mit den schon Betrunkenen und Bösen Gespräche anzuknüpfen, hier wußte Vladimír die Aufmerksamkeit von Männern zu fesseln, die sich scheiden ließen, die Gerichtsvorladungen aus der Tasche zogen, die aus dem Knast kamen oder den Knast vor sich hatten. Sie waren seine dankbarsten Zuhörer und schließlich seine Freunde, denn gerade für diese Enterbten brachte Vladimír, besser schuf und brachte er graphische Blätter, die er nebst Unterschrift verteilte. Und weil alle seine zahlreichen Freunde eine von Lehrbüchern, Literatur, von Fernsehen und Film verzerrte Vorstellung von einem Künstler hatten, staunten sie und äußerten den Verdacht, was er mache, könne keine Kunst sein, wenn er seine Graphikblätter in der Kneipe verteilte und nichts dafür haben wollte, daß er sich sogar geehrt fühlte, wenn er sie verschenken durfte ... Und wie in der Haltestelle, wie bei Čížek und im Kastanienbaum hallte der Gastraum vom Gespräch und Geschrei wider, hier verkippte man Bier auf Tischtücher, die keiner wechselte, weil das überflüssig war, hier warf man Streichhölzer auf den gleichfalls bierbesudelten Fußboden, hier quollen die Aschenbecher ewig von Kippen über, hier konnte man aus dem vergossenen Kaffee auf den Tischtüchern das Schicksal dessen lesen, der ihn vergossen hatte. Leute, die ihn nicht kannten, schickten ihm Schnapsgläser herüber, nur weil sie sich geehrt fühlten, einen schönen Menschen zu sehen, denn wenn Vladimír sich erhob und zum Pissoir ging, dann schien ein Kristallüster aufzuflammen. Keiner traute seinen Augen und Ohren, wenn Vladimír zurückkam und fortfuhr, dem Tisch mit großer, ungeteilter Aufmerksamkeit seine Schaffensprobleme und seine großen Vorbilder zu schildern, Herrn Mathieu, Jackson Pollock, und so schwiegen die Kneipengäste, hörten zu, musterten Vladimír, ob das, was er sagte, auch stimmte, ob es überhaupt stimmen konnte, und Vladimír versicherte allen mit seinen Augen, daß er sich ihnen nicht umsonst ausliefere, daß er die mißtrauischen Seelen der Biertrinker für alle Zeiten infiziert habe. Schließlich erhob sich Vladimír, und ehe er fortging, gaben ihm alle am Tisch die Hand, und er reichte auch dem Zapfer die Hand und trat durch die Glastür des Kastanienbaums nach draußen, ließ aber das Restaurant Zur Linde links liegen, denn hier zapfte man Pilsner, und Vladimír liebte nur sein Zehnrädriges, sein Zehngrädiges. War er aber mit mir zusammen, dann lud ich ihn vom Kastanienbaum Zur Linde ein, er gab nach und kam mit. Um anschließend ein Stück weiter zu gehen, zu seinem Büfett am Russischen Hof, dort bestellte er sich Essigwürstchen oder sauer eingelegten Fisch und holte zwei Glas Zehngrädiges herbei. Hier beim Hof war es immer dunkel, hier herrschte Stille, hier tranken Zigeuner, zufällige Spaziergänger ihr Käffchen oder ihr Bier, hier am Russischen Hof konnte man sich nicht setzen, hier gab es nur Stehtische, hier war es, im Vergleich zu den anderen lebhaften Kneipen, still und ruhig. Übrigens war bei der Haltestelle ein Lokal, wo man sein Bier auch im Stehen trank, wo es auch nur Stehtische gab. Doch vom Russischen Hof ging Vladimír nach Libeň weiter, um Herrn Vaništa zu besuchen, in der Kneipe Bei Hausman, dort hatte Vladimír seinen großen Bewunderer, Herrn Vaništa, Wirt und Zapfer und Essenservierer in einer Person, Herr Vaništa hieß seinen Freund Vladimírek willkommen, gab ihm die Hand, hielt ihn bei der Schulter und sah ihm in die Augen, als blicke er in die Glühbirne eines Kronleuchterchens. Und sogleich brachte er ihm ein Zehngrädiges, und sogleich setzte er sich zu ihm, und sogleich fragte er ihn aus, wie es ihm gehe und was er so mache… Und stets wurde Herr Vaništa belohnt, denn Vladimír, der zuerst scheu und mit leiser Stimme seine Sorgen vortrug, faßte nach einer Weile Mut und bezog dann wieder die zufälligen Gäste, die an seinem Tisch saßen, in seine Monologe ein, und hatte Herr Vaništa sich gelabt und Vladimírek den anderen überlassen, dann erhob er sich schwerfällig, lächelte, Vladimírek schien ihn erquickt zu haben, denn er blinzelte und ließ die Tränen aus den Augen tropfen und sagte mit klarer Stimme zu der ganzen Kneipe: Da sieht man's, Vladimír ist ein Künstler! Darauf ging er in die Küche und machte sich von neuem daran, seine Zehngräder zu zapfen, nachdem er zuvor die Gläser, seine Gläschen ins Spülbecken getaucht hatte, in das aus einem zinnernen Hahn unablässig Wasser floß, und leerte in einem Zug sein Bier, das immer angezapft war, da er gern sein Smíchover Bierchen trank. Manchmal ließ Vladimír die Kneipen in Vysočany aus und kehrte gleich bei Herrn Vaništa ein. Von Herrn Vaništa ging er gern in die Alte Post, wo es still war, dort schrieb er immer, wenn er das Bedürfnis hatte, seine Briefe, ja seine Briefe, deren Zeilen aus der Hüfte schossen, doch hier trank er zu seinen unheilverkündenden Botschaften einen bitteren Obstwein, ein paar Gläser Obstwein, und hatte er Durst, genehmigte er sich ein kleines Bier und dann noch eins. Und so weiter, die wenigen Stammtische, hier in der Alten Post gab es nur Stammgäste, verstummten alle, Vladimír wußte das und kam deshalb gern in die Alte Post, um seine Briefe zu schreiben, und während er den Obstwein trank, während er sich vorsagte, was er schreiben sollte, schauten die Gäste ihm zu, erschlafften, rätselten, was der schöne Mensch wohl schreibe, die Kellnerin, zu jener Zeit war die Zapferin und Serviererin von Bier und kalter Salami und warmer Wurst eine Zigeunerin, und die dirigierte vom Schanktisch aus Vladimírs Schreiberei, auf Zehenspitzen brachte sie das nächste Glas Obstwein und guckte über seine Schulter auf die nächste Seite. Vladimír schrieb so lange, bis er leer war, Dutzende von Seiten schrieb er voll und präsentierte sich allen, die hereinkamen oder schon saßen, als Verfasser drohender und verletzender Briefe ... Wenn Vladimír sich erhob, um auf sein schönes Pissoir zu gehen, ließ er seine Schriften immer wie einen geöffneten Fächer auf dem Tisch liegen, denn er wußte genau, daß nicht nur die Kellnerin, sondern auch mancher Gast so keck war, ehe er wiederkam, einen Blick in diese graphische Botschaft zu werfen, weil Vladimírs Handschrift seinen aktiven graphischen Blättern glich. Kam Vladimír dann zurück, setzte er sich hin, holte Luft und sah, daß er jetzt eine ganze Dimension dazugewonnen hatte, daß die Leute, die den Inhalt der Briefseiten gesehen und erkundet hatten, sogar entsetzt waren, einige zahlten dann lieber und gingen fort, um nicht aussagen zu müssen, um behaupten zu können, daß sie sich an nichts erinnerten, daß sie im Lokal zur Alten Post weder etwas gesehen noch gehört hätten... Und Vladimír war glücklich und schrieb weiter und trank weiter seinen Obstwein... Schließlich zahlte er, gab Trinkgeld, erhob sich, steckte, wenn auch taumelnd, die Blätter mit seiner Botschaft in einen großen Umschlag, fuhr mit den Lippen über den Leim am offenen Ende und klebte zu, schrieb die Adresse drauf und ging hinaus, gefolgt von den bewundernden und entsetzten Blicken der Kellnerin und eines Gastes der Alten Post, ein Stückchen weiter draußen war ein Briefkasten, und Vladimír trommelte, wenn er den doppelt frankierten Brief eingeworfen hatte, mit der Faust auf den Briefkasten, und diese Paukenschläge dröhnten so laut, daß es die Kellnerin und die Gäste des Lokals gleich daneben, hinter der Wand, durchfuhr... Dann ging Vladimír weiter, erst oben bei der Palmovka machte er halt, trank im Stehen ein Zehngrädiges, guckte nach draußen, auf die Taxis, auf die Straßenbahnen, auf die Gäste der Palmovka, die mit Behagen ihr grauenhaftes Essen einschaufelten, da stand er, leicht an den hohen Stehtisch gelehnt, im Dunst des Pissoirs, das gleich neben der Tür zur Küche lag, wo im Dunst der verschiedenen Soßen und Suppen, die auch zwischen die Ritzen des aufgeklebten Linoleums geflossen waren, die Köchin samt ihrer Gehilfin schweißüberströmt arbeitete. Vladimír empfand für diese Frauen stets großes Mitleid, er guckte und sah noch einmal hin und wollte seinen Augen nicht trauen, daß diese Arbeiterinnen in der Küche noch genügend Zeit hatten, loszuprusten, mit dem Ellbogen eine Haarsträhne hochzuschieben, die

aus dem enganliegenden, feuchten, weißen Kopftuch gerutscht
war, und Vladimír mit einem Blick ihrer schönen Frauenaugen
zu bedenken. Wenn sich mal eine Frau aus der Gesellschaft
beklagte, ihr tue der Kopf weh, sie habe Migräne, sie werde
wohl einen Psychologen aufsuchen müssen, dann fiel Vladimír
ihr grob und mit Riesengelächter ins Wort und empfahl ihr und
ihresgleichen, einmal Geschirr zu spülen, als Küchenhilfe in
eine beliebige Gastwirtschaft zu gehen, und sei es in die Hotels
Goldene Gans oder Alcron... dann werde ihnen bestimmt die
Lust vergehen, Kopfschmerzen zu haben oder sich den Psy-
chodramen und automatischen Texten eines Psychiaters anzu-
vertrauen, denn keine Frau, die sich um ihre Familie kümmern
müßte und unter dem gräßlichen Verhalten ihres Mannes zu
leiden hätte, käme je dazu, nicht mal im alten Österreich, eine
psychiatrische Klinik aufzusuchen... Von der Palmovka
kehrte Vladimír in sein Žižkov zurück, dort hatte er seine
Kneipen am Konstanzer Platz, das Gasthaus Zum Eckchen,
dessen Wirt sich geehrt fühlte, wenn ihn Vladimír um einen
Hunderter anpumpte, und konnte Vladimír die Schuld nicht
aus einem Vorschuß oder einer Einnahme begleichen, dann
ging er zu Jíša oder guckte in die Schankstube vom Rosengarten
hinein. Doch nie betrat er von sich aus eine Pilsner Bierstube.
Überredete ich ihn mal dazu, dann zauderte er eine Weile, ging
dann aber doch mit ins Böhmerwald, zu Pinkas, zum Goldenen Tiger, manchmal auch zu Sojka, in den Pilsner Hof oder in
die Formanka gegenüber der Paliárka in der Veletržní-Straße.
Und weil er das Pilsner wie sein Zehnrädriges trank, war er nur
bis zum dritten Bier bedrückt, verlegen, hatte er aber erst sein
viertes Pilsner getrunken, dann wurde er locker und zog erneut
das Augenmerk auf sich, nicht ohne zuvor einen Intellektuellen
zu beleidigen, der ihm kundgetan hatte, er sei ein gebildeter
Mensch und zitiere gern die berühmten Schriftsteller und die
Worte, welche die berühmten Maler gesagt hätten, denn Vladimír liebte die banalen Dinge und banalen Geschichten, denen
er jedoch metaphysische Himmel zuschrieb...

Törichterweise nahm ich an, daß die Artefakte, die Vladimír mir vor das Gesicht hielt ... törichterweise glaubte ich nur eine Anzahl Maler aufzählen zu müssen, die so arbeiteten und sich so ausdrückten wie Vladimír, und schon würden ihn meine Variationen zum Thema Vladimír ermuntern. Als er mir die Fleckchen vorlegte, kam ich sogleich mit den Flecken, an denen Lionardo seinen Schülern zeigte, wie schön die Kurven sind, welche die Natur geschaffen hat, jene Kurven und Formen, die geeignet sind, Gewitterwolken und Seeschlachten darzustellen, und ohne zu bemerken, daß Vladimír erbleichte, fuhr ich fort, ja, solche Fleckchen habe schon Vítězslav Nezval gemacht, seine Abziehbilder, bei denen er die Aktivität seiner spontanen, pinsellosen Malerei noch dadurch gesteigert hatte, daß er mit allem Möglichen, mit allen seinen Gliedern in das noch feuchte Dekalk schlug. Wenn Vladimír mir seine aktive Graphik zeigte, versäumte ich nicht zu sagen, um ihn zu trösten, daß er nicht der einzige sei, daß er Vorgänger habe oder Zeitgenossen, daß ähnliches schon Paul Klee gemacht habe, und dann zeigte ich ihm in einer Monographie fast gleichartige Artefakte, in der törichten Annahme, Vladimír werde erfreut sein, wenn ich ihn in eine Reihe mit dem Meister Paul Klee stellte, und ich bemerkte nicht, daß Vladimírs Augen sich verdrehten, daß er drauf und dran war, auf den Rücken zu fallen, daß er sich zusammenriß, um mir nicht das Gebiß in den Rachen zu schlagen. Wenn er mir seine strukturale Graphik vorlegte mit der per Schweißbrenner aufgespritzten aktiven Auflage, wenn er mich mit den Augen seine magnetische Graphik abtasten ließ, in der der Zufall ausgeschlossen ist, da die magnetischen Gesetze selbst das Artefakt mit ihren Kraftlinien bilden, da konnte ich nicht umhin, von Fautrier zu sprechen, kam wieder mit Paul Klee und Max Ernst, in der törichten Meinung, daß diese Mitteilung Vladimír Flügel wachsen ließe. Doch Vladimír hockte wie vom Blitz getroffen da, er war weder imstande, mir eine runterzuhauen noch mir zu sagen, ich sei ein Spießer und Kleinbürger, ein Mensch, der außerstande sei, aus sich selbst heraus etwas zu beginnen, weil ich dauernd Zitate und Sätze zu Hilfe nehmen müsse, die schon jemand vor mir gesagt habe, er saß da und hielt die gebrochenen Hände im Schoß und machte gar nicht erst den Versuch, sich zu verteidigen, indem er mich angriff... Als Vladimír mit den Augen alle die Daten und Schaffensmethoden aller dieser berühmten Graphiker überflog, fand er nicht einen, der die Ehre gehabt hatte, zwanzig Jahre lang wie andere Arbeiter täglich um halb fünf aufzustehen, gleich den anderen Schicht zu arbeiten und mit Stechuhr, wie andere Arbeiter in seiner Werkstatt und in ähnlichen Werkstätten auf der Welt alles zu erleben, was mit den Werkzeugen vorging, die das Metall bearbeiteten, was mit dem Material geschah, aus dem die edlen und nützlichen Einzelteile und das ganze zweite Organon der Maschinen und Werkzeuge entstanden, mit einem Wort alles, was die technische Zivilisation hervorbringt... Vladimír war durch sein Geschick ausgezeichnet, mit dem er hellsichtig alles zu überhöhen verstand, wovor jeder Absolvent einer Akademie und Schule für Graphik und Kunsthandwerk zurückgeschreckt wäre, der die törichte Ansicht vertrat, daß er erst im Atelier, erst in der Einsamkeit, erst beim Blättern in Weltmonographien, erst hier und auf diese Weise seinen Stil finde. Vladimír hatte seine Chance, sein Schicksal erspürt als Werkzeugmacher, der in seinen Fingern und im ganzen Körper und Gehirn den Schlüssel besitzt, um graphische Blätter als Botschaft und Preislied der Materie zu schaffen, die so, wie sie den Arbeitsprozeß durchlaufen, hinter sich und in sich selbst Spuren zu hinterlassen vermögen, die, zum Artefakt erhoben, mit einem Schlag die neue Ästhetik und die neue Ethik vermengen, von der die großen Reformatoren der menschlichen Gesellschaft geträumt haben. Vladimír war deshalb ein Spitzenmann und ein Champion überdachter Sportplätze, weil er sich unmittelbar und mit einem Satz mitten ins Herz des Werkes und Schaffens versetzte, weil er die einfache Arbeit in der Fabrik zur Chiffre zu machen verstand, welche die Körperlichkeit alles Sakralen und Religiösen, Philosophischen und Dichterischen in sich barg. So schuf Vladimír im zwanzigsten Jahrhundert einen neuen und dabei so uralten prometheischen Mythos, als er in seine graphischen Blätter das Wesen sowohl des Feuers als auch der übrigen Elemente übertrug, um den Preis, daß er jeden Tag zu Boden ging und sich erneut aufraffte, auch wenn er fast jeden Tag am Boden war, und dabei sah er nach oben, und dabei war er, mit dem Kopf an den Himmel kritzelnd, ein gewöhnlicher Arbeiter und ein ehrlicher Künstler, auf dessen ganzes Werk sich das Nietzschewort bezog: die schenkende Tugend. Die Tugend, die sich den anderen hinschenkte ...

Eines Tages machten wir einen Ausflug nach Pikovice, zu Vladimírs Tantchen. Erstaunt sah ich, daß Vladimírek hier seine zweite Heimat hatte, ja daß er hier bei der Tante mehr zu Hause war als am Konstanzer Platz. Überall hatten seine Hände Spuren hinterlassen, im Garten sogar einen Tisch und ins Erdreich getriebene Bänke. Tantchen sprach ehrerbietig von Vladimír, die beiden verstanden sich, die Tante lächelte, sie wußte, wer sie da besuchte, sie wußte, daß Vladimír ein Dichter war, sie wußte alles über ihn, und sie war stolz darauf, daß er ihr Neffe war, daß er versuchte, dünnes Eis zu betreten, daß er den Mut dazu hatte, daß er couragiert war. Irgendwie war die Tante mit Sezession und Biedermeier groß geworden, sie war genauso gekleidet wie die Bezüge ihres Lehnstuhls, sie war knochig und sah genauso aus wie ihre Kommoden und Schränke, wie ihre Betten und Kanapees und ihre Gardinen und Blumentischchen, die aus lauter Türmchen und Fialen, lauter Zierat und lauter Bibelots bestanden, und wenn Tantchen sprach, dann war sie immer ein paar Jahre im Gespräch zurück, nicht anders als ihre verglasten Vitrinen, die mit Andenken und kleinen Geschenken von Reisen und Wallfahrten vollgestopft waren. Auf mich wirkte ihre Kleidung so, als wäre sie in gestickte Kissenplatten eingenäht, in Spitzen, die wie Eierplinsen auf den Tischchen verteilt waren. Und ich war verblüfft, wie sehr Vladimírek sich hier zu Hause fühlte, wie alles, was er sagte, stets an eine vertraute Vergangenheit rührte, und Tantchen stimmte allem zu, was Vladimír sagte, sah sie als eine Ehre an, denn nicht ihr Neffe war zu ihr gekommen, sondern ein Künstler, dessen Lebensspannen ihr Eindruck machten, die sie guthieß ... Wir gingen also hinunter zum Fluß, die Sázava führte Hochwasser, war randvoll, nur noch ein Dezimeter fehlte, und man hätte auf der Chaussee längs der Sázava weder gehen noch fahren können, wütend wogte das Wasser und drängte mit kräftigen Wellenschlägen in die Richtung, in der sich bei normalem Pegel das Wehr befand, eilig trieben Heuhaufen den Fluß hinunter, Balken, Holz, alles verschwand so rasch auf dem geschwollenen Fluß, als flitzten Rennfahrer auf ihren Fahrrädern oder Motorrädern vorbei ... Und sogleich erinnerte ich mich an die Elbe, wenn die sommerlichen Überschwemmungen kamen, wo wir Buben in Badehosen gewartet hatten und dann bei der Steinbrücke ins Wasser gesprungen waren und uns in dem trüben Strom hatten treiben lassen, die Geschwindigkeit war ungeheuer, auf dem Uferdamm Jungs mit Fahrrädern, sie konnten uns nicht einholen, so geschwind trug uns das Hochwasser von dannen, wir ruderten nur leicht mit den Armen und ließen uns von der Strömung tragen, denn wir wußten genau, daß hinter der Eisenbrücke, daß da der Fluß eine Biegung machte, wo uns das Wasser ganz nahe ans Ufer bringen würde ... Und hier in Pikovice – kaum hatte ich Vladimírek davon erzählt, sozusagen nur als Erinnerung an meine goldenen Zeiten, da lächelte er und rief: Doktor! Ich zuckte die Schultern und sagte: Wenn Sie meinen ... Im Nu hatten wir uns ausgezogen, und ich stürzte mich als erster in den Fluß, rücklings wie damals, Vladimír mir nach, und da war es wieder, da war wieder dieses Jagen des reißenden, angeschwollenen Flusses, wieder dieser Geruch, wieder diese schöne Gefahr, Vladimír lächelte mir zu, er strahlte, er schrie vor Freude, und ich kostete mit dem ganzen Leib den Anprall des Wassers und vor allem den herrlichen Sog des reißenden, schnellen Stroms aus, diesen Wirbel, der den

Körper mitriß und wieder aus der Drehung entließ, und dann erschrak ich ein wenig, ich sah zu Vladimírek hinüber, der aber strahlte und lachte, während wir in die sanfte Sturzwoge des reißenden Flusses hineinschossen, der gerade das aufragende, unter den Wassermassen verborgene Wehr passierte... Der Kamm dieser Wasserwoge trug uns beide unentwegt vorwärts, bis unsere Körper kopfunter die schiefe Ebene hinabflogen, nach unten, wo das Wasser sich leicht kräuselte, beide mußten wir die schäumenden, aufgeplusterten Wellen durchfliegen, sich diesem Wasser zu widersetzen, hieß vom Sog in die Tiefe gerissen zu werden, sich gegen dieses Wassergekräusel der Sázava zu stemmen, hieß sich das Kreuz zu brechen... doch ich war der erste, mir nach folgte Vladimír, und wieder spürte ich, wie damals als Knabe und junger Mann im Hochwasser der Elbe, daß es genügte, sich dem Strom und der Gesetzmäßigkeit seines Sogs zu überlassen und zu warten und den Augenblick abzupassen, da die Strömung einen von allein hinter irgendeiner Biegung ans Ufer trug... Genauso kam es auch; nun aber schnell, die Arme angehoben, damit die Strömung uns nicht die Beine wegschlug, nun aber schnell raus aus diesem wundervollen Hochwasser... Vladimír legte mir die kalte Hand auf die Schulter und sagte: Na, Doktor, wie waren wir... Ich kniff die Augen zu, mir war kalt, und dann gingen wir stromaufwärts an dem stürmischen Wasser zurück und kosteten mit den Augen aus, was wir eben noch hatten durchschwimmen müssen, wo wir uns hatten treiben lassen... Fast einen Kilometer hatten wir zu unseren Kleidern zu gehen... Doktor, sagte Vladimír und hüpfte barfüßig auf einem Bein, ohne das andere in das leere Hosenbein zu bekommen... Doktor, ich hatte die ganze Zeit das Gefühl, die Berge an der Sázava rasen rückwärts, ich hatte die ganze Zeit das Gefühl, daß gewaltige Kulissen, die mit den Bergen an der Sázava bemalt sind, nach hinten jagen...

Vladimír war besessen vom Unerreichbaren. Er wollte sich selbst von außerhalb sehen, wollte aus sich heraustreten und sich verfolgen, als wäre er eine dritte Person, wollte sich in die Menge mischen und sich selbst entgegengehen. Für seine Ausstellungen stellte er seine Graphiken immer schon vorher zur Verfügung, damit die Leiter der regionalen Galerien seine Blätter selbst arrangierten, damit sie über Vladimír schrieben, was sie für richtighielten, daß sie seine Ausstellung selber eröffneten, und ja, vielleicht werde er zur Vernissage kommen. Schon einen Tag vor der Vernissage war Vladimír da, schon einen Tag vorher reiste er an, schon ganze vierundzwanzig Stunden vorher kam er zu seiner Ausstellung als ein Fremder, wanderte durch die Straßen, betrachtete mit klopfendem Herzen das Plakat, umkreiste das Haus, in dem bereits seine graphischen Botschaften hingen, hockte in Restaurants und Kneipen herum und fragte die Leute, ob sie nicht etwas über diese Ausstellung von Vladimír Boudník wüßten. Und schon in der Frühe, obwohl die Ausstellung erst am Nachmittag war, trieb es ihn immer näher auf das Zentrum seines scheinbaren Desinteresses zu, auf den Raum, in dem seine graphischen Blätter hingen. Und von der Mittagsstunde an, wann immer jemand kam und auf das Haus zuging, hatte Vladimír den Eindruck, besser: war Vladimír fest davon überzeugt, daß jeder Fußgänger, der sich dem Eingang näherte, an dem das Plakat mit der Einladung lehnte, daß dieser Fußgänger jetzt in das Haus eintreten würde, in dem die regionale Galerie eine Ausstellung der graphischen Arbeiten von Vladimír Boudník veranstaltete und um fünf Uhr eröffnete. Doch die Fußgänger schritten vorbei, und Vladimír quälte sich weiter, und kaum war die fünfte Stunde heran, und die Leute betraten tatsächlich das Haus, da mischte sich Vladimír unter die Besucher, hörte ganz aufgeregt zu und ging herum und betrachtete zusammen mit den Besuchern seine Graphiken, als wäre er ein anderer, als wäre er einer der Spaziergänger, die die Ausstellung betreten hatten. Und geschah es, daß man Vladimír erkannte, daß man ihn auch den Besuchern der Vernissage vorstellte, dann war er meist sehr schüchtern, doch wenn er Mut gefaßt hatte und befragt wurde, ging er langsam aus sich heraus und wußte fachkundig von sich zu sprechen, wie von einer dritten Person. In Augenblicken wie diesen war Vladimír zutiefst glücklich, und den Besuchern der Vernissage widerfuhr die Ehre, einen schönen Menschen zu sehen, und wer dann hinterher noch bei Vladimír stehenblieb, bekam stets eins der graphischen Blätter geschenkt, von denen er ein ganzes Paket auf die Ausstellung mitgebracht hatte... Doch sein Wunsch, sich selbst aus anderer Sicht zu betrachten, bezog sich auch auf seine beiden Liebsten, seine beiden Ehefrauen, die er ebenfalls aus anderer Sicht betrachten wollte, sogar in Augenblicken, wo seine Liebsten fest davon überzeugt waren, daß er sich irgendwo befand, wo sie nicht waren. Seiner ersten Liebe wich Vladimír kaum von der Seite. Er wartete auf sie, wenn sie ihre Arbeit als Straßenbahnschaffnerin beendete, begleitete sie spätnachts nach Hause, nur um seiner Tekla noch näher zu sein, und als sie einige Zeit dort beschäftigt war, wo er arbeitete, sie lernte Dreherin, da konnte Vladimír auch in der Nacht nicht mehr ohne Tekla leben, er heiratete sie, und so lebten sie zusammen, zunächst in Žertvy, bei Jirka Šmejkal im Keller, später bei der Mutter, doch stets wünschte sich Vladimír, einmal seine Frau zu sehen, wenn sie das nicht wußte. Eines Tages sagte er, er fahre nach Brno, zu seinen Freunden, stieg in Libeň aus und ergötzte sich an der Vorstellung, irgendwo seiner Frau zu begegnen und dabei unerkannt zu bleiben, da er sich wie ein Detektiv verhielt. Und tatsächlich sah er Tekla, er folgte ihr einen ganzen Nachmittag und wartete geduldig, als sie ins Haus gegangen war, bis sie eine Stunde später wieder mit Milada, ihrer besten Freundin, herauskam, er guckte den beiden schönen Geschöpfen nach und folgte ihnen bis zur Straßenbahn. Er konnte gerade noch auf den letzten Wagen aufspringen, während Tekla und Milada im ersten fuhren, danach folgte er ihnen ab der Libeňer Brücke, wo die Damen ausstiegen, sah von der Tankstelle in Žertvy zu, wie sie an Jirka Šmejkals Rollo klopften, wo Vladimír seine Tekla das erstemal gesehen und wo er nach der Hochzeit ein paar Wochen mit ihr gewohnt hatte. Als Jirka nicht aufmachte, folgte er seiner Frau und deren Freundin bis zum Damm, wo sie die Nummer vierundzwanzig betraten... Unglücklicherweise war ich zu Hause, und als Tekla und Milada erschienen, bat ich sie herein und machte eine Flasche Wein auf, das Wetter war schön, und mein Fenster stand offen, die Sonne beschien die riesige Mauer, hinter der ein Forschungsinstitut die Zugfestigkeit und Widerstandsfähigkeit stählerner Wellen testete, und als wir die Flasche geleert hatten und Tekla unter großem Gelächter sagte, daß Vladimír nach Brno gefahren sei und nun die Mäuse auf dem Tisch tanzten, da wurde ich blaß, denn ich ahnte, daß Vladimír nicht nach Brno gefahren war, und schon huschte Vladimírs Gestalt über den Hof, und schon stand er im Türrahmen, blaß und leichenfahl, Tekla hörte zu lachen auf, das Lachen gefror ihr im Gesicht, und es war still, und durch die Wand hörte man das Dröhnen der gigantischen Wellen, die sich drehten oder eingespannte Stahlstücke Millimeter um Millimeter auseinanderzogen... Vladimír sah Tekla an, als habe er sie in flagranti ertappt, schöpfte Atem, als liege Tekla tot in meinem Zimmer, als habe er soeben seine Frau erschlagen. Auch Milada, ein Mädchen, das nach Figur und Gesicht einem Bild von Renoir entstiegen zu sein schien, ein Mädchen, das Gabrielle ähnlich sah, Renoirs kleiner Magd, die dieser so gern gemalt hatte, auch Milada wurde ernst und setzte gleich mir eine Miene auf, als hätten wir etwas Furchtbares verbrochen, als hätten wir alle drei Vladimír wehgetan, ihn betrogen, ihn verraten... Es war still, und hinter der Mauer gab es einen dröhnenden Schlag, der Prüfstahl zerriß, und etwas Schweres polterte hinter der Mauer zu Boden, unser Haus wurde erschüttert, und von der Wand, auf die die Sonne brannte, von der hohen Wand, die so groß war wie die Leinwand eines Freiluftkinos in einer großen Stadt, von dieser Wand löste sich ein Rest Putz und zerplatzte auf dem Schrägdach unseres Schuppens und schurrte auf das Höfchen herab, über das jetzt Vladimír schritt, während hinter ihm die erschrockene Tekla trippelte und Milada, die schöne Gabrielle aus Renoirs Bild, sich eine Zigarette ansteckte...

Sonst ging Vladimír genau umgekehrt vor, er suchte Tekla, und zwar ganze Vormittage und Nachmittage lang, ohne sie zu finden. Ganz mitgenommen kam er einmal auf den Hof in der Spálená-Gasse gerannt, in meine Altstoffbude, leichenfahl, geistesabwesend, als ich ihn sah, glaubte ich, Tekla sei tot, sein Mütterchen sei tot... Doch Vladimír sagte mir voll Entsetzen, Tekla sei am Leben, doch er wisse nicht, wo sie sei, er müsse sie aber finden, sonst stelle er etwas Schreckliches an... Und Vladimír sah aus, als werde er tatsächlich etwas anstellen, ich wollte ihn trösten und faßte ihn um die Schulter, während sich rückwärts ein Lastauto in den Hof hereinschob, wie der Kolben in den Zylinder, die Wände der Toreinfahrt waren von den Seitenbrettern und den Sperrhaken schon ganz abgeschürft, bis auf die Ziegel hatten sich die breiten und tiefen Rillen und Narben eingekerbt, der Beifahrer gab rückwärts gehend mit den Daumen Zeichen, alles lief gut, der Fahrer setzte bereits auswendig zurück, als Vladimír sich von mir losriß und regelrecht davonschnellte, seine Gestalt schoß davon, sein Körper flog auf die Toreinfahrt zu, das furchtbar bleiche Gesicht zur Waage gewendet, zu mir... Und ich konnte gerade noch hinzuspringen und Vladimír auf die Aschkästen zurückreißen, denn ein Sekündchen später rollte der Lastwagen mit den scheppernden Seitenbrettern auch schon rückwärts in den Hof, und Vladimír erhob sich, seine Gestalt, ganz mit Asche beschmiert, raste durch die Toreinfahrt, wurde kleiner und tauchte dann ins Licht der Straße ein, seine schwarze Hose verschwand huschend hinter den Fußgängern... Seine Tekla hatte er nicht gefunden, weil sie heimgefahren war, ihre Mama hatte sie mitgenommen, und Vladimír bekam die Mitteilung, daß Tekla ihn verlasse, daß sie in Kürze die Scheidung einreichen werde... Vladimír, ein aus heiterem Himmel vom Blitz gefällter Turm.

Ich glaube, der Verlust Teklas war für Vladimír so viel, als stürzte ein hellerleuchteter Zug in eine Schlucht. Tekla war sein ein und alles ... und das war wohl Vladimírs einziger Fehler: er wollte zuviel, so wie immer. Jahre dauerte es, bis er wieder zu sich kam. Mit Tekla war Vladimírs Muse gegangen. Er begann zu angeln, in die Fabrik ging er längst nicht mehr, mich besuchte er einmal im Vierteljahr, er begann in Sachen herumzulaufen, die nicht sein Geschmack waren, bis er eines Tages bei mir auftauchte und sagte, er habe sich verliebt, sein Mädchen heiße Věra und sei sehr jung. Ich sah sie, sie hatte rotblondes Haar, eine bimssteinweiße Haut, ein sommersprossiges Näschen, das Lächeln Johannes des Täufers von Lionardo. Und Vladimír erwachte von neuem, und wieder nahm seine Liebe ein leicht paranoides Tempo auf. Fuhr er zu seiner Liebsten nach Krumlov, dann war er stets einen, zwei Tage früher da, wanderte durch die Stadt, besuchte die Kneipen in der Nähe des Hauses, in dem Věra wohnte, trank Bier und erkundigte sich unauffällig nach ihr, nach ihrer Familie, wieder wollte er in vierundzwanzig Stunden törichterweise über seine Liebste erfahren, was er nicht wußte, wollte wie immer alles wissen. Und litt dabei maßlos, machte sich lächerlich, weil Věra jedesmal zu Ohren kam, daß Vladimír in Krumlov war und durch die Kneipen zog und sich nach ihr erkundigte. Und so kam es, daß Vladimír mich als ihren Trauzeugen nach Krumlov bat, doch ich bin nicht hingefahren. Und Vladimír heiratete ohne mich. Ich glaubte nun, Vladimír sei glücklich, er sei weiser geworden, da er die Vierzig hinter sich hatte, und sei in der Graphik ein Klassiker seiner selbst. Und dann kam der Dezember, und Vladimír sollte eine Ausstellung in der Viola haben, er besuchte mich und fragte, ob ich zur Vernissage käme. Mich aber hatte das schlechte Wetter melancholisch gemacht, deshalb sagte ich, wenn ich bei Laune sei, würde ich kommen. Vladimír erschien noch einmal bei uns in Libeň und hinterließ bei meiner Frau für mich den Bescheid, ich sollte, falls ich Lust hätte, am Dienstagabend in die Viola kommen und mir seine Ausstellung ansehen. Ich hatte aber keine Lust, an diesem Abend saß ich im Golde-

nen Tiger, es war ein Dienstagabend, irgendwer gab mir die
Večerní Praha, die Abendzeitung, und ich bekam einen
Schreck, denn vor einer Stunde hätte ich die Ausstellung des
Graphikers Vladimír Boudník eröffnen sollen. Nun wußte ich
Bescheid, und wieder war ich mir der Scheu Vladimírs bewußt,
denn als er mich fragte, ob ich wohl in der Viola vorbeikommen
würde, da hatte er eigentlich das gemeint, was ich in der Večerní Praha las, und ich wußte, daß Vladimír schon seit Mittag
um die Viola herumgestrichen war, daß er geglaubt hatte, jeder, der den Durchgang betrete, der komme schon zu seiner
Ausstellung, die Herr Doktor Hrabal eröffnen werde, und je
näher die Stunde der Eröffnung herangerückt war, desto unru-
higer war Vladimír bestimmt herumgewandert und vor Angst
gestorben, er hatte mir nicht direkt gesagt, daß ich die Ausstellung eröffnen sollte, das wußte er, doch er hatte gehofft, daß
ich von selber draufkäme, und ich wiederum hatte gewußt, daß
er sich das von mir wünschte, daß er mich aber eingeladen
hatte, zum Gucken hinzukommen, deshalb hatte ich geant-
wortet, ja, wenn ich bei Laune bin, und Vladimír hatte mich bei
dieser Laune gelassen, weil er hoffte, ich würde ihn nicht versetzen. So hatte ich Vladimír zum erstenmal enttäuscht, und er
ertrug Enttäuschungen durch Menschen nicht, die er gern
hatte, die er liebte, doch das sollte noch nicht alles sein, denn
Vladimírs Schicksal war anders bestimmt und vorgesehen.
Seine Frau Věra hatte zur gleichen Zeit, da ihres Mannes Ausstellung stattfand, ein Klassentreffen und war deshalb aus der
Viola fortgegangen, weil sie mit ihren Freunden in der Wein-
stube Zum Patron verabredet war. Und das war der zweite
Schlag, der Vladimír mitten zwischen die Augen traf, ohne
mich und ohne seine Frau hockte er in der Viola, ich hatte mit
meiner Melancholie zu tun und seine Frau mit ihren Schulkameraden. Das alles war zuviel für Vladimír. Also trank er,
trank unmäßig. Und es wäre nicht Vladimír gewesen, wenn er
nicht zum Patron gegangen wäre, um nach seiner Frau zu sehen. Auch diesmal ging er nicht hinein, sondern wanderte un-

ter dem gigantischen Gaskandelaber auf und ab, blickte ins Lokal, vernahm das Lachen seiner Frau, das Geplauder der Freunde, das unbändige Gelächter. Er trat ein und hörte, wie einer von Vĕras Schulfreunden unter großem Gelächter fragte, wo man denn ihren jungen Mann zu sehen bekäme... Vladimír ging hinaus und kam, nachdem er sich einen Ruck gegeben hatte, wieder herein, setzte sich an den Tisch und betrachtete voll Entsetzen die Schulfreunde seiner Frau, alle waren sie angetrunken, unbeherrscht, und Vladimír nahm sich zusammen, doch die Schulfreunde traktierten ihn mit Bemerkungen wie: Vĕra, dein Onkelchen... Vĕra, dein Vater... Onkelchen sagten sie zu Vladimír, und Vater, und was Vladimír auch äußerte, alles veranlaßte Vĕra zu einem Riesengelächter... Schließlich stand Vladimír auf, blieb eine Weile stehen, doch keiner sagte ihm, er solle sich wieder hinsetzen, und als er fortging, nahm keiner sein Verschwinden wahr, selbst seine junge Frau nicht... Und wer Vladimír kannte, der wußte, daß ihm derlei noch nie widerfahren war, daß er das nicht auf sich sitzen lassen konnte, denn was an diesem Dienstag geschehen war, das hatte ihm den Atem verschlagen... Taumelnd, nein, nicht vom Alkohol, sondern von der Kränkung, gelangte er zu Fuß zum Konstanzer Platz, stieg, schon durch die Schande ernüchtert, seine Treppe bis ins oberste Stockwerk hinauf und wußte genau, daß er seiner Frau für diesen ganzen Dienstag ein Schauspiel bereiten, ihr aber nur teilweise andeuten würde, welche Schmach sie und ihre Freunde ihm angetan hatten. Das Schicksal aber fädelte alles so ein, daß Vĕra, als sie im fünften Stock dort am Konstanzer Platz ankam, an der Türklinke ihren Mann vorfand, kniend, an der Klinke erdrosselt, bereits tot. Auf irgendeine Weise war auch ich an Vladimírs Schicksal beteiligt... ich weiß nur, daß ich mich an jenem Mittwochmorgen, als ich Vladimírs Kusine zu mir in den Hof stürzen sah, im letzten Moment, da die Tür noch verschlossen war, auf den Teppich neben der Schreibmaschine fallen lassen und mich zusammenreißen konnte, um nicht vor Entsetzen zu sterben, denn ich hatte sogleich gewußt, ich hatte es der Kusine angesehen, daß Vladimír tot war…

Sein Tastgefühl hatte Vladimír zum Schneidstahl wie zum Material gemacht, das in die rotierende Drehbank eingespannt war, gegen die Tiefen des menschlichen Geistes hatte er die banale menschliche Arbeit zum tagtäglichen Ereignis erhöht. Vladimír war ein Mensch, der demütig und unbarmherzig zugleich auf die innere Spannung der Metalle lauschte, ein Künstler, der so, wie er millimeterweise in das Material eindrang, das Ringen um die letzte Form erlebte, wie Jackson Pollock, der über die Tröpfeltechnik zum Action painting kam, wie Vladimír über seine aktive Graphik. Als Jackson Pollock seine Energy made visible erreicht, als er kilometerweise Pall-Mall-Zigaretten geraucht und ein paar Zisternen Whisky geleert hatte, als er nicht mehr aus noch ein wußte und nicht mehr weiter konnte, betrank er sich in der Bar Cedar 5 und raste dann mit seinem Ford gegen eine Mauer, um sich umzubringen und auf diese Weise endlich Ruhe und Stille zu erlangen… Vladimír wurde durch die von ihm scharf überwachten Vorgänge bei seiner Arbeit als Werkzeugmacher zum Schöpfer eines neuen Stils, jeder sich abringelnde Span erschloß ihm neue Geheimnisse und erleuchtete sein Gehirn, nicht anders als die Hammerschläge, die Eingriffe mit der scharfen Feile, das Wummern des tonnenschweren Hammerstößels. So erlebte Vladimír mit ganzem Leib wie mit der Seele das herrliche Theater, wie sich die passive Materie durch den schöpferischen Prozeß in einen Gegenstand, in ein Artefakt verwandelte, das einen Sinn hatte und ein Ergebnis menschlicher Arbeit war. Nie war ein Atelier Vladimírs Arbeitsstätte, sondern ein kühler Keller, Mutters Kämmerchen, eine Mansarde, wo seine fast zwei Meter lange Gestalt mit den Haarlocken an die Decke streifte. Dann die Handpresse unterm Schrank, eine Schicht Papier, auf dem Schrank Dutzende von eingestaubten Graphikblättern – Vladimír war imstande, alle seine Kunstwerke für ein einziges verständnisvolles Wort hinzugeben. Hier lebte und wirkte Vladimír nach der Arbeit, hierher trug er im Kopf alles, was er sich in der Werkstatt, in den Kneipen, auf dem Heimweg ersonnen hatte. Hier entstanden seine Manifeste gegen den Krieg, seine Tagebuchberichte, seine explosionalistischen Manifeste, in denen Vladimír die motivischen Berichte über seine Erlebnisse aufsetzte, die Manifeste, in denen er verknappt seine Gebote formulierte. Dort in jenem Kellergewölbe, in jenem Mansardenstübchen, in der Küche seines Mütterchens, dort entstanden die graphischen Blätter, die zum Bild einer neuen Epoche und eines neuen Künstlertyps wurden, denn Vladimír wies nach, daß der an die Arbeit gefesselte Mensch die Freiheit erlangen könne, wenn er voll Demut und zugleich voll Stolz bei der Arbeit und durch die Arbeit etwas schwindelerregend Kosmisches erlebe, wobei der Mensch durch das Erleben von Körper und Geist in der Fabrik zum Demiurgen werde, wobei die Welle des sich abringelnden Spans zum Geigenkonzert werden könne, wobei die Abfälle des scheinbar unnützen Materials zur Chiffre von des Menschen letzten Dingen würden. So hat Vladimír in den graphischen Blättern alles über sich zu sagen gewußt, seine strukturalen und graphischen Artefakte sind technische und anmutige Berichte über die dramatische Spannung in den bearbeiteten Materialien. Hielt Vladimír sich einen gefundenen Span vor die Augen, ein welkes Blatt, kratzte er die Rinde von einem Baum, fegte er zärtlich die Metallfeilsel von der Drehbank, immer durch die Vergrößerungsgläser seiner Brille, betrachtete er lange und ausgiebig die dekorativen Schimmelpilze an einem alten Tor, dann konnte er diesen bedeutungslosen Funden Erhabenheit verleihen und sie sogleich zum Bestandteil seiner möglichen Duralumin- oder Kupfermatrizen machen. Vladimír war ein Mann, der genau wußte, daß er durch das Funkeln des Diamantenauges existierte, doch er wußte auch von seinem Bedürfnis, zu dem er sich bekannte, und dabei machte es ihn fertig, daß er sich zeitweise bis an den Rand der Verzweiflung treiben mußte, um dann desto leichter wie der Gott Schiwa zu sein, der Gott des Verderbens, der das Leben durch Vernichtung erneuerte, um später, wenn er weder aus noch ein wußte, seine Persönlichkeit niederzumähen, um wieder von vorn anfangen zu können. Um zu dem zu werden, der er zu sein wünschte, um sich selbst unbewerten zu können, mußte Vladimír alle vierzehn psychischen Phänomene durchwandern, von denen Moody schreibt, denn Vladimír kannte seinen Tunnel, der von einem Kreis brüllender Lichtorgeln eingeschlossen war, das Hineingesaugtwerden in einen engen Kamin, die Gefühle der schwindelnden Rotation und Vibration und des Absturzes, denn Vladimír hatte den Lazaruskomplex bei der Arbeit erlebt, wo er mit dem Material hatte sterben müssen, damit eine brauchbare Form entstand. An sich selbst hatte er das Lazarussyndrom erfahren, wenn der Trigeminusnerv ihm als doppeltes maniakalisches Delta in der Schläfe tickte, wenn ihm die tyrannischen Nägel des Barometerdrucks durch das Gehirn bis in den Mund drangen, wenn ihn das Unverständnis für seine Arbeit als Künstler in einem großen hysterischen Anfall hintenüberwarf, wenn ihm seine Depressionen und mächtigen Euphorien das Gesicht zu einer Grimasse aus Weinen und unmenschlichem Gebrüll verformten. Und in solchen Augenblicken moralischer Gegensätze, da er außerstande war, auch nur für einen Moment schöpferische und schaffende Ruhe und Stille zu finden, um den Preis seiner unterdrückten Impulse und verdrängten Wünsche, zog Vladimír seine Schleife fester, um sich auszuruhen, um in den Zustand der Unwissenheit zu gelangen und dann zu versuchen, sich selbst, die Welt, die eigene Arbeit aus einem neuen Blickwinkel, anders zu sehen. So unternahm Vladimír fast alle wissenschaftlichen Versuche der Lebenserneuerung durch Vernichtung an sich selbst, Freunde von ihm sagen, Vladimír habe über vierzigmal das Lazarussyndrom erlebt, habe es aber fertiggebracht, sich bis zum letzten Bewußtseinsaugenblick selber als dritte Person zu sehen und dabei den Schritten zu lauschen, die ihm vierzigmal die Rettung brachten, so daß er nach der Wiederbelebung, mit einigem Abstand, den klinischen Bericht über seinen Niedergang schreiben konnte. So widmete sich Vladimír seiner schöpferischen Arbeit, die ihm Messe und Opfergang zugleich war, Vladimír wußte immer genau, daß er in dem Maße, wie er die Duralumin- oder Kupferplatte verletzte, über seinem Tastgefühl sterben mußte, mitsamt dem Material, das beseitigt und zugleich im voraus als das endgültige Bild angesehen werden mußte. Deshalb war diese aktive schöpferische Arbeit für Vladimír ein Liebesakt, bei dem sich die Liebenden im Orgasmus die kostbare Haut gegenseitig mit den Nägeln verletzen, deshalb arbeitete und rang Vladimír nackt mit der Handpresse, deshalb haben seine jetzigen graphischen Blätter die Zartheit und Grausamkeit der Liebe, deshalb haben seine graphischen Blätter einen deutlichen Vorsprung vor den anderen, die er früher geschaffen hat, denn Vladimír hatte das Wort André Bretons in die Tat umgesetzt:

    und so fand ich das Geheimnis
    dich jedesmal erneut zu lieben

Deshalb sind seine Blätter mit Blut und Tränen zugleich besprengt, deshalb sind sie sozusagen neu geboren und längst gestorben, denn es ist Vladimír gelungen, Altamira mit der Gegenwart zu durchdringen und das Lazarussyndrom in ein jauchzendes Ja zum Leben umzuwandeln.

Ich denke jetzt an Vladimír und seine Arbeitsgänge, wie er an die erste Phase seines Schaffens herantrat, an die reinen, fleckenlosen Duralumin- oder Kupferplatten, für ihn war es immer ein feierlicher Augenblick, wenn er völlig abgeklärt, in der Nullsituation seiner selbst, auf der Matrize den ersten Schlag anbrachte, den ersten Strich mit der Kaltnadel zog, den ersten Ritz mit dem Meißel, mit der Feile. Wer ihn arbeiten sah, kann bezeugen, wie sehr sich seine graphischen Arbeitsgänge verlangsamten, zuweilen überlegte und erwog er lange, um dann einen Satz Schläge und Linienzüge auf einmal herunterzurasseln, worauf er wieder langsamer wurde und mit einem Blick auf die ganze Platte die Fläche mit den Materialien und Werkzeugen, die er zur Hand hatte, auslegte, denn eine ganze Reihe seiner aktiven Graphikmatrizen machte Vladimír nach der Arbeit, in seiner Werkstatt, wo ihm nicht nur Schnittreste und Späne und Abfälle, sondern auch sämtliche Werkzeuge zur Verfügung standen, die er meisterhaft zu handhaben wußte, da er Dreher und Werkzeugmacher in einer Person war. Ohne mit den Augen zu zwinkern, musterte er die metallene Fläche, auf die er wie ein Seismograph, wie eine Nadel, die ein Kardiogramm schreibt, seine gegenwärtige Situation übertrug, in der er sich noch nie befunden hatte, um so an die Matrize ein Maximum seiner schöpferischen und schaffend-spielerischen Potenz weiterzugeben, um alles in die Matrize zu legen, was in seinem Gehirn zu Sahne geworden war. Und er lauschte, ob seine Hände ihm gehorchten, ob sie imstande waren, die imperativen Weisungen des Sehenden und Wissenden auszuführen, Vladimír sprach gern von der humanen Abstraktion und Kosmogenität seiner Arbeitsgänge, die er sichtbar machen wollte, so wie Jackson Pollock bestrebt war, durch Farbtröpfeln die Energy made visible einzufangen. Hatte Vladimír eine seiner Matrizen fertiggestellt, war er zu Tode erschöpft und zugleich entzückt. Er verstaute die Matrize im Schrank, um über Nacht, um ein paar Tage lang Kraft zu schöpfen, so daß er, wenn er die Matrize hervorholte, nicht nur sein eigener erster Betrachter, sondern auch sein Kritiker war, der sah, ob er sich selbst mit dieser neuen Matrize ein Stück nach vorn bewegt hatte, ob die Matrize dem entsprach, was er gewollt hatte, und schließlich: ob die Matrize auf ihn auch lyrisch und ästhetisch wirkte. In einem Brief, den eine Graphik schmückt, schreibt Vladimír, daß er vor Beginn seines Schaffens oft wie auf dem Jahrmarkt vor einem Stapel Blechbüchsen gestanden habe und mit dem Ball nur die Büchse habe treffen wollen, auf die er es abgesehen hatte, daß jedoch oft alle Blechbüchsen herunterfielen, ohne daß er die erwischte, die er ins Auge gefaßt, die er hatte treffen wollen. Vladimír zuzusehen, wie er seine neue Matrize betrachtete, war rührend, er bewegte die Platte so, daß ihm ein Lichtreflex übers Gesicht huschte, immer und immer wieder besah er sich jede Rille und jede Verletzung und jeden Strich, bis er schließlich die Augen hob und ausatmete, erneut die Augen schloß und sich zunickte und manchmal voll Anerkennung zu sich sagte: Vladimírek ist ein toller Kerl... Vladimírek hat was drauf... Diese Matrizen, wo sind sie hin, diese Dutzende von Matrizen, die allein die ganze Wand eines Ausstellungssaals gefüllt hätten, wo mögen alle diese Matrizen wohl geblieben sein? Herr Merhaut sagt, Vladimír habe die meisten an junge Graphiker in Bratislava verschenkt und den Rest verteilt... Sie sind nicht da, doch die Graphikblätter sind erhalten. Sie sind Vladimírs zweite Schaffensphase. Man irrt sich, wenn man glaubt, Vladimír habe mechanisch mit seiner Handpresse gearbeitet, er habe womöglich seinen Freund Hampl gebeten, die graphischen Blätter für ihn auf der gigantischen Presse in der Akademie zu fertigen. Vladimír ging nicht passiv an die Herstellung seiner graphischen Blätter heran, sondern mit gewaltiger Anspannung, mit großem Ritual. Wenn es soweit war, lud er seine Freunde, Kameraden, Interessenten zu dieser Seance ein, die noch nie gesehen hatten, wie so ein graphisches Blatt gedruckt wird. Vladimír arbeitete mit seiner eigenen Handpresse, mit jener unsterblichen Handpresse, die er sich selbst gebaut hatte, die sehr fehlerhaft war, da sie rumpelte, als wäre sie total aus den Fugen. Doch Vladimír wußte, warum er das tat. Die Arbeit an diesem bemerkenswerten Gerät trat Vladimír in der Regel nackt an oder in einer speziellen Badehose. War es kalt, arbeitete er in leichter Bekleidung. Wenn er die Matrizen vorbereitete, wenn er das feuchte Papier einlegte, wenn er die Filzplatte dazugab, rauchte Vladimír meistens oder trank vorher viel, und dann, wenn sein Augenblick kam, dann drehte er mit dem ganzen Körper und mit den festen Händen, mit Hilfe der Knie und unter gewaltiger Anspannung seines fast zwei Meter langen Körpers – nach der Eingebung des Augenblicks oder mit der Überlegung, wem er die werdende Graphik widmen wollte – die Matrize langsam auf die andere Seite der Handpresse und hielt dabei die verhältnismäßig kleine Maschine fest, so daß sie nicht auseinanderfiel, nicht von allein wegrutschte. Nur so konnte Vladimír das Beben seines Körpers auch auf die Matrize und ihren Abdruck übertragen. Wer dieser Seance beiwohnte, glaubte stets, Vladimír übertreibe, er wolle seine Arbeit dramatisieren, sie zum griechisch-römischen Ringkampf, zum Spiel seiner Muskeln machen... Wer jedoch mit zeitlichem Abstand die graphischen Blätter zum Thema einer einzigen Matrize betrachtet, der wird zu seiner Überraschung feststellen, daß jede dieser Graphiken anders ist, daß sie schöne Aberrationen, Abweichungen, Verschiebungen aufweist, daß Vladimír also, wenn er an der Herstellung seiner graphischen Blätter arbeitete, nicht nur mit dem ganzen Körper, sondern auch mit seinem Geist anwesend war und daß seine Presse dank ihrer Mißlaunigkeit die Fähigkeit hatte, zu gehorchen und alles auszuführen, was durch Vladimírs Körper ging, es war, als ritt er auf einem Pferd und leitete es mit den Knien, den Händen und dem ganzen Körper, um ihm den Sprung über das Hindernis zu erleichtern... Heute, in der zeitlichen Rückschau, erkennt man, daß Vladimír gewußt hat, wie sehr seine Handpresse Teil seines Körpers und seiner Seele war, daß Vladimír in gewissem Sinne mit dieser Presse dachte, daß er ein großes Presseformat nicht hätte in die Hand nehmen und es demzufolge auch nicht hätte schaffen können, ganz in der Graphik aufzugehen, deshalb hatte er lieber nur von einer gigantischen Presse geträumt, von einer gewaltigen Presse, durch die er seine ganze Fabrik hätte treiben können, um ein aktives Blatt zu schaffen, das ein bißchen größer gewesen wäre als das Strahov-Stadion...

Heute, da man auf Vladimír Boudníks Leben und Werk von oben, mit dem Blick der Sphinx, herabschauen kann, heute denke ich oft an die Große Arkane der Tarockkarten, die Raymundus Lullus in dem Buch Ars Magna dargestellt hat, in jenem Buch, von dem sich Hieronymus Bosch inspirieren ließ, als er einige seiner Bilder nach Tarocksymbolen malte. Vladimír ist das Tarockblatt Nummer eins, der Gaukler. Vladimír, der mit den Flecken und Fleckchen begann, ist ein Magier mit einem Zauberstab in der Hand, ein Mann, der sich selbst noch nicht entwickelt hat, alle seine Positiva sind vorerst im Nichtwissen verborgen, Vladimír, ein Mensch, der gerade erst erwacht, sich allmählich seiner Berufung bewußt geworden ist, der erkannt hat, daß er überhaupt da ist, der sich zum erstenmal seine absolute Anwesenheit vergegenwärtigt, das erste Aufblitzen des Bewußtseins, welches zum Funken wurde, der jedoch sein Wesen noch nicht erreicht hat, Vladimír als Gotteskind, als Meister, der mit seinem Zauberstab der Imagination alle verschlossenen Türen des Unterbewußtseins zu öffnen vermag. Ein Magier, der bereit ist, sich auf den Weg der Erkenntnis seiner selbst zu begeben, um die Grundlehre von Hermes Trismegistos auszudrücken: Was oben ist, das ist auch unten, wie oben, so auch unten. Heute, da man Vladimír Boudníks Werk und Leben überschauen kann, sehe ich, daß Vladimír durch eine weitere Tarockkarte hat gehen müssen, durch eine allein für ihn bestimmte Karte, durch die Karte, die Der Gehenkte heißt. Auf diesem Tarockblatt erscheint Vladimír erneut als Magier, doch ist er ein Gehenkter, ist er zufrieden mit seinem Geschick, lächelt sogar. Auf diesem Tarockblatt sehen wir die zwei Säulen Salomos, Jachin und Boas, beide Stämme haben je sechs Aststümpfe, an der Spitze eines Stammes sind die Äste abgesägt, und darüber liegt ein Brett. An diesem Brett hängt Vladimír, er ist in einer Situation, die ihm erst sein Leben einbrachte, da er alles anders als die Menschen sah. Der gehenkte Vladimír befindet sich in einem ständigen Konflikt mit der äußeren Welt. Menschen, die diese Stufe erreicht haben, erleben wahrlich einen Zustand, der ihnen das Gefühl eingibt, gehenkt zu sein, aufgehängt wie die Fledermäuse. Heute, da man auf Leben und Werk Vladimír Boudníks mit den Augen der Sphinx, von oben, herabschauen kann, sehe ich, daß Vladimír, der über den Gaukler im Tarock zum Gehenkten wurde, unweigerlich das Tarockblatt Nummer dreizehn erreichen mußte, das Bild, auf dem Der Knochenmann zu sehen ist, der die Sense verkehrtherum hält, anders als die Menschen. Diese Karte aber gibt durch den Tod nicht den Tod, sondern das Leben. Der Knochenmann senst die Persönlichkeit mit dem Feuer des Geistes und dem Glauben der Seele an Gott. Als dieser Geist sich mit der Materie bekleidete und als Kind geboren wurde, mußte er in die Materie sterben, in sie hineinsterben. Jene Karte ist Ende und Anfang zugleich. Diese Lazarussyndrome und letztlich auch den wirklichen Tod erduldete Vladimír, der so verstarb wie Dostojewski an seiner Epilepsie, so wie Gustave Flaubert, der seit seinem dreiundzwanzigsten Lebensjahr an elliptoider Hysterie litt. Deshalb hat Vladimír sich mit unerträglichen Situationen abgetötet, in die er von selbst geriet und in die ihn die menschliche Gesellschaft hereinzog, deshalb war er in seinem erbitterten Grimm bemüht, sich zu erneuern, sich zu verjüngen, die Nullsituation seiner Moralität zu erreichen, um so geläutert zu einem neuen Abenteuer aufbrechen zu können, das sein Leben war, sein Wirken; das Schaffen als die totale Widerspiegelung seines Seins. Also brachte er sich mit Absicht an die Schwelle von Leben und Tod, um sich zu entpersönlichen, indem er seine Persönlichkeit bis zum obersten Scheitelpunkt des Lazaruskomplexes trieb, um jedoch immer wieder vom Sterben aufzuerstehen, mit einem kleinen Fähnchen in der Hand, wie Christus. Jetzt denke ich an Vladimírs letzte Graphik, sie besteht nur aus ein paar Haarlinien, die schon völlig entkräftet und unpersönlich sind, ein paar leicht aufstrebende Vertikale, wie mit einem Bleistift Nummer vier gezogen, dann eine Horizontale, leicht das Brett andeutend, an dem auf dem Tarockblatt Nummer zwölf, an einer Schleife am Knöchel, Der Gehenkte baumelte. Jetzt denke ich an eine entfernte Schwester Vladimírs, an Madame Emma Bovary, die schöne Frau, die sich nicht mit Hilfe der Kunst zu heilen und gesund zu machen wußte und deshalb ihre unlösbaren Realitätswidersprüche dadurch löste, daß sie sich mit Arsenik vergiftete. Als Gustave Flaubert dieses triste Ende seiner Emma schilderte, erbrach er sein Essen und hatte, bis er den letzten Satz niederschrieb, nur noch den Geschmack und den Geruch von Arsenik im Mund. Das war ihr Schicksal, sagte Emma Bovarys Ehemann. Auch Vladimírs Leben und Tod waren ganz allein das Schicksal des Dandys von Žižkov, der seine Latte immer höher legte, um das Verbotene zu erlangen, der sich in Grenzsituationen trieb, um auf diese Weise Kraft zu schöpfen und selbst das tun zu können, was er nicht wollte. So besucht mich seine fast zwei Meter lange Gestalt mit den goldenen Locken und den fiebrigen Augen oft, doch immer mit einem Fähnchen in der Hand wie Christus. Und ich schaudere nicht mehr vor diesem Turm zurück, der aus heiterem Himmel vom Donnerschlag getroffen wurde, sondern bejahe alles, was sein Schicksal und Geheimnis war, weil Vladimír ein Haus war, das sich am Blitz labte, Herr Hrabal, ein Haus, das sich am Blitz labte ...

Urlaub

Ich war mit Freunden im Urlaub, und ich weiß nicht warum, doch wir fanden Gefallen daran, mit dem Lift auf den Grúň hinaufzufahren. Sommer war's, ein kühler Vormittag, die lange Seilschlaufe mit den daran befestigten Sitzen entführte menschliche Gestalten bergauf, farbige Pulloverchen und bunte Windjacken, bloße Knie, und weil niemand vom Grúň herabkam, weil die abgewandten Gesichter, die hockenden reglosen Gestalten der Menschen nur nach oben stiegen, während die leeren Sitze, die Sessel herabglitten, auf den hochgeklappten Sitzbrettern die Nummern der absteigenden Sitze, bemerkte ich, daß die aufwärts schwebenden, an die Rückenlehnen gemalten Zahlen, daß diese Zahlen sich verringerten, abnahmen, die sechs Rädchen, die rotierten und dafür sorgten, daß sich die Sitze nicht vom Mast losrissen, schnurrten melodisch, und ich bemerkte, daß an jedem Mast solche Rädchen waren, immer vier und vier und an jedem dritten sechs... So fuhren wir nur hinauf, um oben zu sein, dort aßen wir zu Mittag und gingen spazieren, stiegen die Berglehnen hinauf und bewunderten die Aussicht auf die Gipfel rund um das Vrátna-Tal, um nachmittags wieder mit den Sesseln talwärts zu fahren. So glitten wir abwärts, die Berge vor uns stiegen wieder in die Höhe, die Sitze kamen uns entgegen, auf jedem dritten oder gruppenweise hintereinander saßen Leute, feierlich, und wenn wir einander begegneten, blickte fast jeder dem anderen in die Augen, den er passierte, und die Nummern der Sitze, die an der oberen Kehre der Seilbahn wendeten, fuhren jetzt abwärts und nahmen zu, zählten nach oben. Doch bei dieser ersten Bekanntschaft mit der Drahtseilbahn bemerkte ich nur das Vorbeigleiten der Gesichter schöner Mädchen, junger Männer, alter Leute... und sie alle schlugen, wenn wir uns trafen, die Augen nieder und hoben sie nur im letzten Moment, und so sahen wir uns alle im Vorübergleiten an, mit einem flüchtigen, aber tiefen Blick aus menschlichen Augen, was diese Fahrt mit den vielen Augenbegegnungen im Grunde sehr anstrengend machte, und fast jeder Teilnehmer dieser Fahrt auf den gipfel- oder talwärts gleitenden Sitzen schien plötzlich von dem Augen-Spiel, von diesem Auge-zu-Auge-Gehangel so genervt, daß er sich bemühte, den entgegenkommenden Augen auszuweichen, doch der Druck der Augenflüssigkeit war so groß, daß die ganze Fahrt zu einer erwartungsvollen Traumreise wurde, zu einer besseren Koketterie, zu einer Art sonntäglichem Korso, der mit seinem Augen-Spiel den Leib schwächt und die Seele in Wallung bringt. Unten dann, wenn die Fahrgäste nacheinander die Karabinerhaken ausklinkten wie auf einem Kettenkarussell, sobald sie mit den Füßen auf dem großen Punkt der Plattform landeten, packte ein Helfer den Sitz hinter jedem und mußte immer wieder Leute stützen, die von den vorüberhuschenden Augen so erschöpft waren, daß ihnen die Beine einknickten... Und der noch warme Sitz, vom Liftmechanismus fortbewegt, fuhr mit Gepolter in die Kehre, und seine Nummer, die über die absteigende arithmetische Reihe zugenommen hatte, bekam unten einen entgegengesetzten Sinn und schwebte mit dem nächsten Fahrgast wieder bergauf. Als ich, völlig beduselt von den Menschenaugen, nach draußen taumelte, fiel mein Blick auf den mit dunklen Traversen abgesteiften Betonquader, auf das Zehntonnengewicht, das die zwischen Tal und Grúň straffgezogene Seilschlaufe spannte... die Traversen waren rot angestrichen, und der Betonquader war mit einem abplatzenden Schwarz bemalt, das die Farbe des Gußbetons durchließ. Seit unserer ersten Fahrt hatten meine Freunde und ich nur den einen Wunsch, jeden Tag mindestens einmal mit einem der Liftsessel nach oben zu fahren und uns dort wieder auf die Abfahrt zu freuen, so wunderbar erotisch war diese Fahrt, schön wie ein melancholischer Traum. Jan Smetana, der Maler, war so hingerissen von diesem Erlebnis, daß es ihn verschönte, nicht nur wenn wir von dem Ort wegtaumelten, wo uns der Helfer von dem Sitz herunterholte, nein, er kam Abend für Abend auf dieses Erlebnis zu sprechen, auf diesen Luxus, den wir uns gegönnt hatten, auf unsere Erkenntnis, daß diese Fahrt uns einen erotischen Traum bescherte, der fünfundzwanzig Minuten bergauf und ebenso viele Minuten bergab anhielt, für ganze sechs Kronen die Fahrt. Als wir so auf und ab schwebten, allein der erotischen Fahrt wegen, die uns die herabgleitenden Mädchen und die himmelwärts steigenden Mädchen zu- und dann wieder entführte, ohne daß sie ausweichen konnten, sich unseren begierigen Blicken entziehen, wie auf dem Korso, wo die Blicke aufeinander zulaufen und sich dann nach hinten wenden ... bei einer dieser letzten Fahrten sagte Jan Smetana zu mir, was wir hier erlebten, das sei René Magritte, ein Bild von Magritte, wo es lauter Herren in Konfektionsanzügen mit Melonen vom Himmel regnete ... Er habe einen Traum gehabt, so vertraute er mir an, er stehe da unten am Fuße des Grúň, und keiner fahre mit der Drahtseilbahn, weder hinauf noch hinunter, nur die leeren Liftsessel seien in Bewegung, und dann seien sechzig René Magrittes gekommen und hätten nacheinander Platz genommen und seien auf den Berg gefahren, und kaum habe sich der erste René Magritte oben angeschickt, wieder zu Tal zu fahren, ja diesen Moment, da sich der erste René Magritte und der letzte René Magritte begegneten, diesen Augenblick, da beide aufeinandertrafen, den würde er, Jan Smetana, gern zu Ehren von René Magritte malen ... Und ich, der ich heute Tabletten schlucken muß, um einzuschlafen, aber dennoch nicht schlafen kann und gegen Morgen von Bildern heimgesucht werde, die mich erschrecken, denen ich aber trotz dieses Erschreckens beipflichte, weil mir nichts anderes übrigbleibt, ich träumte heute also wieder von der Seilbahn auf den Grúň, es war eine Variation auf Jan Smetanas Traum, doch ich sah weder nach oben noch nach unten einen Menschen fahren, nur die Seilbahn polterte und ratterte hohl, und die Nummern an den Lehnen stiegen bergauf, und ich sah die Zahlen abnehmen, je mehr Sitze aufwärts schwebten ... und im selben Augenblick sah ich oben Goethe stehen, auch unten, wo ich mich im Traum befand, war

Goethe, im gleichen Jahrhundert und in der gleichen Kleidung, und ich sah, wie beide sich ein Zeichen gaben und sich gleichzeitig oben und unten in die Liftsessel setzten, und ich sah die beiden Goethes aufeinander zukommen, sah den Augenblick herannahen, da sie nebeneinander waren, da sie sich schon fast die Hände reichen konnten … und dann sah ich sie aneinander vorbeifahren, genauso wie es Goethe seinerzeit wirklich erlebt hat, als er nach Italien reiste und mit seiner Kutsche einer anderen Kutsche begegnete, die von Italien kam, so ist Goethe sich selbst begegnet und hat dieses erstaunliche Zusammentreffen notiert … Und in dieser Morgenstunde wußte ich, daß meine Schlaflosigkeit noch einmal belohnt werden würde, mein Schweiß, das entsetzliche Gefühl, die Augen unter den krampfhaft geschlossenen Lidern geöffnet zu haben, wie Wucherblumen, aufgerissene, starrende Wucherblumen … Und wieder sah ich die verlassene Seilbahn am Grúň, und die Maschinen arbeiteten, und die Rädchen drehten sich, und die leeren Sitze schwebten nach oben und glitten abwärts, und die Nummern der Lehnen nahmen nach oben ab und nach unten zu, und ich stand in diesem Traumbild unten und setzte dann auf jeden Sitz mich selbst, angefangen bei der Kindheit: Zuerst war da ein Junge in rotem Jäckchen, einen schwarzen Hut mit Hahnenfeder auf dem Kopf, gefolgt von einem Knaben im Matrosenanzug und danach von einem Studenten im Sonntagsstaat, alle diese Phasen meines sechzigjährigen Lebens setzte ich in die aufsteigenden und himmelwärts entschwebenden Sitze mit den Nummern, die beim Hochsteigen an den Lehnen kleiner wurden und abnahmen, und als der Junge in dem roten Jäckchen mit den Goldknöpfchen und mit der Hahnenfeder am schwarzen Hut oben absprang, gab er mir einen Wink … also sprang auch ich auf einen Sitz, ich, der Greis mit der Glatze und dem einfältigen Lächeln, und schaute nach oben und sah die Rücken von sechzig Männergestalten, die vor mir die Jakobsleiter zum Himmel hinaufzusteigen schienen, diese Rücken sah ich und diese Köpfe der sechzig Haltestationen meiner

Jahre... doch zugleich sah ich, die Jakobsleiter erklimmend, mich selbst vom Himmel herabkommen, mir entgegen, als Junge im roten Jäckchen, sah plötzlich meine beiden Lebensbahnen aneinander vorbeigleiten, das Wichtigste aber: ich sah auf mich, den Greis, nun den Jungen im roten Jäckchen zukommen, und da, als wir uns schon die Hände hätten reichen können, da blickten wir uns nur an, und ich bin es, derselbe, der nun auf der Jakobsleiter zur Erde hinuntersteigt, und so treffen meine sechzig Jahre aufeinander, und ich erlebe diese triste und freudige Konfrontation, sehe diesen kaputten Reißverschluß, diese beiden Züge, die sich auf einer unwirklichen Bahnstation kreuzen; an mir selbst vorübergleitend, sehe ich nichts anderes als mein Gesicht und meine Gestalt, sehe mich selbst von hinten und dann auch von vorn, zähle ich mich selber ab, um mich wieder hinzuzuzählen, und als ich als letzter droben aus dem Kettensitz sprang, stellte ich rückschauend fest, daß der Weg, auf dem ich himmelwärts geschwebt bin, leer war, obwohl drunten jetzt der Knabe im Matrosenanzug absprang und mit seiner Matrosenmütze zu mir heraufwinkte... und dann winkte mir jede Gestalt, die stets jünger war als ich, winkte mir jede dieser Figuren beim Abspringen zu, dann fuhr die ganze Kette irgendwohin abwärts in die Tiefe, bis unter das gigantische Gewicht... und ich stand in meiner Vision hoch oben, und die Seilbahn war in Bewegung, und alles an ihr ratterte und glänzte...

In dieser morgendlichen Vision erschien mir auch Jan Smetana, selig lächelnd, die Augen geschlossen, und ich sagte zu ihm: Aussteigen ist Geborenwerden, Einsteigen ist Sterben... wie Taoteking lehrte... Der Sessellift am Grúň, die Bakelitsitze, korallenrot, himmelblau, bananengelb, die schwarzen Nummern an den Lehnen und an den Sitzen... Alles, was sich entfernt, kehrt wieder zurück... Der Sessellift am Grúň.

Eine Wirtshausgeschichte

Ich sitze im Goldenen Tiger, spiele mit dem Bierdeckel und kann mich einfach nicht satt sehen an dem Emblem, zwei schwarzen Tigerlein, die sich in meinen Fingern drehen, wie immer knicke ich unbewußt die Ecken des Bestellzettels um, zuerst die eine, dann die andere, nach dem dritten Bier die dritte und danach die vierte, manchmal zieht Bohouš, wenn er mir das erste Bier bringt, den weißen Papierstreifen aus dem weißen Jäckchen und knickt mir schon vorher lächelnd eine Ecke um, ich sitze in Gesellschaft, wo immer ich mich niederlasse, und gleich ist es meine Gesellschaft, ist es mein Ritual, und nicht nur das meine, sondern das Ritual aller Leute, die Bier trinken kommen, denn der Tisch bildet eine Gesellschaft, die redet. Es sind Gespräche am Kneipentisch, Gespräche, in denen sich der Mensch von den täglichen Streßsituationen distanziert, oder es wird nur geschwatzt, doch auch das ist Distanzierung, vielleicht wird man, wenn es einem besonders übel ergangen ist, am ehesten vom banalen Geplauder über banale Dinge und Geschehnisse geheilt, manchmal sitze ich da und schweige verstockt, überhaupt gebe ich beim ersten Bier nachdrücklich zu erkennen, daß es mir unangenehm ist, irgendwelche Fragen zu beantworten: so wie ich mich auf das erste Bier freue, so dauert es bei mir eine gewisse Zeit, bis ich mich in die tyrannisch lärmende Kneipe einpasse, bis ich mich auf die vielen Gäste, auf die vielen Gespräche einstimme, jeder scheint von dem Wunsche beseelt, was er sagt, möge gehört werden, jeder in dieser Kneipe glaubt, was er gerade sagt, sei beachtenswert, und so trompetet er seine banale Botschaft hinaus, ich selber gehöre zu diesen Schreihälsen, nach dem zweiten Bier halte ich alles, was ich sage, für äußerst wichtig, und deshalb schreie ich, habe den Blick geschärft und trompete meine Sätze in die Gegend, wobei ich in meiner Einfalt meine, daß nicht nur mein Tisch, sondern die ganze Welt sie vernehmen müsse. So sitze ich da und höre nicht auf, nervös mit den

Bierfilzen zu spielen, etwa zehn halte ich in der Hand, mische sie wie Spielkarten, lasse sie von oben auf den Tisch schurren, trinke einen Schluck, spiele aber gleich wieder mit den Pappfilzen und dem Bestellzettel. Jetzt bin ich hier, nein, allein bin ich nicht, doch ich mische mich nicht ins Gespräch, ich höre nur zu. Wie viele zehntausend Gespräche habe ich schon auf diese Weise erlebt, wie vielen Zehntausenden Menschen bin ich in meinen Wirtshäusern begegnet, wie viele zehntausend Menschen habe ich möglicherweise mit meinem Gerede berührt, nein, nicht mit meinem Gerede, sondern im Dialog, der zuweilen in einen Vortrag überging, in der Regel nicht in meinen, sondern in den Vortrag der anderen, wobei wir zuletzt alle still wurden und einer Geschichte lauschten, die so, wie sie erzählt wurde, weder Gaststättengefasel noch Kneipengeschwätz war, sondern eine Wirtshausgeschichte, wie sich Eman Frynta so trefflich ausdrückte. Herr Ruis, Bratscher im Dvořák-Quartett, erzählte gerade von dem letzten Konzert in Bílina, schilderte, wie trübselig und schäbig die Stadt war, wie verkommen durch Wetter und Gleichgültigkeit, Zigeuner, die auf dem Marktplatz promenierten, ein paar Betrunkene: abends jedoch seien ordentlich gekleidete Leute im Rathaus erschienen, und Bílina habe sich in aufmerksame Zuhörer verwandelt, die ergriffen waren. Neben mir unterhielten sich Gäste über Pilze, über Reizker, ich wartete darauf, daß sie auf das Wesentliche zu sprechen kämen, doch keiner kam auf das Wesentliche über die Reizker, und so bat ich um Entschuldigung und sagte: Meine Herren, der Reizker, das ist ein mystischer Pilz, er ist von herrlichem Fuchsrot: in den konzentrischen grünlichen Ringen verbirgt sich die mystische Sendung dieses Pilzes, denn diese grünlichen, sich verengenden Ringe enden bei jedem Reizker in einem grünen Nabel, im Mittelpunkt jener kleiner werdenden, konzentrischen grünen Kreise, und dieser Punkt in der Mitte des Reizkerhutes ist das Zentrum des Denkens, er ist das, was die buddhistischen Priester beschauen, ihr Nabel, durch den sie sich an Nabelschnüren bis zum Urbauch unserer

Urmutter zurückhangeln, der allersten Frau, die einen glatten Leib hatte, er ist der Anbeginn des Menschengeschlechts, das alles, meine Herren, sage ich, läßt sich aus den konzentrischen grünen Ringen des roten Reizkers, die das lauterste Grundsymbol menschlicher Anfänglichkeit und Heutigkeit enthalten, als Botschaft herauslesen. Aber, meine Herren, Sie essen doch so gerne, also werde ich Ihnen das Rezept geben, nach dem sich die spanischen Holzfäller im Walde die Reizker zubereiten. Eine Schicht Fleischwurst, darauf eine Schicht Reizker, dann geschnitzelter Paprika, dann eine Schicht Speck, dann Tomatenstücke und endlich eine Schicht Wurst und Reizker, immer Schicht auf Schicht, und danach wird die Wurst, wird alles am Feuer gebacken, und ganz am Schluß, wenn es fertig ist, kann man es mit geriebenem Käse bestreuen... Ich schrie diese beiden Botschaften hinaus, denn zum einen war ich nicht zu hören, und zum anderen hatte ich das Gefühl, es herauszuschreien zu müssen, damit es nicht nur in Prag gehört werde, sondern im ganzen Bezirk, im Lande, in Europa, deshalb schreie ich immer so närrisch, und da ich überzeugt bin, daß alles, was in mir ist, auch allen gehört... Und Herr Ruis erzählte, das Dvořák-Quartett habe in Schweden ausschließlich tschechische Musik gespielt, das Quartett von Dvořák, wo ihm die Kinder gestorben sind, und am Schluß »Aus meinem Leben«... und plötzlich gab es ein Schluchzen und Weinen, alles drehte sich um, und als das Konzert dann aus war, kam die Frau eines Arztes, der emigriert war, und sagte in der Garderobe zu Herrn Ruis, sie müsse heim, sie habe ihre Mama lange nicht mehr gesehen, sie müsse heim oder werde hier sterben, obwohl sie alles habe, einschließlich ihres Mercedes, sie müsse heim, müsse Prag sehen und ihre Mama und die Freunde... So sprach Herr Ruis, ganz leise, und alle waren verstummt, und man vernahm die kratzig schöne Stimme von Herrn Ruis, und dann ging das Gespräch auf Strawinski über, bei dem immer drei heilige Musiker an der Wand gehangen hätten, seine drei Patrone, Webern, Schönberg und Berg... Und ich lauerte auf meinen Auftritt, auf die spaltbreit geöffnete Gesprächstür, bereit, mein Knie hineinzuzwängen und das zu sagen, was meiner ständigen Meinung nach nicht nur dieser Tisch, sondern das ganze Wirtshaus wissen müsse, nein, nicht allein das ganze Wirtshaus, sondern die ganze Stadt, das Land, die Welt... Und als ich das Knie in die spaltbreit geöffnete Tür zwängte, durch die ein Engelchen geflogen kam, erklärte ich laut: Tja, meine Herren, heute vormittag habe ich im Wiener Rundfunk gehört, wie Webern von seinem Schwiegersohn ums Leben gebracht worden ist... Als der Krieg durch Österreich gegangen und vorbei war und die amerikanischen Truppen durch Linz zogen, da hat es ein Ausgehverbot gegeben... da hat Weberns Schwiegersohn, der nicht mal wußte, wer Webern überhaupt war, ja Webern selber hat nicht mal gewußt, daß er der berühmte Webern war, da hat also der Schwiegersohn, als der Webern abends zu Besuch kam, gesagt: Papa, hier hab ich acht Zigaretten für Sie aufgehoben, Sie sind leidenschaftlicher Raucher, da, nehmen Sie, und der Webern war zu Tränen gerührt und hat gesagt: Was für ein Glück für mich, daß ich dir meine Tochter gegeben habe, was hab ich für einen braven Schwiegersohn, und was für einen braven Mann hat meine Tochter, gleich werde ich mir eine anbrennen. Ich kann's nicht mehr erwarten, doch die Tochter und der Schwiegersohn sagten: Papa, gehen Sie lieber auf den Flur, hier sind die Kinder, also ging Webern auf den Flur, doch dann dachte er sich, der Rauch zieht womöglich ins Zimmer, wo meine Enkel schlafen, und weil ich einen so braven Schwiegersohn habe, werde ich auf dem Balkon rauchen, draußen. Dann ging er hinaus in die Dunkelheit und steckte sich gierig eine Zigarette zwischen die Lippen, riß mit bebender Hand ein Streichholz an, und als er den ersten Zug nahm von dem Nikotin und dem köstlichen Rauch, den er so lange entbehrt hatte, krachte ein Schuß, und Webern brach zusammen, und als sie herbeikamen, war Webern tot, sein erster Zug war auch sein letzter gewesen, der letzte, und der kam ihn so teuer zu stehen, ein Posten hatte geschossen, weil es verboten war, Feuer und Licht zu machen, und er hatte Webern getötet... doch aufgepaßt, meine Herren, die mystische Verquickung der Geschehnisse ist noch nicht zu Ende! Der Soldat ist sehr unglücklich gewesen, weil er ja irrtümlich Webern erschossen hatte, und als er nach Amerika zurückgekommen ist, hat er sich ärztlich behandeln lassen, dieser Webern war ihm so nahegegangen, daß er drei Jahre lang in der Psychiatrie saß, und im fünften Jahr, nachdem er Webern erschossen hatte, hat er sich dann selber erschossen... Herr Maryško war ergriffen und sagte dann, als wir nach Hause gehen wollten, zu mir: Das hättest du mir nicht erzählen dürfen, diese Geschichte mit dem Webern, so sprach Herr Maryško zu mir, der immer auf Webern schimpfte und Wer soll das spielen? gesagt hatte, wogegen Herr Ruis behauptete, er könne Webern leiden und spiele ihn gern, und Herr Hampl, der Graphiker, unterstützte Herrn Ruis, er liebe Webern sogar, einfach weil er ihn überhaupt nicht verstehe... Und ich saß im Goldenen Tiger, sah mir die Gesichter der Gäste an, ja wahrhaftig, kein Gefasel, kein Kneipengeschwätz, denn dieses lärmende Wirtshaus ist eine kleine Universität, wo sich die Leute, angeregt vom Bier, Geschichten und Geschehnisse erzählen, welche die Seele verwunden, wobei sich über den Köpfen das große Fragezeichen der Absurdität und Bewunderungswürdigkeit des menschlichen Lebens in Gestalt von Zigarettenrauch erhebt... Ich schwieg, der Reizker und die konzentrischen grünen Ringe, der grüne Punkt in der Mitte des roten Reizkerhutes, der Omphalos, der Nabel der Welt, durch den man bis zu dem glatten Bauch der Urmutter Eva zurückgehen kann... so in Gedanken, umgeben von einem Gespräch, das ich nicht wahrnahm, eilte ich in meine Kindheit zurück, wo ich zum erstenmal in einem Wirtshaus und dermaßen davon bezaubert war, daß das Wirtshaus mein Schicksal wurde. Mein Papa nahm mich immer mit, auf einem Laurin-und-Klement-Motorrad, wenn er als Brauereiverwalter die Wirtschaften abklapperte, die von der Brauerei mit Bier beliefert wurden.

durch Dörfer und Kleinstädte sind wir gefahren, ich erinnere mich, daß mir jede der Wirtschaften so öde vorgekommen war, nachmittags und vormittags so trübselig, fast ohne Gäste, stets war in diesen Dorfgasthäusern Dämmerlicht, und nur der Zapfhahn glänzte matt, der Schanktisch, Papa machte den Wirten die Steuerabrechnung, er saß stets in der Küche, und ich hockte in der Schankstube, fast immer war es kühl dort, ich trank aber Limonade, eine Limonade nach der anderen, wunderbar rote und gelbe Limonade, die in den Gläsern perlte, ein paar Gäste saßen im Dämmerlicht, und nur daß sie das Bierglas hoben oder einen Schnaps kippten, ließ erkennen, daß da irgendwo ein Mensch saß, manche rauchten, ein Zündholz flammte auf, und ich war glücklich in diesen Wirtshäusern, zuweilen wurde ich auch in die Küche hinter den Tresen gebeten, fast immer war da eine Wirtin, und sie wirkte immer so überaus müde, ja, nicht mal richtig gehen konnten diese Wirtinnen, sie stützten sich auf die Möbel, erhoben sich vom Stuhl, als hätten sie Rheuma, und ich kriegte eine Suppe, Kuttelfleck- oder Gulaschsuppe, und wieder trank ich mich an der roten und gelben Limonade satt, trank eine Limonade nach der anderen, auf dem Tisch vor meinem Papa lagen hell glänzende Schriftstücke, den Fingern meines Papas entstieg Zigarettenrauch, blauer Rauch von ägyptischen Zigaretten, andere als ägyptische habe ich ihm nie gekauft, Papas Stimme war einschmeichelnd, leise und eindringlich, der Wirt saß da und lauschte nur dem, was mein Papa ihm riet, und ich wußte nicht, worüber sich die beiden unterhielten, als redeten sie in einer fremden Sprache, stets aber war bei dem Wirt etwas in Unordnung, es war etwa so wie bei mir mit der Schule, Papa war der Lehrer, und ich war der Schüler, der seine Hausaufgabe nicht richtig gemacht hatte, wie ich guckte der Wirt zu Boden, er hatte Angst, meinem Papa in die Augen zu sehen, doch Papas Stimme weckte Hoffnung, verlieh dem Wirt Courage, so daß zum Schluß alle lachten und sich lange die Hand drückten, sich in die Augen sahen, Papa ließ die Schriftstücke auf dem Tisch liegen, und immer nötigte der Wirt

ihm ein Fläschchen auf oder zwei Schnäpse, danach begleitete
man uns hinaus, half beim Anschieben des Motorrads, und ich
wußte, daß sich die ganze Gastwirtschaft, wenn wir abgefahren
waren, von Papa erholte, der zu jeder Zeit, wahrscheinlich weil
er Verwalter war, etwas Betrübliches für den Herrn Wirt mitbrachte, etwas, wovor sich der Herr Wirt fürchtete... Und
wieder trank ich im nächsten Wirtshaus rote und gelbe Limonade, eine nach der anderen, ein Jahr später traute ich mich
schon nicht mehr in die Küche hinein, ich blieb in der Schankstube sitzen und hörte durch die Glastür, wie Papas Stimme
den Herrn Wirt an etwas Unangenehmes erinnerte, dieser
wehrte sich, führte etwas zu seiner Verteidigung an, manchmal
kam der Wirt in den Schankraum gelaufen, goß sich einen
Schnaps ein und kehrte blaß in die Küche zurück. Papa legte
ihm den Arm um die Schulter und redete mit freundlicher
Stimme auf ihn ein, genauso zärtlich redete er auch mir zu,
mehr zu lernen, die Streiche zu lassen, denn was solle aus mir
werden, wenn ich schlecht lernte? Ich bin immer gern mit Papa
mitgefahren, nach der Schule ging ich mit ihm auf Tour, und
vor allem in den Ferien, jeden Tag fuhr ich mit Papa die Gastwirtschaften im Kreis Nymburk ab, ich kannte sie schon auswendig, aber immer wieder verblüffte mich das Wirtshaus Zur
Stadt Kolín in Lysá, denn die Wirtin dort war so ordinär, daß
Papa rot wurde, sie lachte, winkte ab und schob alles beiseite,
all die Sorgen um das Bier und um die Steuern. Und ich saß im
Schankraum, in den die Sonne schien und wo ein großer Aspa-
ragus und eine Nähmaschine waren, trank eine rote Limonade
nach der anderen und dazwischen eine gelbe Limonade und
hörte mir mit Vergnügen die verbotenen ordinären Ausdrücke
der Frau Wirtin an, und wenn sie in den Schankraum kam, um
mir eine weitere Limonade mit Kippverschluß zu geben, streichelte sie mich, und wenn sie mich ansah, hatte sie schöne Augen, in denen ich völlig versank. In anderen Wirtshäusern
durchstreifte ich bereits das ganze Lokal, den Tanzsaal und den
Theatersaal, ging in den Garten, wo die Kegelbahn war, wo

Stühle standen. Eindruck machte auf mich das Wirtshaus, das Herrn Hugo Šmolka gehörte, einem Juden, dessen Kinder so dichtes Haar, so dichte Zotteln hatten, daß kaum das Gesicht zu erkennen war, Herr Šmolka hatte eine kurzgeschorene Igelfrisur, deren schwarzes Haar ihm fast bis zu den Brauen in die Stirn reichte, und seine Frau glitzerte ständig und immerzu von Schweiß, sie glänzte, als wäre sie mit Öl oder mit Schmalz eingerieben, selbst ihr Kleid schien mit Fett, mit Schmalz beschmiert zu sein. Und so verliebte ich mich in die Schenken und Gaststätten und war völlig verunsichert, wenn Papa mich in ein Restaurant mitnahm, wo es Tischtücher gab und war da auch noch ein schwarzgekleideter Kellner, dann saß ich verbiestert da oder spazierte, wenn es ging, lieber vor dem Restaurant auf und ab, bis Papa kam und mit mir zu einer Dorfwirtschaft weiterfuhr... zu einem dieser Wirtshäuser, wo ich schon so bekannt war, als gehörte ich zur Familie, dort war ich glücklich, durchwanderte das ganze Haus, manchmal ging ich auch auf den Hof und in die Ställe; da gab es eine Gastwirtschaft, und die hatte ich am liebsten, weil sie nebenher eine Fleischerei betrieb, ich bekam immer einen Ringel Wurst, es gefiel mir, eine Limonade um die andere zu trinken und Salami dazu zu essen... Als ich dann auf die Realschule ging, trank ich schon Bier. Wohin ich mit Papa kam, machte ich Reklame für Bier. Ich trank ein Bier nach dem anderen und fand Gefallen daran, laut sagte ich, wie schmackhaft und vorzüglich dieses Bier sei, so redend, trank ich mit einer Wonne, daß nicht nur die Wirtsleute, sondern auch die Gäste baff waren... Und so saß ich nur noch in Wirtshäusern herum und trank ein Bier nach dem anderen, und Papa löste weiterhin mit seiner leisen Stimme gemeinsam mit dem Wirt die Probleme des Bierumsatzes und der Steuern, irgend etwas war immer in Unordnung, doch ich saß in der Schankstube und plauderte nach dem dritten Bier mit den Gästen, doch am liebsten begleitete ich Papa nach Kolín, zu Vodvárka in der Elbvorstadt, dort ging es schon von morgens an hoch her, und Herr Vodvárka

war ein Mensch, der in die Welt paßte, immer bei guter
Laune, und Papa mußte hier an nichts erinnern, keine Vorhal-
tungen machen, denn der Herr Vodvárka, der war für mich
der Größte und ist es bis heute. Kam er nach Nymburk, der
Herr Vodárka, dann erschrak Papa, und mußte er mit ihm
nach Prag, dann war das für mich eine tolle Sache, kaum daß
wir bei Šmelhaus anlangten, jedes Vierteljahr gab es für uns in
Prag nichts anderes als Šmelhaus, sobald wir den Saal betraten, patschte Herr Vodárka dem Geiger einen Hunderter auf
die Stirn, und jedes Vierteljahr spielte man, kaum daß wir ein-
traten, auch schon Kolín, mein Kolín... und dann setzten
wir uns, und Papa sagte alle Stunde mahnend, es sei an der
Zeit heimzufahren, doch Herr Vodárka tanzte und sang, ver-
schenkte hier ein Lächeln, machte da einen Witz, und ich
blieb sitzen, und je mehr ich trank, desto lebhafter umarmte
ich jeden, der Herrn Vodárka die Hand schüttelte, und so
vergnügten wir uns bei Šmelhaus, bis geschlossen wurde, und
Papa war untröstlich, weil er nicht soviel trinken durfte, denn
er mußte noch Motorrad fahren, später hatte er einen Škoda,
und er überlegte erschrocken, wohin er geraten war, denn
Herr Vodárka versprach immer, wenn er einmal im Vierteljahr kam, zunächst alles im Brauhaus zu erledigen und erst
dann nur auf ein Momentchen zu Šmelhaus zu gehen... und
so geleitete uns die Musik die Treppe bei Šmelhaus hinunter
bis auf die Straße, und fuhren wir nach Hause, holte Herr
Vodárka im Morgengrauen noch den Wirt in Nehvizdy aus
dem Bett, wir tranken wiederum Bier und Kaffee, und Herr
Vodárka ließ die Musikanten aufwecken, und die spielten
uns auf, und dann weckte Herr Vodárka den Kaufmann und
kaufte ihm alle Schokolade ab und verteilte sie an die Weiber,
die er ebenfalls eingeladen hatte, nachdem er zuvor an die
Fenster geklopft und alle Menschen guten Herzens herbeige-
rufen hatte, und die Musik spielte, und es wurde gesungen,
und Papa saß und guckte auf die Uhr und war entsetzt, weil er
in zwei Stunden wieder in der Buchhaltung der Brauerei sein

mußte... Alle diese Dorfschenken in meiner Kindheit und Jünglingszeit und danach die Wirtshäuser in Nymburk, die ich jeden Sonnabend und Sonntag vormittags wie nachmittags besuchte, um Billard zu spielen, mein Gasthaus Unter der Brücke bei Pospíšil, wo ich Klavier spielte, wo wir mit den Jungs aus der Elbvorstadt Karten kloppten, mit meinen Freunden auf Leben und Tod, mit den einfachen Jungs und Kumpels aus den Katen der Elbvorstadt, und später meine Wirtshäuser und Dorfschenken und kleinen Hotels, als ich als Versicherungsagent Böhmen abklapperte, und dann meine täglichen Dorfschenken, als ich halb Böhmen in Galanteriewaren bereiste und die Waren der Firma Harry Karel Klofanda anpries, jeden Tag in einer Dorfschenke zu Mittag, zum Abendbrot und morgens zum Frühstück, als ich noch am liebsten in ganz gewöhnlichen Hotels übernachtete, und dann mein Prag, wo ich mich täglich in den Kneipen von Libeň, Žižkov und Vysočany und auf der Kleinseite und in der Altstadt aufhalten mußte, genaugenommen habe ich ein ganzes Vierteljahrhundert nur in diesen Kneipen zu Mittag gegessen, ganz selten, eher zufällig habe ich mich in ein ordentliches Restaurant verirrt, in ein Hotel, da war mir nie wohl in meiner Haut, ich fühlte mich sogar gehemmt und kam erst wieder zu mir, wenn ich draußen war und die erstbeste Kneipe betrat, hier war mir wohl, hier waren meine Leute, hier waren meine Kellner und Wirte, mit denen ich Freundschaft schloß, hier war ich zu Hause, in Familie...

Ich sitze nun im Goldenen Tiger, habe soeben in der Rückschau meine Wirtshäuser durchwandert und weiß jetzt aus eigener Erfahrung, daß alles eigentlich mit meinem Papa angefangen hat, damals, als ich mit ihm in der Gegend herumfuhr, um eine Limonade nach der anderen zu trinken, während Papa die Rechnungen und Steuerbescheide der unglücklichen Wirte in Ordnung brachte, die nie in Ordnung waren. Jetzt sitze ich im Goldenen Tiger, ich lächle, eine ganze Weile habe ich kein Wort vernommen, als säße ich irgendwo in einem stillen Wald, denn ich habe die Wirtshäuser meines Lebens durchwandert, bis zurück zur ersten Schenke bei Nymburk auf dem Land. Herr Ruis, jetzt höre ich ihn, erzählt: Und dann sind wir mit dem Flugzeug in Kopenhagen angekommen, zwei Autos haben auf uns gewartet, zum erstenmal hat das Dvořák-Quartett ein Angebot angenommen, ohne zu wissen, wer uns eingeladen hat, wer uns so fürstlich bezahlte. Und es war schon Abend, als wir mit den Autos fuhren, bald lag Kopenhagen hinter uns, die beiden Herren, in jedem Auto einer, trugen schwarze Redingote-Mäntel, sie waren ruhig, und wir kamen zu einem großen Gebäude, das Tor ging auf, die Gitter hoben sich, und unsere Autos fuhren auf den Hof, und an den Fenstergittern erkannten wir, daß wir in einem Knast waren, wo wir sogleich aussteigen sollten. Und dann saßen wir beim Gefängnisdirektor und kriegten ein schwedisches Büfett und zu trinken, und hinterher, als es soweit war, gingen wir in die Gefängniskapelle rüber, wo die Häftlinge saßen, und wir stimmten die Instrumente und spielten das Dvořák-Quartett und anschließend »Aus meinem Leben«, und während wir spielten, war es still, und wir wußten, wir spielten vor einem Publikum, wie wir es noch nie gehabt hatten, und als wir fertig waren, klatschte niemand, alle saßen auf ihren Plätzen und waren tief ergriffen, wir erhoben uns, verbeugten uns, gingen hinaus, doch die Häftlinge blieben sitzen, das Kinn in die Hände gestützt, die Hände vors Gesicht geschlagen ... das war unser bestes Publikum, genau wie das in Oxford, wo wir letztes Jahr spielten, alle im Frack, wir verbeugten uns und gingen ab, und als wir uns umdrehten, hatten sich die Zuschauer erhoben, sie waren ebenso ergriffen wie die Häftlinge in Kopenhagen, denen wir das gleiche gespielt hatten, das Quartett von Dvořák, als ihm die Kinder gestorben waren. »Aus meinem Leben« von Smetana und ein Quartett von Janáček, das haben wir also gespielt und diese Musik war und ist so tief, unsere Musik, daß weder in Oxford noch im Kopenhagener Gefängnis die Zuhörer es wagten, mit einem einzigen Klatschen ihre mystische Einheit mit der Musik zu zerstören. Meine Herren, was ist eigentlich Musik, wodurch wirkt sie auf uns? Im Grunde durch nichts... also durch alles... So sprach Herr Ruis, und wir alle waren gerührt und versteckten deshalb das Gesicht lieber hinter frischen Biergläsern.

Mein Libeň

Liběň, das alte Liběň erschien in meinem Leben wie ein Rettungsring. Ich hatte von der Brauerei in Nymburk Abschied nehmen müssen, in jenem Städtchen, in dem meine Zeit stehengeblieben war, wo ich völlig ratlos auf der Stelle trat, wo ich weder vorwärts noch zurück konnte und wo ich eines Tages feststellte, daß ich so, wie ich lebte, nicht mehr weiterleben konnte. Und so verließ ich die schöne Vierzimmerwohnung, wechselte mehrmals in Prag die Untermiete, hauste in Unterkünften zu Kladno, bis mir eines Tages meine Kusine Milada sagte, in Liběň, in der Gasse Na hrázi, sei ein Zimmer frei, eine frühere Schmiede, für fünfzig Kronen würde die Besitzerin die leere Stube an mich vermieten. Und so stand ich eines Tages in den fünfziger Jahren in einer leeren Stube, wo es muffig war und nach Schimmel roch und wo an der Decke eine Ziehlampe hing. Mir war sofort klar, daß ich auf dieses Zimmer gewartet hatte, daß ich hier wie ein Maler vor der aufgespannten, sauberen Leinwand stand und daß es von diesem Augenblick an ausschließlich von mir abhing, was ich aus diesem Zimmer machte. Und ich kaufte mir ein Sezessionsbett aus Messing und dann einen großen gußeisernen Herd und einen Tisch und ein paar Stühle, die Frau Wirtin lieh mir eine Anrichte, und ich legte ein Tischtuch auf den Tisch, ein blendendweißes Tischtuch, stellte auf den weißen Tisch einen Blumenstrauß und fuhr weiterhin zur Poldi-Hütte nach Kladno und konnte es nicht erwarten, die Schicht hinter mir zu haben und wieder mitten in meiner Stube zu stehen. Und wenn ich Feuer gemacht hatte und der gußeiserne Herd bullerte und das Licht durch die Sprünge in den Ringen an der Decke flackerte, wenn unter der Ziehlampe der weiße Tisch schimmerte und darauf das aufgeschlagene Buch, dann konnte ich das Glück nicht fassen, das mir widerfahren war. Vor allem aber faszinierte mich Liběň, ich machte Ausflüge überall dorthin, wo ich noch nie gewesen war; das Gäßchen Na hrázi, die Hauptstraße, die nach Žídy führenden Nebenstraßen, die Bratrská-Gasse, die Gasse Na Žertvách, die von den immer noch dampfbetriebenen Zügen durchschnitten wurde, die Kotlaska und insbesondere der Rokytka-Bach, das alles versetzte mich in Erstaunen, selbst bei Nacht ging ich umher, ich konnte mich an der Poesie dieser Vorstadt nicht satt sehen, über der der kugelförmige Gasometer auf der Palmovka aufragte. Wollte ich Bier trinken oder zu Abend essen, dann ging ich immer in eine andere Gastwirtschaft, und trat ich in den Ausschank und danach in das Lokal, dann traf mich jedesmal der Blitz, so verliebt war ich in diese Vorstadt, die eingerahmt war von Maniny und der Moldau und ihren Kaianlagen, worüber sich die Anhöhen der Bulovka und des Hájek mit der Červená báň erhoben. Zu jener Zeit hatte ich das Gefühl und danach den immerwährenden Eindruck, daß alle diese Gäßchen und Gassen, alle diese Gastwirtschaften, daß all das ausschließlich für mich bereitgestellt sei, einzig und allein für meine Augen bestimmt. Alle Einwohner von Libeň schienen mir aus dem gleichen Holz geschnitzt wie ich, schienen den Einwohnern meines Nymburk zu gleichen. Und ich schloß mit ihnen Freundschaft, jeden Tag aß ich mit ihnen und trank meine zahllosen Biere bei Hausman wie in der Alten Post; selbst von Lišek und von der Brauerei, von Krofta und von Kloucek holte ich mir Bier im Krug, manchmal ging ich mit dem Krug bis zu Douda und zum Merkur, nur um den Weg durch die Gäßchen mit den hellerleuchteten Schankstuben auszukosten. Und fast jeden Abend, zuweilen sogar recht spät, stieg ich still auf den Hájek hinauf, ein andermal auf den Šlosberk, und konnte mich, wenn ich oben auf dem Gipfel war, nicht satt sehen an Libeň, das sich zu meinen Füßen ausbreitete, wenn am Horizont die Lichter des Zentrums von Prag funkelten. Musterte ich so die Gesichter der übrigen Peripheriebewohner, dann wunderte ich mich immer, daß keiner die Schönheit ringsum bestaunte. Manchmal wanderte ich am Rokytka-Bach entlang bis nach Hloubětín, und jeder Meter Fußweg hieß mich stehenbleiben, die Hänge am Bach genießen, rätseln, welche Gegenstände in den bewegten trüben Wassern lagen. Manchmal stieg ich hinterm Bahnhof Vysočany auf die Höhe und erfreute mich dort an der Poesie der Gleise und der im Hintergrund aufragenden Fabriken. Ein andermal ging ich die Hauptstraße hinauf, bis ganz nach oben, bis zur Wirtschaft U Ferklů, wo ich erst ein Jahr später feststellte, daß sich hier das kleinste Kino von Prag befand, der Saal nur wenig größer als zwei zusammengekoppelte Dritter-Klasse-Waggons. Hier besuchte ich jeden Film und konnte nicht genug kriegen von dem muffigen Geruch des Fußbodens in dem Miniaturkino; ich bedauerte, daß im selben Jahr, da ich nach Libeň gezogen war, das Sommerkino im Garten bei Ferklů den Betrieb einstellte, wo die Besucher ihre Biergläser mitnahmen und auch bei der Vorstellung rauchen durften. Oft habe ich dort gestanden, die weiße Leinwand war schon vergraut vom Regen und leicht eingerissen, doch ich erlebte im Geiste alle jenen schönen Filme, die ich hier gern gesehen hätte. Und so wanderte ich durch Libeň, machte oft vor dem Schlößchen am Ufer der Kolčavka halt, wo sich im letzten Jahrhundert ein schöner Lustgarten befunden hatte, wo ein Weinberg gewesen war und wo der Philosoph Čupr gewohnt hatte und wo es in der Kolčavka, wie auch von der Rokytka berichtet wurde, Forellen gegeben hatte. Zu jener Zeit stieg ich immer wieder durch den Zaun am Bahnhof Libeň und ging bei Tag wie bei Nacht auf dem alten jüdischen Friedhof spazieren, setzte mich auf die umgestürzten Grabsteine und war, im Schutze der üppigen Sträucher des schwarzen Flieders, immer wieder erstaunt, wieso das alles sozusagen nur für mich gemacht worden war, damit nur ich und kein anderer diese Schönheit vor Augen hatte. Ich hatte auf einmal so viel Freunde in Libeň, daß ich sommers immer Fenster und Tür offen ließ, damit jeder, der mich gern hatte, zu mir ins Zimmer trat, das öffentlich war wie ein Ausschank, wie die Destille auf der Dědinka. Obwohl ich hier in diesem Kämmerchen geheiratet, obwohl ich mir ein zusätzliches Kämmerchen erkämpft hatte, so daß meine Frau und ich zwei Räume besaßen und einen Abtritt auf dem Hof und ein Badezimmer in der Waschküche, hatte ich doch manchmal nicht die Zeit, mir auch nur eine Notiz auf der Schreibmaschine zu machen, dafür hatte ich immer mehr Freunde, die einer Regung des Augenblicks folgten, manchmal schliefen hier sogar fünf, sechs Leute zusätzlich. Trotzdem war ich glücklich und hatte das Gefühl, mit meinem Leben einen großen Roman zu schreiben, denn so wie die Leute kamen und mich mit ihren Geschichten beschmierten, so beschmierte ich sie mit mir selbst. Zu jener Zeit, in den fünfziger Jahren, wohnte in der benachbarten Kammer Vladimír Boudník, der genauso wie ich in die Prager Vorstädte verliebt war, so wie ich liebte er all das Bizarre an Libeň, er benötigte kein Atelier wie ich, ihm genügte ein Abzugsgerät, durch das er seine graphischen Blätter jagte, Blätter voll verurteilungswürdiger Liebenswürdigkeit und verletzungswürdiger Explosivität. Vladimír und ich fuhren ins Stahlwerk Poldi und brachten es dennoch fertig, bis in die Frühe Debatten zu führen, durch das alte Libeň zu spazieren. Zum Beispiel erst einmal im Grünen Baum einzukehren, dann im Alten Faß und erst dann bei Karl dem Vierten, wo Vladimír gern war, denn dort hatte man uns einmal dadurch geehrt, daß der Wirt einen Tag vor Heiligabend zumachte, mit der Tochter ein Harmonium brachte, worauf Herr Vic, so hieß der Wirt, spielte und für die Stammgäste Weihnachtslieder sang. Vladimír war es, der mich lehrte, alle Häuser, die gerade abgerissen wurden, die davongingen, nicht zu bedauern, im Gegenteil: Vladimír führte mich am liebsten dorthin, wo die Bulldozer die alten Wände der Häuschen und ganzer Blöcke zermalmten. Vladimír war es, der mich lehrte, alle diese Verwüstungen und Demolierungen zu lieben. Mit Lust kehre ich noch heute in Libeň ein und sehe zu, wie sich all das Alte und Morsche verabschiedet, alles, was nicht taugt, noch heute besuche ich gern mein Höfchen Na hrázi Nummer vierundzwanzig, das Höfchen ist verwuchert, meine Fenster sind zerschlagen, und sehe ich mir an, wo ich ein ganzes Vierteljahrhundert glücklich war, dann stelle ich mit

Befriedigung fest, daß der Fußboden morsch ist, die Wände schief und feucht, daß keiner mehr hier wohnt und keiner mehr wohnen kann, doch oben auf der Pawlatsche wohnt noch jemand, ich sehe Windeln flattern und höre jemanden auf der Schreibmaschine schreiben und schätze dem Rhythmus nach, daß da irgendwer über mir den glückseligen Versuch unternimmt, diese schöne milliardenwändige Welt auf ein Band zu bannen, das nur eine Dimension besitzt, eine Dimension wie auch die Zeilen des Textes. Ja, irgendwer schreibt dort auf der Maschine, genauso wie ich, ein rasendes Rattern der Schreibmaschine und dann ein Stottern, ein Nachdenken und erneut dieses Strömen des Textes voller Fehler, denn auch ich schrieb mit Fehlern. Und irgendwer dort in der Wohnung über mir, wo die Familie Slavíček gewohnt hat, hält sich selber fest und alles, was ihn umgibt, Windeln flattern, also ist ein Kind im Haus, und der Schreiber wird es wohl auch nicht so einfach haben, denn das Schönste am Schreiben ist, daß es keinen zum Schreiben zwingt, und wenn ein Grund zum Schreiben vorliegt, dann kümmern einen weder Frau noch Kind. Ich löse mich von der Tür meiner ehemaligen Wohnung, der kleine Hof ist mit Gesträuch überwuchert, ich öffne die Tür zur Waschküche, immer noch stehen da die schwedische Waschmaschine und die Zuber, in denen wir gebadet haben, verschwunden ist die lange Werkstatt, ihre Wände sind eingestürzt und von Erde verschüttet, auch das leicht schräge Dach, auf das ich immer den Stuhl getragen hatte, dem ich die Beine so abgesägt hatte, daß ich die Schreibmaschine draufstellen und meine Texte in der Sonne schreiben konnte. Auf dem Nachbargrundstück erhebt sich eine hohe Mauer, von der während der Regenfälle im Herbst Putzbrocken abgeplatzt waren, und dieser Putz war mit Donnergepolter auf das schräge Dach der Werkstatt gekracht, in der man Farben und Lacke hergestellt hatte. Ich steige über die niedrigen Stufen abwärts, ja, der Hof sieht immer noch wie das Deck eines alten Schoners aus, ich gehe durch den Hausflur, der immer noch so feucht ist wie damals, als ich hier wohnte, ein bißchen taumele ich vor Rührung, und wie früher habe ich mir erst den rechten, dann den linken Ärmel am Putz staubig gemacht, ich gehe auf die Straße, und vor der Tür steht immer noch die alte Gaslaterne. Dann kehre ich lächelnd zur Hauptstraße zurück, zu der Stelle, wo in der Hráz die Bratrská-Gasse mündete, wo ein winziger Platz war, über den ich zu Vladimír lachend gesagt hatte, er würde, wenn ich berühmt wäre, ja dann würde er Bohumil-Hrabal-Platz heißen ... Aber jetzt arbeitet hier ein Bulldozer und verwüstet mit großer Lust die Häuschen, die kleinen Werkstätten, in denen Grab- und Begängnisleuchter hergestellt wurden, jetzt stürzt auch ein winziges Häuschen mit Fensterchen auf meinen kleinen Platz, und ich bin glücklich, daß ich dabei bin, daß ich das sehe, daß ich ins Herz dieser Abbruchstätte hineingehen kann, die keiner bewacht, und daß ich mit einer gewissen Perversität den Augenblick der süßen Apokalypse vom Niedergang des alten Libeň auskosten kann, das mir über die Erinnerung einen Schlüssel zu der Schönheit geliefert hat, die ich gelebt habe und leben werde bis zu der Zeit, bis ich von der Zeit so verschüttet sein werde, wie der jüdische Friedhof verschüttet war und dieses Werkstattdach, auf dem ich meine Texte in der Sonne schrieb ...

Warum schreibe ich?

Bis zu meinem zwanzigsten Lebensjahr hatte ich keine Ahnung, was Schreiben, was Literatur ist. In der Mittelschule fiel ich immer wegen Tschechisch durch und wiederholte die Prima und die Quarta, wodurch ich meine Jugend um zwei Jahre verlängerte... Als ich über zwanzig war, zerspellte das starke Brett meiner Unwissenheit, und ich fiel der Literatur und der Kunst wiederum so sehr anheim, daß das Lesen und Gucken und Studieren zu meinen Hobbys wurden. Und immer noch versetzen mich meine geliebten Schriftsteller aus den Jugendjahren in fortwährende Euphorie, und ich kenne nicht nur Gargantua und Pantagruel von François Rabelais auswendig, sondern auch Tod auf Kredit von Louis Céline und die Verse vom Rimbaud und Baudelaire, und bis auf den heutigen Tag lese ich Schopenhauer, und Roland Barthes ist in den letzten Jahren mein Lehrer... Und es war Giuseppe Ungaretti, der mich in den Zwanzigern inspirierte und unter dessen Einfluß ich Gedichte zu schreiben begann... und so betrat ich das dünne Eis des Schreibens, und meine Triebkraft war dabei die Freude über die Sätze, die nach und nach aus meiner Seele auf die Seiten in der Underwood-Schreibmaschine tropften, und ich war verblüfft, was sich für eine Kette aus dem ersten hingeschriebenen Satz ergab, und dann schrieb ich mein vertrauliches Tagebuch, meine Liebeskorrespondenz, meinen Adressenmonolog, der mit einem inneren Monolog kombiniert war... Und immer hatte ich das Gefühl, daß alles, was ich niederschrieb, ausschließlich mir gehörte, daß es mir gelang, auf die weißen Blätter etwas zu schreiben, was mich sehr ehrte und zugleich erschreckte. Damals, als meiner Mutter Freunde und Nachbarn fragten, wie es mir beim Studium der Rechte ergehe, da winkte die Mama mit der Hand ab und sagte, ich sei »mit den Gedanken immerzu woanders« ... Und so war es, damals war ich besessen vom Schreiben und ein trächtiger junger Herr, der sich auf nichts anderes als auf den Sonnabend und

Sonntag freute, da ich von Prag nach Nymburk heimfuhr, vor allem deshalb, weil zu dieser Zeit im Kontor der Brauerei Ruhe herrschte, so daß ich zwei Tage lang auf der Schreibmaschine vom Typ Underwood schreiben konnte, diesen ersten Satz schreiben konnte, den ich aus Prag mitgebracht hatte, und dann vor der Maschine sitzen und mit erhobenen Fingern darauf warten, daß der erste Satz den nächsten gebar... Und so wartete ich manchmal eine Stunde und mehr, und dann wieder schrieb ich oft so schnell, daß die Maschine stolperte und stotterte, so groß war der Ansturm der Sätze... und an diesem Strom und am Fluß der Sätze erkannte ich, daß »es das Wahre« war... Und so schrieb ich aus Freude am Schreiben, in einer gewissen Euphorie, in der ich, obwohl nüchtern, Anzeichen von Trunkenheit entdeckte... Und so schrieb ich nach dem Gesetz der Wiedergabe dessen, was ich wie rasend erlebte... im Grunde lernte ich schreiben, und mein Schreiben waren Übungen, gewisse Variationen auf Apollinaire und Baudelaire, später dann übte ich mich im Strom des großstädtischen Gesprächs bei Louis Céline, und dann kam Babel an die Reihe und danach Tschechow, und diese lehrten mich, beim Schreiben nicht nur mich selbst abzubilden, sondern auch die Welt ringsum, lehrten mich, von den anderen her auf mich selbst zuzugehen... und was Schicksal ist. Und dann kam der Krieg, und die Hochschulen wurden geschlossen, und ich überlebte den Krieg schließlich als Zugabfertiger, und in mein Schreiben traten Bretons Nadja und die Surrealistischen Manifeste... und ich schrieb weiter jeden Sonnabend und Sonntag in dem öden Kontor der Nymburker Brauerei meine Marginalien zu dem, was ich sah und was zum Schicksal der anderen wurde, ich war entsetzt und zugleich geehrt, daß ich durch das Schreiben zum Augenzeugen, zum poetischen Chronisten der Kriegsgreuel wurde, und nachdem ich schon etliche Jahre auf meiner Underwood-Schreibmaschine geschrieben hatte, besorgte die rohe und grausame Wirklichkeit, daß die jünglingshafte Lyrik von mir wich und durch ein tristes Spiel mit Sätzen ersetzt wurde, die ins Transzendente zielten... und so schrieb ich nach wie vor meinen adressierten und zugleich inneren Monolog nieder, doch stets ohne Kommentar, und da ich der erste Leser meiner selbst war, hatte ich dauernd das Gefühl, wenn ich auf die beschriebenen Seiten starrte, daß ein anderer das alles geschrieben hatte... und nach wie vor fühlte ich mich dadurch geehrt, daß er mir dies schrieb, daß ich Zeuge dieses gewaltigen Ereignisses in meinem Leben war, daß mein Denken erst durch die Schreibmaschine begann... Und so schrieb ich weiter, als nähme ich nicht nur mir, sondern der ganzen Welt die Beichte ab. Als Triebkraft meines Schreibens sah ich auch weiterhin an, daß ich Augenzeuge war und alles, was mich berührte und zugleich aufwühlte, festhalten und aufschreiben mußte, daß ich auf der Schreibmaschine nicht nur von jedem Geschehnis, sondern auch von bestimmten Nervenknoten der Realität Zeugnis ablegen mußte, so als spritzte ich mir kaltes Wasser auf einen schmerzenden Zahn... Aber auch das betrachtete ich als Gottesspiel, so wie Ladislav Klíma es mich gelehrt hatte... Und dann war der Krieg zu Ende, und ich wurde Doktor der Rechte, war aber dem Gesetz der Widerspiegelung durch das Schreiben so verfallen, daß ich jener Serie törichter Beschäftigungen nur deshalb nachging, um mich sowohl mit dem jeweiligen Milieu als auch mit dem Erlauschen menschlicher Gespräche zu beschmieren... Und nie kam ich von meinem Staunen darüber los, daß ich mir nach wie vor jeden Sonnabend und Sonntag in dem verödeten Kontor der Brauerei, wo alltags mein Vater und seine Buchhalter arbeiteten, alles aufschrieb, was mir im Laufe der Woche an Verallgemeinbarem zugestoßen war und was ich mir in dem Gewölbe meines Geistes zurechtgelegt hatte... und so spielte ich weiter und hatte das Empfinden, daß mir ein schönes Mädchen die Brust mit Gänseschmalz einrieb, so fühlte ich mich vom Schreiben geehrt und beschmiert... Und dann ging mir auf, daß meine Lehrjahre bereits beendet waren und daß ich mich jetzt von der Brauerei loszutrennen hatte, daß ich die vier Zimmer und das

Städtchen verlassen mußte, in der für mich die Zeit stehenzubleiben begann... und ich zog nach Libeň um, in ein Zimmer, eine ehemalige Schmiede, und so begann ich nicht nur ein neues Leben, sondern auch eine andere Art des Schreibens... Vier Jahre lang fuhr ich dann nach Kladno zu den Martinsöfen im Stahlwerk Poldi, und dadurch erhielt mein Spiel mit den Sätzen allmählich einen anderen Stil... Die Lyrik stolperte sich nach und nach zum totalen Realismus durch, und ich beobachtete das nicht einmal, weil die Arbeit bei den Feuern und das Milieu des Stahlwerks und die rauhen Hüttenarbeiter und ihre Gespräche, weil mir das alles superschön vorkam, so als arbeitete und lebte ich tief im Herzen von Hieronymus Boschs Bildern... Und als ich mich so von meiner Vergangenheit abschnitt, gab ich die Schere in Wirklichkeit nicht aus der Hand, ja, damals fing ich an, mich der Schere nach dem Niederschreiben der Texte zu bedienen, als ich mit der Cutter-Technik am Text arbeitete wie im Film. Eman Frynta schrieb einmal, ich hätte einen »Leicastil«, da ich die Wirklichkeit in Spitzenmonumentalaufnahmen eines Gespräches erfaßte und erst danach den Text daraus zusammenstellte... Und ich faßte das als Ehre auf, denn zu jener Zeit hatte ich schon meine Leser und Zuhörer, da ich, wie man mir sagte, ohne Pathos zu lesen verstand... Unds so schrieb ich seinerzeit weiter mit der Schere in den Fingern, ich schrieb sogar nur deshalb, um den Augenblick abzupassen, da ich den niedergelegten Text zerschneiden und zu etwas Neuem zusammensetzen konnte, das mich so verblüffte wie ein Film... Und ich ging darauf als Altpapierpakker zur Arbeit und danach als Kulissenschieber, und immer freute ich mich auf den Feierabend, um für mich und für meine Freunde schreiben und aus dem Geschriebenen Samisdattexte zusammenstellen zu können, und eigentlich war ich ein Schriftsteller, ein Original mit vier Durchschlägen. Und dann wurde ich ein richtiger Schriftsteller, seit meinem achtundvierzigsten Lebensjahr veröffentlichte ich ein Büchlein nach dem anderen, bei jedem Buch wurde ich fast krank, denn ich sagte mir: jetzt gibt man also Dinge heraus, von denen ich geglaubt habe, sie wären nur für mich und ein paar meiner Freunde bestimmt... Doch Leser hatte und habe ich zu Hunderttausenden, und sie lesen meine Texte wie die Sportzeitung... Und ich schrieb weiter, ich habe sogar gelernt, nur mit der Schreibmaschine zu denken, weiter geht mein Spiel schon mit einem gewissen Hauch Melancholie, wochenlang warte ich darauf, daß sich die Bilder in mir akkumulieren, und dann auf den Befehl, mich an die Schreibmaschine zu setzen und in die Seiten hinüberzurattern, was schon drauf und dran ist, aus mir herauszusprudeln... und ich schreibe und bin weiter vom Schreiben geehrt, obwohl mir nach dieser Zeremonie ganz mulmig ist... Jetzt kann ich mir bereits den Luxus leisten, alla prima zu schreiben, die Schere höchst selten zu benutzen, da mein langer Text eigentlich das Abbild meines Innern ist, das ich mit den Fingerspitzen restlos in die Schreibmaschine gerattert habe... Jetzt, wo ich schon alt bin, kann ich mir wahrhaftig den Luxus leisten, nur das zu schreiben, wozu ich Lust habe, ich bemerke jetzt, da ich mich zusätzlich beobachte, daß ich meine langen Premier-mouvement-Texte so schreibe und geschrieben habe, wie ich atme, es ist, als hauchte ich im selben Augenblick, da ich mir mit einem Fähnchen das Startzeichen gebe, die Bilder ein, die mich zum Schreiben zwingen, und atmete sie langsam mit der Schreibmaschine aus... und erneut atme ich mein inneres Leporello ein und atme es beim Schreiben wieder aus... so reize ich mich fast im Rhythmus der Lungen und im Rhythmus eines Schmiedeblasebalgs und beruhige mich rhythmisch, so daß mein Schreiben wie ein großes Spiel in Bewegung ist, so wie die vier Jahreszeiten arbeiten... So hat mir das Schreiben, wie ich erst jetzt merke, die Erkenntnis verschafft, daß ich erst jetzt das Wesen des Ludibrionimus ergründet habe, welcher das Wesen von Ladislav Klímas Philosophie ist... Ich denke, erst durch das Schreiben habe ich während meines Lebens mehrmals erfahren, daß ich mit der melancholischen Transzendenz so identisch war, wie die Patentschreiber

Koh-i-noor Waldes ineinander greifen und einrasten, ich habe die große Freude, daß ich in dem Maße, wie ich mich durch das Schreiben verringere, mehr werde, daß ich also ein permanenter Amateur bin, dessen Stütze das Wörtchen Amo ist... das heißt Ich liebe... Daß ich auch das Leid und ganz bestimmte Schicksalsschläge als Spiel ansehe, denn das Schönste an der Literatur ist, daß im Grunde keiner zu schreiben braucht. Was für ein Leid also? All das ist nur ein großes männliches Spiel, es ist der ewige Fehler im Diamanten, von dem Gabriel Marcel schreibt... Als ich zu schreiben begann, geschah das nur, damit ich schreiben lernte... Jetzt aber habe ich erst mit Leib und Seele erfahren, was mich Laotse gelehrt hat, daß das Höchste darin besteht, nicht können zu können... Und was mir Mikuláš Kusánský eingeflüstert hat und die Docta ignorantia... Jetzt, da ich durch das Schreiben den Gipfel der Leere erreicht habe, hoffe ich, es wird mir vergönnt sein, durch das Schreiben in meiner Muttersprache schließlich nicht nur für mich, sondern auch für die Welt zu erfahren, was ich noch nicht weiß...

Nun, da ich mich selber wie eine dritte Person anzusehen vermag, erkenne ich, wie sehr ich mit zwanzig ein mit Bewunderung erfüllter Zuschauer und Zuhörer all dessen gewesen bin, was ich um mich herum gesehen und gehört habe... und alles das habe ich in meinem Kopf aufbewahrt, der zu zerplatzen drohte. Und so lieferte mir das erste vernünftige Buch, das ich von dem Maler Antonín Frýdl bekam, Der beerdigte Hafen von Giuseppe Ungaretti, die Anleitung dazu, das Übermaß der Bilder durch das Schreiben zu ventilieren... Mit großer Furcht setzte ich mich in das leere Kontor der Brauerei zu Nymburk mit beschränkter Haftung, spannte am Sonnabend und Sonntag Rechnungsbögen ein und starrte auf die weiße Fläche des Papiers und war außerstande, auf der Schreibmaschine zu schreiben, und so suchte ich nach den Buchstaben, und draußen regnete es, also schrieb ich mein erstes Wort... Es regnet... und wartete mit erhobenen Fingern auf das, was mir dieses erste Wort als zweites zuwerfen werde... und ich wartete und schrieb... Tränen... und dann... tropfen... und rasch tippte ich auf der Schreibmaschine vom Typ Underwood... über die Fensterlider... und nach einem Moment gespannter, funkenknisternder Stille schrieb ich weiter... und Rauch überflutet die Stadt... und mein Herz hämmerte, und meine Schläfen tickten, und ich tippte... bläulich vor Scham... Und dann las ich, was ich geschrieben hatte, noch einmal durch und wartete wieder und wieder und lauschte dabei, ob nicht wer unter den Fenstern vorbeiging oder durch den Verbindungsgang zwischen dem Kontor und unserer Wohnung kam... und niemand zeigte sich, und so zeitigten die langen Minuten des Wartens aus dem bereits Geschriebenen... ich möchte schlafen... Und wieder dieses sprühende süße Erwarten, was wohl meinem Kopf entspringen wird. Und ja... Sieh einer an!... Und ein paar Minuten danach schon der nächste Satz... ein Wagen leis durch die zerschnittene Straße gleitet... Und dieses Bild schüttelte ganz allein die erste Metapher von sich ab. Und ich tippte sie, mit Fehlern, doch ich tippte sie... wie eine Barkasse durch den Kanal... Und weil die Brauereipferde immer braun waren, faßte ich mir ein Herz und schrieb... und die Pferde, zwei braune Tropfen... rudern im Rhythmus der nickenden Nacken... und ich machte so viele Tippfehler, daß ich die beschriebene Seite herauszog und auf ein sauberes neues Blatt übertrug, was ich bisher geschrieben hatte, und so geläutert wartete ich mit erhobenen Fingern, als wollte ich Klavier spielen... und ich wartete ab... und ich schrieb den Satz auf, der mir einkam... während der Kontrapunkt... des Regenschluchzens... vor Langeweile trommelt... Und dann wartete ich eine Stunde und noch eine halbe Stunde, doch kein Wort, kein Satz fiel mir mehr ein, der Durchlaßhahn in meinem Kopf hatte sich geschlossen... und so schrieb ich mein erstes Gedicht, das ich erneut und noch einmal durchlas, und ich konnte nicht genug staunen und mich wundern über das, was ich niederzuschreiben gezwungen war... Und so schrieb ich jeden Sonnabend und Sonntag und ließ meinen Kopf ausbluten...

Als ich an die zehn solcher freien Verse verfaßt hatte, hatte ich die Idee, sie abzuschreiben, bereits mit einem Original und drei Kopien, und mir die ersten Büchlein mit dem Klammeraffen zu heften, alles am Sonnabend und am Sonntag, denn nur zu dieser Zeit war die Underwood-Schreibmaschine frei, und ich fühlte mich ganz als Dichter, und ich war auch recht lange mein einziger Leser, denn es gab niemanden, vor dem ich mich mit meinem Geschreibsel hätte brüsten können, damit, wie ich mit ersten Worten meine Welt, meine Stadt markierte, so wie ich es durch die Lektüre des Dichters Giuseppe Ungaretti gelernt hatte, der mir gezeigt hatte, wie man aus Worten ein Gedicht machen kann. Ich glaube, mein zweites Gedicht habe ich wieder wirklichen Bildern entnommen... ich spielte gerne Volleyball, und als ich einmal den Ball übers Netz schlug, sah ich mich selbst als... Schellenober... Dieser Schellenober gab mir keine Ruhe, und als ich ihn beim Marriage aufnahm, betrachtete ich ihn gründlich und sah, daß er der Ober da am Kopf, wo ich den Volleyball gehabt hatte, eine Schelle hatte... und später dann sah ich mich am Fluß entlang gehen, da ich den erhitzten Sand und den Weg an der Elbe liebte, den mit zerbröckelndem Kohlenschiefer geschotterten Pfad, der die bloßen Füße so angenehm wärmte... Ich entsinne mich, daß diese Bilder schon seit Mittwoch auf mich warteten, ich wiederholte sie, bereits in Worte gekleidet, die sich aussprechen ließen. Und dann kam der Sonnabend, und nichts brachte mich davon ab, das erstemal bereits im Kopf geschriebene Worte mitzubringen, Satzgefüge, die ich, wenn ich die weiße Rechnung einspannte, auf der mit grünen Buchstaben Brauerei Nymburk, Gesellschaft mit beschränkter Haftung, gedruckt stand, aufschrieb, aus meinem Kopf und von den flüsternden vorsagenden Lippen abschrieb, ungeschickt die Tasten suchend, mit denen ich diese Botschaft ausdrücken wollte, bis ich schließlich mit vielen Fehlern, nach dem Auswechseln etlicher Rechnungen ins reine schrieb... Über Damm und Kohlenschiefer, dem göttlichen Amor gleich, die Schelle in der Hand, der Schellenober flaniert... Und dann gab sich mir die milliardenwändige Wirklichkeit, die mich umschloß, nur noch stückchenweise jeden Sonnabend und Sonntag preis, in Fragmenten, und ich war schamhaft, ich schämte mich so sehr dieser Ehre, daß ich fähig, daß es mir vergönnt war, dieses Glück, die Worte mittels der Sprache und nach der Sprache mittels der Schreibmaschine auf die flüchtigen weißen Rechnungsbögen zu bannen, die ich während dieser Jahre in der Brauerei kiloweise verbrauchte, wobei ich mich geduldig erneut und wieder daran versuchte, wofür ich mich demütig und züchtig schämte... So schritt ich in die Welt und in die Poesie hinaus als ein junger Herr, als Kleinbürger, sonnabends und sonntags stets nach der letzten Mode gekleidet, stets in dem Anzug, den mir Herr Pisařík in Prag genäht hatte, immer mit dem Hütchen von der Firma Kabele, ebenfalls aus Prag, stets im maßgeschneiderten Hemd und mit erlesener Krawatte und stets mit einem weißen Taschentüchlein, das elegant im Sakkotäschchen steckte; und weil ich nicht wußte, wohin mit den Händen, trug ich immer hirschlederne Handschuhe... Und kam ich auf den Nymburker Marktplatz und näherte ich mich dem abendlichen oder vormittäglichen Korso, dann schämte ich mich immer und wurde so rot, als säße ich einsam und verlassen in dem leeren Kontor der Nymburker Brauerei und schriebe meine Verse... So spielte ich mit meinem Leben, durch das Gesetz der Widerspiegelung übertrug ich die vieldimensionale Wirklichkeit in der Verkürzung auf die eindimensionalen Textzeilen, so spielte ich für mich, selbst wenn ich nicht leben mochte, auch wenn ich verzweifelt war über das, was ich sah, was mir geschah und was den anderen widerfuhr, spielte ich mit den Sätzen... und auf nichts anderes freute ich mich als auf jenen Augenblick, mutterseelenallein vor der Schreibmaschine zu sitzen und auszuprobieren, ob ich wohl imstande war, mit den Tasten der Maschine all das Wesentliche wiederzugeben und somit zu siegen, mochte ich auch noch so oft geschlagen werden... denn mein Lehrer Ladislav Klíma hat mir immer wieder den Gedanken eingegeben, daß sich jeder Sieg einzig und allein aus Schlägen zusammensetzt... denn selbst das Gegenteil von allem ist die Wahrheit... So schreibe ich vierzig Jahre und mehr auf der Schreibmaschine; am meisten drängte es mich jedoch zum Schreiben, wenn ich weit, weit von der Maschine entfernt bin, wenn meine Gedanken am Himmel hängen, an den Mauern der Stadt, an der flüchtigen Oberfläche des strömenden Flusses, wenn es in mir denkt und das Maß aller Dinge mein Kopf ist, meine Augen, in die und aus denen die Sätze sprudeln wie aus einer gerade geöffneten Sodaflasche... In die Welt und in das spielerische Leben bin ich hinausgegangen als junger Mann, als jemand, der, um sein störrisches und dichtes Haar zu bändigen, eine Handvoll Brillantine brauchte... und ich ende jetzt als alter Herr, kahlköpfig und mit strengen Falten am Mund, ich grüble über die letzten Dinge des Menschen nach, die ebenfalls Spiel sind, eine Abschußrampe, die mich in die Umlaufbahn all derer trägt, die mir vorangegangen sind. Aber auch das ist ein Spiel, nichts mehr als ein göttliches Spiel, wahnsinnig und läppisch und blöd... und schön wie meine ersten Nymburker Verse... Über den Damm und Kohlenschiefer, dem göttlichen Amor gleich, die Schelle in der Hand, der Schellenober flaniert... Und trotzdem! Und es gibt in meinem Leben eine Zeit, die ich, wenn ich könnte, noch einmal leben möchte. Ich möchte diese vier Jahre an den Martinsöfen in Kladno erleben, denn erst jetzt, da ich mich selbst als dritte Person zu sehen vermag, stelle ich fest, daß meine wahre Universität die Poldi-Hütte gewesen ist, hier habe ich mir in den vier Jahren nach und nach jenes Begreifen und Verstehen erworben, daß das Maß der Werte die menschliche Arbeit ist und daß jene die Helden sind, die diese Arbeit leisten, dort in der Poldinka habe ich mich zu den wahren Schöpfern der Werte durchgerungen. Dort sah und begriff ich tief im Herzen, wie aus den gewaltigen

Bergmassiven alter und nutzloser Metalldinge mittels präziser Arbeitsvorgänge in den Martinsöfen edler Stahl gemacht wird, der zu Blöcken gegossen wird, worauf aus den Blöcken Knüppel gewalzt werden, aus denen dann in den Fabriken neue und nützliche Maschinen und Geräte und für die menschliche Gesellschaft wichtige Dinge entstehen. Ich möchte noch einmal diese vier Jahre leben, in denen ich mit romantischer Begeisterung an der Umwandlung von Schrott und Stahl mitgewirkt und dabei zugleich gesehen habe, wie die Vergangenheit einer Epoche und deren Ausdrucksmittel sich in die neue Epoche unserer Gesellschaft verwandeln ... und während dieser Jahre hatte ich überhaupt nicht bemerkt, daß auch ich eine andere Qualität annahm. Hier an den Martinsöfen wünschte ich mir, tief im Herzen das Wesen der Schlesischen Lieder von Petr Bezruč und von Stahl und Rauch von Carl Sandburg zu begreifen, wünschte ich mir, mich noch einmal an den Menschen zu oxydieren, mit denen ich arbeitete und redete und die meine Freunde geworden waren, für die die Arbeit in der Poldi-Hütte Schicksal war oder sein mußte, die die Ergebnisse ihrer Arbeit vor den eigenen Augen erstehen sahen, der Arbeit, zu der sie eine hautnahe Beziehung hatten, da fast alles ihre Hände und ihr Gehirn durchlaufen mußte. Ich mochte jene Hüttenwerker, für die die Arbeit alles war, ohne die sie sich ihr Leben nicht vorstellen konnten, und so gingen sie gleich mir auch in die Sonntagsschichten. In all diesen vier Jahren durchschritt ich zur Schicht das Tor, über dem ein großes Zeichen war, die Chiffre des Stahlwerks, das Medaillon eines schönen Frauenköpfchens im Profil, dessen Locken von einem glitzernden Stern versengt werden, das Zeichen für edlen Stahl, in jeden Knüppel war dieses Köpfchen eingeprägt, mit dem der Stahl an alle Enden der Welt wanderte, das Köpfchen, das die Hockeyspieler des SONP Kladno an ihrem Dress auf der Brust tragen ... Noch oft erscheint mir die Poldinka im Traum, da sie über dem Tor gehangen hat, durch das ich vier Jahre lang gegangen bin, um meine Universität zu besuchen, als ich meine poetistische Poetik in eine Poetik des totalen Realismus habe verwandeln müssen, denn die Wirklichkeit, die ich sah und lebte, war meine neue Poesie. Und ich würde gern noch einmal jene Augenblicke durchmachen, da ich mich vor die Schreibmaschine vom Typ Perkeo setzte und ohne Häkchen und Akzente die Marginalien zu meinem damaligen Leben niederzuschreiben begann, meine erste Reportage über Jarmilka, als ich feststellte, daß meine Helden Menschen sind, die zum vierten Stand gehörten, Arbeiter, die zu schaffen verstehen, und nicht nur das, die von Herzen zu lachen verstehen, denn nicht nur der Humor und die Groteske ist ihnen nah, sondern auch der Horror, denn wer in Kladno lebt, der weiß, daß es in den Gruben wie in den Hütten mehr als genug Unfälle gibt. Ich würde gern wieder deutlich machen, warum diese Menschen, mit denen ich vier Jahre lang gelebt habe, so pingelig mit ihrer Ehre sind, zwischen Gut und Böse zu unterscheiden verstehen und jene lieben, die schuften können und die Schluderer hassen. Ich möchte gern noch einmal mit der Essenträgerin Jarmilka leben und nicht nur ihr Schicksal mit ihr teilen, sondern auch das Gefühl, daß überall, wo sie mit ihrer Trage hinkam, jedermann ein freundliches Wort für sie übrig hatte und über ihre Kleidung und ihre fehlenden Zähne bitter zu lächeln vermochte. Und für mich war sie die Schönste aller Schönen, weil ich sie aufrichtig gern hatte. Jetzt, da ich mich ansehen kann wie eine dritte Person und einen alten Herrn, seit ich bei den Martinsöfen in Kladno war, weiß ich, daß mir das Maß aller Dinge der einfache Mensch ist, daß ich mich seit jener Zeit statt Schriftsteller lieber Aufschreiber nenne, denn ich habe immer nur die Grenzsituationen und -geschehnisse festgehalten, wie ein guter Reporter. Wenn ich jetzt über mich nachdenke und mir die närrische Frage stelle: Warum schreibe ich?, dann erkenne ich, daß ich eigentlich für alle schlichten Leute schreibe, für alle jene, denen ich begegnet bin und denen ich mich im Gespräch so ausgeliefert habe wie sie sich mir. Jetzt erkenne ich auch nachträglich, daß ich in den vier Jahren, da ich mit dem Bus nach Kladno und wieder zurück nach Prag fuhr, nicht nur meine Poetik geändert, sondern mich auch nach und nach in einen anderen Menschen verwandelt habe, erkenne ich, daß für mich zwar die Zeit dort an der Elbe stehengeblieben ist, in dem Städtchen, in dem wahrhaftig nur meine Zeit stehengeblieben ist, während hier in Kladno meine neue Zeit begonnen hat, als hätte ich mich samt dem übrigen Schrott in den Martinsofen geworfen und mich selber in wertvollen Stahl verwandelt, allerdings in den gewöhnlichen Stahl, aus dem man Brücken macht und mit dem man Flüsse überspannt. In der Poldi-Hütte habe ich auch verstanden, daß ich erst durch das Begreifen des anderen mich selbst begreifen kann, daß neben mir auch andere arbeiten, deren Schicksale viel schwerer sind, als mein Schicksal es war, und die dennoch nicht mucksen, dort habe ich begriffen, daß die Menschen kommunizierenden Röhren gleichen, und so habe ich in diesen vier Jahren alle acht Semester dieser meiner wahren Universität absolviert und mich nicht nur geistig verändert... sondern auch äußerlich. Jetzt stelle ich nachträglich fest, daß ich seitdem keine Schlipse mehr trage und aufgehört habe, mir die Hosen zu bügeln, ja sogar aufgehört habe, meine Zehnkronenscheine zu plätten, wie ich sie immer am Sonnabend in Nymburk geplättet habe, um sie sorgsam in der Brieftasche zu verstauen und damit anzugeben, wenn ich in der Kneipe die Rechnung bezahlte... ja ich habe sogar aufgehört, mich nach dem Rasieren mit Reispuder einzustäuben, wie in dem Städtchen, wo meine Zeit stehengeblieben war... Ich bin zu einem gewöhnlichen Menschen geworden, ohne Smoking, ohne Krawatte... Jetzt, da ich mich selbst als dritte Person betrachte, erkenne ich tatsächlich, daß ich, könnte ich noch einmal leben und mir einen meiner Berufe wählen... daß ich dann keinesfalls Zugabfertiger in Kostomlaty bei Nymburk wäre, sondern Hilfsarbeiter bei den Martinsöfen, wo ich täglich überm Tor die Poldinka strahlen sähe, das Medaillon des schönen Frauenköpfchens im Profil, dessen Locken von dem glitzernden Stern versengt sind...

»Die Katze Autitschko« erschien 1992 in einer Separatausgabe der Bibliothek Suhrkamp (Band 1097). »Eine Wirtshausgeschichte« wurde 1988 in die Anthologie *Das Prager Caféhaus* des Verlags Volk und Welt aufgenommen. Alle anderen Texte wurden 1993 zum ersten Mal in deutscher Übersetzung veröffentlicht.

INHALT

suhrkamp taschenbücher
Eine Auswahl

suhrkamp taschenbücher
Eine Auswahl

265/3/11.93

265/4/11.93

suhrkamp taschenbücher
Eine Auswahl

265/5/11.93

suhrkamp taschenbücher
Eine Auswahl

265/6/11.93